Helmut Kuhn
Nordstern

Roman

Ein marebuch

Piper München Zürich

Ungekürzte Taschenbuchausgabe
Piper Verlag GmbH, München
Juni 2004

Umschlagkonzept: Büro Hamburg
Umschlaggestaltung: Birgit Kohlhaas
Foto Umschlagvorderseite: Nick Vaccaro / photonica
Foto Umschlagrückseite: Andree Kaiser
Satz: Farnschläder & Mahlstedt, Hamburg
Druck und Bindung: Clausen & Bosse, Leck
Printed in Germany ISBN 3-492-23970-6

www.piper.de

Inhalt

Prolog 9

1 Falte 27

2 Spitze 59

3 Schwalbenschwanz 97

4 Schmetterling 135

5 Ellipse 165

6 Hyperbolischer Nabelpunkt 185

7 Parabol 207

Wie vergeben wir unseren Vätern?
Vielleicht in einem Traum?
Vergeben wir unseren Vätern dafür,
dass sie uns so oft alleine ließen
oder für immer verließen, als wir klein waren,
oder dafür,
dass sie uns mit ihrer plötzlichen Wut erschraken
    oder nervös machten,
weil es überhaupt keine Wut zu geben schien?
Vergeben wir unseren Vätern,
dass sie unsere Mütter geheiratet haben
    oder nicht geheiratet haben,
dass sie sich von unseren Müttern scheiden ließen
    oder nicht scheiden ließen,

vergeben wir ihnen die Wärme,
die sie uns entgegenbrachten, oder die Kälte,
vergeben wir ihnen,
dass sie uns hielten oder fallen ließen,
dass sie Türen verschlossen,
dass sie durch Wände sprachen
oder niemals sprachen,
oder niemals still waren?
Vergeben wir unseren Vätern in unserem Alter
    oder in ihrem?
Oder in ihrem Tod, indem wir es ihnen sagen
    oder nicht sagen?
Wenn wir unseren Vätern vergeben –
was bleibt dann?

Sherman Alexie, Spokane/Cœur d'Aleine Reservation,
aus dem Film «Smoke Signals» von Chris Eyre

Prolog

Seit ich zwölf Jahre alt war, habe ich Vaters Schädel immer dabei. Ich schleppte ihn in jedes Internat, in jede Stadt. Ich baute ihm einen eigenen, schwarzen Kasten aus dünnem Spanholz. Einen Kasten, in dem das zerbrechliche Knochenwerk, eingehüllt in Zeitungspapier, geschützt war wie in einem kleinen Sarg. Wo immer ich ankam, habe ich das Zeitungspapier entknäuelt, den Kasten umgedreht und den Schädel darauf gestellt. Ich stellte mir vor, es wohnten einmal seine dunklen Augen in diesen Höhlen, ich betrachtete ihn, als habe das pergamentfarbene Gebälk seine ebenmäßige Nase gestützt, seine makellosen Zähne getragen.

Wie der Vater – er war Chirurg – studierte ich die Anatomie dieses Schädels. Die Decke ist oberhalb der Scheitelbeine abgesägt. Vielleicht ist das Gehirn der Frau, es gehörte einer Frau, obduziert worden, jedenfalls fehlt die Decke. Stattdessen trägt das Cranium eine kleine Markierung. IDW Nr. 0133, an der Lambdanaht. Die Augenhöhlen fallen zu den Jochbögen hin herab. Sie sehen traurig aus, und dieser Eindruck verstärkt sich durch die dahinter liegenden, entgegengesetzt vom Nasenbein in die mittlere Schädelgrube aufsteigenden Kanäle, die einfallendes Licht wie Pupillen reflektieren. Zähne und Kiefer fehlen sowieso. Früher, als der Schädel noch auf Vaters Schreibtisch stand, klemmte zwischen Türkensattel und Hinterhauptloch der Wirbelknochen eines Hais, den er einmal an der jugoslawischen Adria aufgelesen hatte. Aber der stank und war mir irgendwann verloren gegangen. Der Schädel dagegen hat überhaupt keinen Geruch. Tote Materie.

Er steht jetzt wieder auf seinem schwarzen Kasten, am Rand des alten Schreibtisches, dort, wo er in meiner Kindheit immer stand, neben einer kleinen, silbernen Flasche. Vaters Flachmann. Es war noch Whiskey darin, Medley's, als ich die Flasche bekam. Ich habe sie an meinem dreizehnten Geburtstag ausgetrunken. Eine Bleistiftlänge darunter ist Mutters Kopf aufgeschlagen. Die eingetrocknete Blutlache hat auf der hellen Nussbaumplatte sieben ellipsenförmige Wellen hinterlassen.

Es ist ein kalter Tag im Februar. Die kahlen Kastanien vor meinem Fenster krümmen sich im Wind, und ein begriffloser Schrecken durchfährt mich. Sieben Ebenen errechnet die Mathematik auf der geschwungenen Linie der Katastrophe. Ich habe versucht zu vergessen. Ich wollte leben. Aber ist es überhaupt *mein* Leben gewesen, das ich da geführt habe? War es nicht vielmehr das seine, das ich nacherlebte, das ich fortsetzte? Als sei ich ein ganz anderer, während mein wahres Ich auf dem Schiff geblieben ist, dort, wo es hingehörte, an Vaters Seite?

Es ist ein kalter Tag im Februar, und ich habe Angst vor den Bildern, die sich hinter meinen Augen immer farbloser abspulen, und Angst davor, sie könnten eines Tages vielleicht ganz verschwinden. Ich habe Angst vor der Vergangenheit wie vor dem, was kommen mag. Ich habe Angst davor, mich zu bewegen, und Angst, still zu sitzen. Und dann sehe ich den Schädel und denke an den Tag des Abschieds zurück, des Abschieds, der so war wie immer.

Der Mann trägt eine Lederjacke und eine helle, beinahe weiße Jeans. An einem regenverhangenen Februarmorgen überquert er eine Straße in einem Vorort von Kassel. Beschwingt, sportlich, einen Tick zu schwungvoll, er möchte dem Jungen gefallen. Er hebt die Rechte zum Gruß, er winkt. Der Junge sieht seine Zähne unter dem mächtigen Walrossbart blitzen. Der Mann steigt in seinen Wagen. Der Junge läuft ein Stück weiter in Richtung der Turnhalle. Sportlich, beschwingt, einen Tick zu schwungvoll, er möchte dem Vater gefallen. Dann bleibt er stehen und winkt zurück.

Der Vater sitzt jetzt in seinem schwarzen Ford Capri mit den überbreiten Reifen, der tiefer gelegten Karosserie und dem Turbolader unter der Motorhaube. Es ist noch nicht lange her, da hat er das dunkle Ungetüm dem Sohn eines Kasseler Ford-Händlers abgekauft, einem Bastler; der Vater ist so stolz, seither. Er sinkt tief in den schwarzen Ledersitz, der getunte Motor heult auf, goldene Buchstaben prangen auf der Fahrertür: «FORD TURBO».

Der Junge sieht genau hin. Er sieht ganz genau hin und prägt sich jedes Detail ein. Über die leere Straße hinweg beobachtet er die Bewegungen des Bartes, sieht, wie sich die Lippen spitzen, die grüne Pilotenbrille auf die gerade Nase gleitet und die Augen einen prüfenden Blick in den Rückspiegel werfen, bevor der Vater den Gang einlegt. Hat der Junge das Unheil, das über diesem Abschied lag, schon gespürt?

Ich bin zwölf Jahre alt. Ich trage eine graue Fliegerjacke, sie ist mir viel zu groß. Es ist seine Jacke, er hat sie mir heute Morgen geschenkt, und ich habe mich wahnsinnig darüber gefreut. Ich fühle mich wie er in dieser viel zu großen Jacke, wie mein Vater.

Ich bin zwölf Jahre alt, ich versinke in dieser Lederhaut, ich winke heftig, ich will ihm gefallen. Ich verabschiede mich von meinem Vater. Wie immer, nichts Besonderes. Ich weiß noch nicht, dass es für immer ist.

Gleich werde ich in die Sporthalle gehen, an der er mich mit meiner neuen Sporttasche und der schweren Kugel darin abgesetzt hat, zu meinen Gewichthebern, zu meinem Trainer Lothar, der einen Schnauzbart trägt und in dem ich schon bald, sehr bald, einen Vater suchen werde. Nach dem Wettkampf werden mich Lothar und die anderen im VW-Bus mit nach Hause nehmen. Mit nach Hause, zu meiner Mutter. Ich bin zwölf Jahre alt.

Der Vater ist schon früh aufgestanden an diesem kalten Februarmorgen. Es ist noch nicht fünf Uhr, als er von draußen an das Fenster des Gästezimmers klopft, in dem ich schlafe. Das Zimmer liegt im Souterrain der alten Villa. Der ist ja verrückt, denke ich.

Es ist stockdunkel draußen, ich reibe mir den Schlaf aus den Augen. Dann stehe ich auf, ziehe mir den Trainingsanzug über, der schon bereitliegt, und stapfe mürrisch in den Garten. Der Vater dreht bereits seine Runden. Er läuft barfuß durch den Schneematsch, der wie eine braune Suppe aussieht. Erst sehe ich ihm noch entsetzt zu, höre ihn schnaufen, warte, bis er wieder an mir vorbeiläuft. Dann überwinde ich mich und trotte hinterher. Der Vater schnaubt und stößt die Luft übertrieben hart durch seinen Walrossbart.

«Komm, Bursche, auf, auf!», ruft der Vater.

Er nennt mich oft so, Bursche, wobei er das «r» bayerisch rollt und die letzte Silbe zischend betont. Irgendwann bricht er die Runden ab und schlendert hinüber zur Terrasse, wo er einen schweren Holzstuhl hoch über den Kopf wuchtet. Er zählt laut: Dreizehn. Pfff. Vierzehn. Pfff. Fünfzehn. Pfff… Sogleich hievt er sich an Ringen in den Klimmzug, macht Liegestütze, Klappmesser und einige heftige Züge am Rudergerät. Ich mache ihm alles nach, so gut ich kann.

«Das musst du», schnaubt er, «jeden Morgen machen.»

Dann haut er mir auf die Schulter und beginnt seine Runde zu drehen: «Los, Bursche!»

Am Ende joggt der Vater selbst noch zum Schlafzimmer in Trippelschritten hinauf, als könne er den Stufen einen letzten Effekt abgewinnen. Abgekämpft schlurfe ich hinterher. Ich soll leise sein, mahnt mich der Vater. Anne schläft noch. Er dreht sich um und blickt mir von oben in die Augen, ein Riese, der keucht und schwitzt und mit zärtlicher Stimme sagt:

«Maxe! Komm doch gleich mal mit! Ich hab da was für dich…»

In der Küche hatte Vater auf dem Tisch einen Geschenkberg gehäuft. Wir hatten uns vor Weihnachten zum letzten Mal gesehen, und dies war meine lang ersehnte Bescherung: Da lag eine schwarzlederne Sporttasche, sie sah so ähnlich aus wie die des Vaters, eine Pelzmütze mit Schirm und Ohrenklappen, wie sie auch er besaß, eine kleine, dunkelbraune Ledertasche mit einem langen Schulterriemen, eine schwarze Eisenkugel und, über das Ende des Tisches gebreitet, die Jacke – seine graue Fliegerjacke mit dem gerippten Kragen und roten Innenfutter. Ich stürzte mich sofort auf die Jacke.

Ich streifte sie über, sie hatte viel Luft. Sie fühlte sich schwer an, schwer und geschmeidig und weich. Der Vater strahlte. Ich lief zum großen Spiegel am Eingang und besah mich von allen Seiten. Die Ärmel waren noch viel zu lang, aber die konnte man hochschieben. Der Saum der Jacke war gerippt und weich. Er reichte mir bis auf die Oberschenkel, aber wenn ich etwas breitbeinig stand, hielt er an der Hüfte.

«Toll, Bursche», hörte ich Vater über den Flur rufen.

«Sie passt dir jetzt ganz toll.»

Ich gefiel mir: In der Jacke sah ich richtig kantig aus. Mit spitzen Schultern und schmaler Hüfte. Ich versuchte, meine Haare mit beiden Händen nach hinten zu streichen, so wie Vater es immer machte. Aber mein Pony war zu widerspenstig und fiel mir in die Stirn. Dann saugte ich meine Wangen zwischen die Backenzähne und biss darauf. Das hatte ich oft vor dem Spiegel einstudiert. Weil mein Kindergesicht so rund und voll gewesen ist, hatte ich mir auf die Wangen gebissen. Manchmal den ganzen Tag, bis sie abends geschwollen waren. Dadurch wurde es länglich und schmal, wie das Gesicht eines Mannes, wie Vaters Gesicht, in dem sich Knochen abzeichneten und hohle Wangen Schatten bildeten. Ich ließ meine Wangen wieder zurückschnalzen. Ich wollte nicht, dass Vater etwas bemerkte.

Als ich zurückkam, fiel ich ihm wild um den Hals. Aufgekratzt machte ich mich daran, die anderen Geschenke zu begutachten. Der Vater hatte sich nicht die Mühe gemacht, irgendetwas einzupacken, so wie Mutter es getan hätte, er hat die Sachen einfach nur übereinander gelegt. Ich setzte die Pelzmütze auf. Sie drückte, aber ich sagte das nicht, sagte, «passt wunderbar», und inspizierte die Tasche. Sie roch nach ganz neuem Leder. Ich legte die Kappe hinein, prüfte den Reißverschluss und hob die schwere Kugel vom Tisch.

«Acht Komma siebenfünf. Die Männerkugel», sagte der Vater.

Ich wog sie in der Hand. Dann setzte ich sie an den Hals und ging, auf einem Bein balancierend, langsam in die halbe Hocke. Der Vater nahm die kleine Ledertasche mit dem langen Riemen und hängte sie sich über die Schulter.

«Weißt du, der Al Feuerbach, der hat seine Kugel immer in einer kleinen Ledertasche dabei. So trägt er sie über die Schulter. Und immer, wenn er an einer Wiese vorbeikommt, packt er sie aus und macht in aller Ruhe ein paar Stößchen», sagte er.

«So ein Hund.»

Nachdem er ausgiebig und sehr heiß geduscht hat, macht sich der Mann mit dem Walrossbart ans Frühstück. Anne liegt noch in seinem Bett, oben, im Schlafzimmer. Vater sagt, wir wollen sie schlafen lassen. Er kocht Eier und Kaffee, presst Orangen aus, es gibt jeweils eine halbe Grapefruit, Melonenscheiben, Wintererdbeeren, Marmelade, Toast, Haferflocken und Quark. So etwas bekomme ich zu Hause nie.

«Du musst frühstücken wie ein Kaiser, zu Mittag essen wie ein König und zu Abend wie ein Bettler», sagt der Vater mit erhobenem Zeigefinger.

Und da ist es wieder, dieses ironische Augenspiel, das der Junge so liebt: Der Vater hebt die linke Braue so weit, wie er nur kann, und kneift das rechte Auge zusammen, bis er aussieht wie eine Karikatur von Nietzsche. Plötzlich wiehert er los, als hätte er einen besonders guten Witz erzählt. Nach dem Essen spielen sie das alte Eierspiel, bei dem sie die leeren Schalen aneinander schlagen, bis eine zerbricht. Es ist ein morgendliches Ritual, bei dem der Vater den Jungen beschissen hat, solange dieser denken konnte. Weil der Vater den kleinen Finger unter die Schale hielt oder die leere Schale bis zur Spitze so fest mit seinen langen, schmalen Fingern umschloss, dass sie dem Ei die Stabilität einer Wand verliehen, oder dem Jungen das Ei schon vor dem Köpfen mit dem spitzen Ende nach oben in den Becher schummelte und so sein eigenes unweigerlich das härtere geblieben war. Seine Trickkiste war unerschöpflich. Diesmal aber gewinnt der Junge. Er hat alle Kniffe durchschaut und den innigst grinsenden Vater vorher penibel kontrolliert. Außerdem hat er herausgefunden: Wer angreift, ist im Vorteil. Demjenigen, der das Anklopfen des Gegners tatenlos hinnimmt, bricht die Schale viel häufiger. Des Vaters dunkle Augen strahlen, er hält die zerbröselte Schale noch in der Hand, voller Zuneigung und Stolz.

Ich bin zwölf Jahre alt, ich trage weiße Jeans, ein hellblaues Hemd und einen breiten, schwarzen Gürtel. So wie er. Und da ist es wieder, dieses wonnig warme Gefühl, wenn er mich so anstrahlt, während er sich genussvoll seine Morgenzigarette anzündet. In Vaters Augen liegt ein milder Glanz, er ist bester Laune an diesem Vormittag. Er geht ins Wohnzimmer und zieht eine Platte aus seiner Sammlung. Vorsichtig säubert er die Nadel mit einem kleinen Pinsel und setzt sie behutsam auf den Plattenrand. Es knistert. Dann dreht er sich um und hebt den Finger, den Pinsel noch in der Hand, diesmal aber trägt Vaters Gesicht einen Ausdruck der Begeisterung, als wolle er eine Entdeckung ankündigen. Es ist eine Indiomusik, traurig und glücklich zugleich, und sie ist mir fremd.

«Tragische Geschichte», sagt Vater und zeigt mir das Cover.

Ich sehe einen Indianer mit einem pausbäckigen Gesicht, der eine spitze, regenbogenfarbene Ringelmütze mit Ohrenklappen trägt und Flöte spielt. Er hat eine platte, dicke Nase und zusammengekniffene Augen.

«Er trank», sagt Vater.

Ich sehe ihn fragend an.

«Er hat mit dieser Musik viel Geld verdient. Aber er ist dem Alkohol verfallen. Wie viele Ureinwohner Lateinamerikas. Er hat alles verloren, und dann ist er gestorben.»

Vater dreht sich wieder zum Plattenteller, nimmt eine Flöte aus dem Regal darüber und zeigt sie mir. Es ist ein einfaches Bambusrohr ohne Mundstück mit einer kleinen rechteckigen Kerbe und einer Bastverzierung am Ende.

«Hab ich mir dazu gekauft. Ich versuche schon seit Tagen einen Ton rauszubekommen. Siehst du, so muss man sie spielen ...»

Vater verschließt einige der Löcher mit den Fingern, presst das hohle Ende mit der Kerbe zwischen Kinn und Unterlippe und bläst Luft durch das kleine Rechteck, während sich sein Zeigefinger hebt und senkt. Aber man hört nur Prusten. Er setzt ab und holt sehr tief Luft. Dann drückt er die Flöte fester an sein Kinn, bläht die Backen, reckt die Ellenbogen, und plötzlich lacht er wieder, lacht sein Wiehern, und dann versuche ich es, aber ich kriege noch nicht einmal Luft in die Kerbe. Vater stellt die Musik lauter und beginnt zu tanzen. Er wirft den Kopf herum, schnalzt mit den Fingern und stampft und hüpft und tritt ungelenk auf der Stelle.

«Auf, Bursche, komm ...», ruft er und reicht mir die Hand.

Sein Gesicht ist angespannt und ernst, und ich sehe ein feuriges Flimmern in seinen Augen. «Los, Maxe!»

Das Humpern der Bassgitarren packt mich, ich wiege den Kopf wie ein tapsiger Bär und trotte auf ihn zu.

«Tanz, Maxe!»

Vater ist völlig elektrisiert. Er verdreht die Arme, als wolle er etwas aus den Ärmeln schütteln. Dann wirft er den Kopf in den Nacken, duckt sich, geht in die Hocke und schlackert mit den Armen wie ein Gorilla. Ich hopse und springe umher, unter mir verschwimmen rote Karos auf dem alten Teppich, an der Decke drehen sich Quadrate, und der Boden beginnt zu schwanken.

«Hey, hey, heyah», singt Vater. Wir tanzen im Kreis wie Fernsehindianer um einen Marterpfahl.

«Hey, heyaah ...», singe ich.

Vater wirbelt wild herum. Meine Füße stampfen immer schneller, bis ich Vater nicht mehr sehe, den Raum nicht mehr sehe, nur noch ein fließendes Farbspiel wahrnehme und Rhythmus und Geräusche.

Wir tanzen in den Rausch, bis wir außer Atem sind und das Kratzen der Nadel am Ende der Platte hören. Wir sind glücklich. Vater wischt sich den Schweiß von der Stirn. Matt sinkt er in den Ohrensessel vor dem Kamin. Ich setze mich auf sein Knie, als wäre ich noch ganz klein. Er umarmt mich, sanft. Vater streicht über mein widerspenstiges Kinderhaar. Er schnauft. Ich lege meinen Kopf an seine Schulter. Sein blaues Hemd ist nass geschwitzt. Er riecht vertraut, wie nach altem Harz.

«Ich muss jetzt ein bisschen arbeiten», sagt der Vater.

Er setzt sich an seinen Schreibtisch, um Briefe zu beantworten, die liegen geblieben sind. Er nimmt die Hülle von der Maschine, spannt den Bogen ein und beginnt zu tippen. Es ist ein gleichmäßiges Hacken, unterbrochen nur vom Klingeln am Zeilenende und dem Rasseln des Umhebers, Vater vertippt sich nie. Ich bewundere die Schnelligkeit seiner schlanken Finger. Künstlerhände, sagt Mama, der Mann ist ein begnadeter Chirurg. Er vertippt sich nie.

Die alte Villa liegt am Waldrand auf der Kreuzsiegener Höhe, von der man in ein Tal blickt, in dem die Nieste einen rechtwinkeligen Haken schlägt. Vater mag die Stadt nicht. Er wird überhaupt nie ein Mittelhesse werden, hat er gesagt. Er vermisst Bayern und das bergige Land mit seinen einfachen, bornigen Menschen.

«Wenn du denen hier ein warmes Grüß Gott gibst, schmettern sie dir ein eisiges Tach! entgegen», hat Vater gesagt.

Er mag auch seine Kollegen nicht. Alles so Möchtegernsäufer. Kein Stehvermögen, sagt er. Und deswegen hat er schon gleich in der ersten Woche eine Flasche Bourbon gekauft, Medley's, der mit dem aufgeschraubten Becher als Deckel, hat sich hingesetzt ins Schwesternzimmer, die Flasche auf den Tisch geknallt und ausgetrunken, in weniger als einer Stunde. Dann ist er aufgestanden und ganz ruhig runter zum Turbo gegangen. Als wär gar nichts gewesen. Heulen hat er ihn lassen. Und dann ist er nach Hause gefahren, die ganzen zwanzig Kilometer und den Berg hinauf.

«Damit die mal sehen, wie man das macht», hat Vater gesagt.

Es ist wüst hier oben. Von der Terrasse aus sieht man einen kleinen Biergarten in der Biegung. Dort sitzt der Vater gern, im Sommer, nach dem Fliegen. Aber das kann er nur, weil Anna so viel Geld geerbt hat von ihrem toten Doktor, ärgert sich Mama immer. Wir dagegen haben nichts. Mama ist nur eine Arbeitertochter. Ich habe meine Sachen aufs Bett gelegt, alles schön nebeneinander, die Jacke in die Mitte. Sie riecht so gut.

Ich gehe jetzt ins Souterrain und besehe mir die Truhe, seine Truhe. Immer besehe ich mir seine Truhe, wenn ich bei ihm bin. Es ist eine wuchtige dunkle Holztruhe mit einem runden Deckel. Er hat die alte Seemannskiste bei einem Trödler gekauft und auf dem Buckel nach Hause geschleppt, als er noch ganz jung war, hat Mama gesagt. Dann hat er über ein Jahr daran herumgeschnitzt. Apfelförmige Blüten und Ornamente auf dem Deckel und rautenförmige Schachbrettleisten an den Seiten. Er hat so ruhige Hände. Und als er mit der Truhe fertig war, ist er Arzt geworden.

«Du hast gute Hände. Du wirst Chirurg», hat Mama ihm gesagt, und er hat's getan.

Früher stand die Truhe in unserem Wohnzimmer, in Schwabing. Jetzt hat er sie unter die offene Holztreppe in den Vorplatz des Souterrains gestellt. Das ist sein Raum. Ich kann es riechen. Ich laufe ein paar Stufen die Treppe hinauf und springe über das Geländer hinab. Der Raum riecht frisch und nach Ferne.

Die Wände sind voller Fotos, Poster und Bilder, die er aus Fachzeitschriften ausgeschnitten hat. Fische. Ich trage einen Haizahn um den Hals. Vater hat ihn mir vom Roten Meer mitgebracht. Er hat den scharfen Zahn in Silber fassen lassen und ein Kettchen dazu gekauft. Aber ich habe die Kette abgemacht und mir ein dünnes Lederband besorgt. Das gefällt mir besser. Ein ganzes Meer voller Fische hängt da an der Wand. Königsfische und Kaiserfische, ein gelber Pinzettenfisch und ein hässlicher Skorpionsfisch aus dem Roten Meer. Dort ist Vater mit Anne getaucht. Auf einem Foto schlängelt sich eine meterlange, gelb und grün gepunktete Muräne dicht an ihrem Kopf vorbei. Vater ist damals ganz schlecht geworden, hat Anne mir erzählt, und dabei hat sie die Muräne gar nicht bemerkt. Die schönsten Fische aber sind die Haie. Sie scheinen aus den Bildern herauszuschießen. Wie silberne Projektile durchschneiden sie das Wasser. Ihre blassblauen Silhouetten verschwimmen mit dem Element, das sie umgibt. Kneift man die Augen etwas zusammen, sieht man nur die weißen Flecken auf den Spitzen ihrer Rückenflossen. Es sind Weißspitzenküstenhaie. Andere Küstenhaie tragen schwarze Flecken. Den dickbauchigen Makohai kann man fast gar nicht vom Wasser unterscheiden. Über ihm zieht träge ein Hammerhai vorbei. Ganz ruhig. Majestätisch. Und plötzlich zischt ein anderer hervor, einer, der sein Maul weit aufreißt und sieben Reihen Zähne bleckt. Auf Vaters Schreibtisch steht eine echte Haiflosse in einem Quarzsockel. Er hat sie selbst präpariert. In der Garage, in der er die Schweineknochen in einer blauen Tonne ablaugt. Wenn seine Experimente erfolgreich verlaufen, kann er bald Knochen transplantieren. So könnte man das Bein des jungen Kennedy retten, sagt Vater. Grünlich und etwas verschrumpelt sieht die Flosse aus.

An der Wand gegenüber der Truhe hängen Luftaufnahmen von Fallschirmspringern, die Sterne bilden. Im freien Fall sind die Gesichter der Männer verzerrt. Richtige Fratzen. Sogar eine Hochzeit in der Höhe ist dabei. Mit Priester und Messdiener, deren Weihrauchkannen senkrecht in der Luft stehen wie qualmende Lampions. Aber das war nicht seine Hochzeit. Vater hat weder Mutter noch Anne im Himmel geheiratet.

Zwischen diesen Bildern schwirren Flugzeuge aller Art herum. Doppeldecker wie die rote Tiger Moth mit den schwarzen Punkten, die der Berlinger im Film geflogen ist und Ernst Udet in den Alpen. Eines der Bilder zeigt eine Propellermaschine mit Sternmotor, eine mit gewachstem Segeltuch bespannte

Piper 18, dieselbe, auf der Vater in Dingolfing gelernt hat. Ich durfte sie schon steuern. Oben in der Luft hat er mir den Knüppel überlassen, als wäre das ganz selbstverständlich. Ein paar Starts habe ich auch gemacht. Aber da hatte Vater die Füße in den Seitenruderpedalen, ich komme ja noch nicht dran.

Neben der Treppe ist ein Bücherregal, auf dem ein Buddelschiff steht. Die meisten Bücher habe ich schon gelesen. Ich weiß alles über das archimedische Prinzip, über den boyardschen Druck, über die Tiefenrekorde ohne Lungenapparat von Jacques Mayol und Enzo Maiorca. Ich habe bei Cousteau über Wale und Kalamare gelesen und in den Fliegerbüchern Thermik, Strömungsverhalten und Luftrecht studiert. Jetzt lese ich Denk, Segelschein A. Es liegt auf meinem Nachttisch. Ich muss segeln lernen.

In der Seemannskiste sind Vaters liebste Sachen. Wenn man die Truhe öffnet, riecht es nach Gummi. Nach Salz und Erde. Sein Neoprenanzug, die Flossen mit dem Rückstrahlprinzip, Brille, Tarierweste und der Lungenautomat liegen obenauf. Ich wühle und finde das Tauchermesser, die Uhr und den Tiefenmesser, die er mit einem Einweckgummi zusammengebunden hat. Ich kenne seine Ordnung. Ganz unten ist das Schlauchboot mit dem zerlegbaren Holzboden, der Zodiac. Springerstiefel, Overall und ein kleiner Öffnungsschirm, der den Hauptschirm nach sich zieht, liegen auf der linken Seite neben Zelt und Feldflasche. Rechts verwahrt er ein Fernglas, seinen alten Holzfällerhut und die Axt.

Ich ziehe das Beil heraus. Es ist ein langes, schweres Beil, und es hat eine lederne Scheide über der scharfen Klinge. Das hat Mama nicht gekriegt. Und dabei hätte sie es ihm so gern abgeknöpft, nur um ihn zu ärgern. Aber er hat gekämpft wie ein

Löwe. Wie neu sieht es aus, obwohl er so viel damit gearbeitet hat. Mutter erzählt oft davon. Wie er sich um fünf aus den Federn quälte, die Axt geschultert hat und mit dem Fahrrad durch den Schnee in den Wald geradelt ist. Zuerst haben die Arbeiter ihn ausgelacht, den dünnen Studenten, und er durfte nur Äste abhacken und Gestrüpp wegräumen. Aber dann hat er Wut gekriegt und so fest draufgehauen, dass sie ganz dumm geguckt haben. Ab da hat er dazugehört. Geliebt hat er sie, seine Holzfäller. Gesichter wie geschnitzt, sagt er immer. Besonders der Busamento. Vater lacht noch heute über den Namen. Busamento Finsterwalder. In der kleinen Forstgaststätte ist er mit den Holzfällern oft einen trinken gegangen, als Vater und Mutter noch in Murnau wohnten. Manchmal war Mutter im roten Dirndl dabei. Und einmal hat ihn der Busamento in der Nacht, draußen auf der Veranda, beiseite genommen. Du, Milian, du bist do a Studierta. Sag amoi, wiaso is des a so, dass da Mond oamoi rund is, und dann is a wiada a Scheibn?, hat er ihn gefragt. Oft macht Vater den Busamento nach. Er zwirbelt sich den Bart, bis seine Enden nach oben zeigen wie bei Kaiser Wilhelm, spitzt die Lippen und zieht die Braue hoch. Und dann wiehert er, bis er husten muss.

Der Junge hört, während er in den Tag träumt, das gleichmäßige Hacken der alten Schreibmaschine. Der Vater sitzt noch immer an seinem Schreibtisch, dem ramponierten Gründerzeitgetürm, an dem ich jetzt sitze und auf den Schädel blicke, den Schädel, der am Kopf des alten Tisches steht, dort, wo er immer stand, und an den Tag des Abschieds zurückdenke, des Abschieds, der so war wie immer.

Der Mann mit dem Walrossbart setzt den Blinker. Der Doppelauspuff tief unter dem Heckspoiler röchelt im Leerlauf, der Wagen rollt zurück und springt aus der Lücke. Spritzt in die leere Siedlung, heult noch einmal auf und entfernt sich langsam. Der Junge sieht dem Wagen nach. Als er die Hand sinken lässt, ist das dunkle Ungetüm bereits lange außer Sicht. Er hätte mitgehen sollen auf diese Reise. Er ist wütend darüber, dass es ihm seine Mutter verboten hat. Wo der Vater doch schon an seiner Schule vorgesprochen und seine Freistellung über die Sommerferien hinaus erwirkt hatte. Acht Wochen Ferien. Er hatte es sich so sehr gewünscht. So sehr gewünscht, mit dem Vater auf diese Reise, auf das Schiff zu gehen und den Atlantik zu überqueren. Mütter haben Sorgen. Aber kein Verständnis für die Dinge der Männer.

Es ist kalt an diesem Februarmorgen, und der Junge zieht den Reißverschluss seiner neuen Jacke zu. Der Kragen ist aus Trevira. Er ist gerippt und weich. Die Schultern sind weit ausgestellt. In der Jacke sieht er kantig aus, wie der Bronson. Der Junge wird den Wettkampf gewinnen. Er wird ein Meister werden an diesem Nachmittag. Das wird dem Vater gefallen, wenn er wiederkommt. Er wird einen Rekord im Fliegengewicht reißen und den im Zweikampf einstellen, eine kleine silberne Schale mit einem goldenen Gewichtheber gewinnen, er wird stolz sein. Erst später, sehr viel später wird er bedauern, dass er nicht beim Vater geblieben ist, dass er nicht von ihm nach Hause gefahren wurde, in den letzten Stunden, die ihnen dann noch geblieben wären.

Was ging in dem Mann mit dem Walrossbart vor, als er den Jungen an diesem regenverhangenen Februarmorgen vor der

Sporthalle stehen ließ? Hat er das Unheil erahnt? Hat er sich, bevor er abbog, noch einmal umgedreht?

Ich weiß es nicht mehr.

1 Falte

Ich sehe ein Schiff, das Schiff.

Das Schiff ist rot.

Die Sonne brennt auf das Schiff herab. Schlieren heißer Luft steigen auf. Die See ist wellig und dunkelblau. Ich höre das Meer plappern.

Ich sehe ein Schiff, das Schiff.

Das Schiff ist rot.

Ein buchbreiter gelber Streifen durchzieht die Bordwand der Länge nach zwischen Wasserpass und Reling. Ich sehe meinen Vater. Ich sehe ihn in der Nähe der Reling. Ich sehe meinen Vater so, als stünde ich auf gleicher Höhe an Deck eines anderen Schiffes querab. Es bewegt sich mit der gleichen Geschwindigkeit. Es segelt in gleicher Lage. Ich rieche das Meer und spüre die Hitze der Sonne in meinem Nacken.

Ich sehe ein Schiff, das Schiff.

Das Schiff ist rot.

Mein Vater trägt ein blaues, ausgebleichtes T-Shirt, das über eine helle, beinahe weiße Jeans fällt. Sein Mund ist weit aufgerissen. Der Walrossbart verdeckt die oberen Schneidezähne. Er rennt. Er rennt auf die Reling zu, er scheint direkt in meine Arme zu laufen, ich strecke ihm meine Arme entgegen. Ich sehe seine dunklen Augen. In seinen Augen lese ich Entsetzen.

Ich höre einen Knall. Der Knall ist ein Schuss. Ich höre Schüsse.

Laut krachen sie durch die heiße Luft. Aber es ist, als hätte ich Watte in den Ohren. Ich höre erstickende Schüsse wie aus einem Maschinengewehr oder schnell hintereinander abgefeuerte Salven einer Pistole, vielleicht auch mehrerer Pistolen. Ich sehe meinen Vater, der zur Reling rennt. Er rennt direkt in meine Arme, ich strecke ihm meine Arme entgegen. Mein Vater bricht zusammen.

Ich sehe eine Hand. Die Hand ist schmal und schön.

An einem der Finger erkenne ich einen goldenen Ring. Es ist Vaters Siegelring. Ich sehe eine Hand mit Vaters Ring, die über das Seil der Reling schnellt. Die Hand rutscht ab. Sie sucht Halt am nächsten Seil, sie greift ins Leere. Ich sehe Finger, die sich eingehakt haben. Ich sehe eine Hand, deren Finger ermüden. Die Hand sinkt von der Reling und fällt auf das Deck. Mir wird schwindelig. Furchtbar schwindelig. Ich taumele.

Ich sehe eine Wand. Die Wand ist rot.

Ich verliere das Gleichgewicht. Am oberen Rand dieser Wand erkenne ich die Drahtseile der Reling. Ich höre einen Knall. Ich habe das Gleichgewicht verloren, und der Knall ist das Aufklatschen meines Körpers auf das Wasser gewesen.

Es ist kalt. Ich sehe Sonnenstrahlen, die sich unter der Wasseroberfläche brechen. Ich sinke. Ich sinke tiefer. Es wird dunkler. Ich sehe einen Schatten.

Ich höre einen Knall.

Es ist der gleiche Knall, den ich zuvor hörte, nur leiser. Es ist der Aufprall eines anderen Körpers auf der Oberfläche. Ich sehe einen Körper, der aus dem Licht ins Dunkel sinkt. Bald befindet er sich mit mir auf gleicher Höhe. Die Arme dieses Körpers scheinen zu schweben. Der Körper trägt ein dunkles T-Shirt und eine helle, beinahe weiße Jeans. Ihm fehlt ein

Schuh. Sein Haar tanzt um den Kopf wie die Fäden einer Qualle um ihre Gallertmasse. Der Kopf ist zur Brust geneigt, ich sehe das Gesicht des Kopfes nicht. Der Körper sinkt tiefer, er sinkt schneller als ich, und ich sehe, wie er eine dunkle Spur hinter sich herzieht. Schlieren einer dunklen Flüssigkeit. Die Flüssigkeit ist Blut. Ich sehe Schatten, lange Schatten. Die Schatten sind Haie.

Ich sinke tiefer.

Immer tiefer.

Ich wache auf.

Es ist rot.

✧

Der Flug ging erst um neun, ich habe noch Zeit gehabt. Masha kam nicht mit. Sie wollte sich das nicht antun, diesen Abschied am Gate. Ich konnte das verstehen. Die letzten Wochen waren nicht schön gewesen. Für keinen von uns. Es war mir recht. JFK ist keine passende Kulisse für einen Abschied. Für Abschiede gibt es überhaupt keine passende Kulisse.

Am meisten, sagt Masha, haben sie meine Exzesse zermürbt. Ich habe mich betäubt und gleichzeitig wachgehalten, so gut es ging. Abends stolperte ich von einer Bar in die nächste und landete zur Sperrstunde in der Delancey Street oder der Avenue D, kurz vor dem East River, in illegalen After-Hours-Clubs, die nicht mehr waren als das heruntergekommene Wohnzimmer oder der Keller eines alternden Kokaindealers. Ein paar muffige Sofas, kaputte Bürostühle, ein simples Brett als Tresen, über das jemand Bierbüchsen zu fünf und Kokstütchen zu zehn und zwanzig Dollar schob. In diesem Teil der Stadt haben die Nachtmahre wenig Ansprüche. Nur nicht schlafen. Nur nicht träumen.

Wenn der Morgen kam, rettete ich mich mit Mashas Valium über den Tag. Die Tranquilizer dämpften die Schmerzen in meinem Körper. Masha hatte die Pillen von ihrer Tante Bini. Die wiederum bezog sie von einem Arzt aus der Schweiz, per Post und auf Rezept. Meist aber trank ich zu Hause Whiskey oder Wein, bis das Phänomen eintrat, das ich als Junge einmal in einem schlechten Science-Fiction-Film entdeckt habe. Darin verfügte die Menschheit der Zukunft über eine großartige Erfindung: Eine Mitra aus Pappmaché mit einer aufgeklebten Telefonwählscheibe, die sie «Probs» nannten. Setzte man sich diesen Hut auf und gab, mit Hilfe der Scheibe, eine Uhrzeit ein, dann machte einen das «Probs» für die Dauer von – sagen wir – fünf Stunden dumm. Mit Alkohol kommt man dem recht nahe. Trinkt man weiter, folgt der Zustand, nach dem ich mich sehne. Ich nenne ihn: traumfreie Bewusstlosigkeit.

Masha litt darunter. Ich wurde irgendwann immer apathischer und brachte ihren Rhythmus durcheinander und ihre Wunschwelt zum Einsturz. Ich trank und schrieb an meinen Geschichten, während Nächte und Tage verschmolzen, tippte und trank am Kopfende der langen Schreibplatte, die ich längsseits der Wohnzimmerwand angebracht hatte, während Masha im Nebenraum versuchte, zu arbeiten oder zu schlafen. In unserem Apartment konnte keiner dem anderen entkommen. Es lag am Rande des East Village zwischen Second und First Avenue, dort, wo die First Street ein Dreieck von East Houston Street trennt, auf dem ein Kinderspielplatz aus Beton von hohen Drahtzäunen und silbrigen Stacheldrahtschlangen umfriedet ist. Wir bewohnten zweieinhalb kleine Zimmer im dritten Stock eines schmalen Tennements, dessen Wohnungen man Railroads nennt, weil alle Zimmer wie Zugwaggons hintereinander liegen. Auf den Flur folgte ein kleiner Vorplatz, und der ging bereits in die Küche über, in die wir einen halben Tisch und drei Klappstühle gestellt hatten. Im Wohnzimmer stand ein schwarzes Sofa aus Schaumstoff und die Replik eines Marcel-Breuer-Sessels, die wir auf der Straße gefunden hatten. In das Schlafzimmer am Ende der Railroad passten gerade das Bett und Mashas Schrein, eine grobe Schwarte an der Wand, auf der sie Kerzen, das Bildnis der Göttin, ein Foto ihrer galizischen Großeltern, Madonnen, eine Menora und Milagros hütete. Vom Fenster des Badezimmers aus konnten wir durch ein Gitter das obere Drittel des World Trade Center sehen. Die Wohnung war achtunddreißig Quadratmeter groß, und sie kostete ein Vermögen. Aber Masha war zäh.

Es war ihr eine unerschütterliche Verbissenheit zu Eigen, wie sie viele Frauen besitzen, die auf den ersten Blick ausgenommen zerbrechlich wirken. Was sich schon allein in der heroischen Haltung widerspiegelte, mit der sie ihre Jobs ertrug. Am Morgen hütete sie die Kinder wohlhabender Juden in einer Synagoge an der Upper East Side, nachmittags arbeitete sie in der kleinen Kammer an ihren Ketten und Ohrringen. In den Nächten am Ende der Woche zog sie sich in den Go-go-Bars am Times Square über den Gläsern der Betrunkenen bis auf den Drahttanga aus, in den sie die mit feiner Geste der Großzügigkeit hingeschnippten und zu Schiffchen und Fliegern gefalteten Dollarscheine der Gäste steckte, bis sie wie mit einer Weihnachtsgirlande umhängt vom Tresen stakste. Dabei redete sie sich neuerdings ein, Opfer auf dem Altar des Theaters darzubringen. Sie hatte einmal method acting bei Bergdorf studiert.

Masha brachte eine Menge Verständnis für mich auf. Doch als meine Phantasien immer mächtiger wurden und die Wirklichkeit immer jämmerlicher, ronnen ihre Gefühle für mich dahin. Bis nur noch die Gewohnheit übrig blieb und die Wände der Wohnung, in die sie sich mit falschen Nägeln krallte, als wären sie die Essenz eines fünfunddreißigjährigen Lebens, und das waren sie auch, wenn man von ihrem Vorrat an Modeschmuck einmal absah.

Um acht ist die Ansage gewesen. Der Tower meldete Bodennebel, für die milde Herbstzeit ungewöhnlich. Der Flug nach Frankfurt würde sich um etwa eine Stunde verzögern. Ein Defekt der Klimaanlage, hieß es am Schalter. Ich griff nach meinem schwarzen Kasten und setzte mich an die Bar in der Abflughalle. Sieben Jahre, dachte ich. Sieben Jahre und eine Stunde. Der letzte Kaffee in Amerika war so schlecht wie der erste. Aber der hatte noch nach Träumen geschmeckt. Nach Träumen, in denen niemand ertrank. Es war herrlich gewesen, damals.

Jede Nacht hatte ich mich auf die dünne Matratze in meinem Zimmer an der Fifth Street gelegt und mich auf den Schlaf gefreut. Das Zimmer gehörte einem jungen Serben, der von den Schlachtfeldern seiner Heimat geflohen war. Für eine Green Card hatte er eine sehr alte Jüdin geheiratet und renovierte jetzt Wohnungen. Das Zimmer war klein gewesen, und es hatte nur ein Bett, eine Art Bunk, vor einem der beiden Fenster. War der Serbe da, schlief ich auf dem Boden. Zwischen den Fenstern hatte er eine von der Decke herabbaumelnde Schiebewand aus leichtem Balsaholz angebracht, mit der man den Raum teilen konnte, wenn es unbedingt sein musste. Meist aber musste er bei seiner Frau an der Upper West Side nächtigen, und ich belegte den Holzverschlag. Ich war Mitte zwanzig und wenig anspruchsvoll.

Es war Spätsommer gewesen, die schönste Jahreszeit in der Stadt. Durch das Fenster drang der Geruch von Curry, Paprika und Kukurma. Die Fünfte im East Village ist die Straße der Inder. Tagsüber verkauften sie das rote und gelbe Pulver in den Geschäften aus vollen Säcken und verkochten es am Abend in den Restaurants, die sich gleich daneben Tür an Tür reihten, zu Brei. Jede große Stadt fordert eine bestimmte Wahrnehmungsart heraus. In New York ist es der Geruchssinn. Es genügt völlig, ein Fenster zu haben. Der scharfe Gewürzduft vermischte sich mit dem Gestank des Abfalls, der nicht abgeholt worden war und in der feuchten Hitze langsam faulte, den Räucherstäbchen der Weissager wie den rasant wechselnden Mysterien des ganzen holistischen Treibens, das sich jeden Abend von der First Avenue her aufs Neue abspulte. Glücklich versuchte ich, das fein verästelte Luftgemisch zu analysieren. Hier waren der Serbe und ich nichts als zwei neue Gerüche. Schon als ich im Taxi über die Brooklyn Bridge gefahren war, in diesem ersten, erhabenen Moment im Angesicht der Himmelsstadt, waren meine Dämonen zu kleinen Kobolden geschrumpft. Am Kopfende meiner Bettstatt im Zimmer des Serben hatte ich stets ein Dutzend hohe Wachsgläser postiert. Ich kaufte sie in den Latinoläden zu einem Dollar das Stück. Am liebsten die mit dem blutenden Herz Jesu darauf oder einem besonders kitschigen Bildnis der Mutter Gottes. Ich ließ sie die ganze Nacht brennen.

Sie warfen ein Zwielicht an die Decke, und wenn sie halb heruntergebrannt waren, begannen die Heiligen an den Wänden zu tanzen. Damals schmeckten die Träume.

Ich hatte ein einjähriges Austauschstipendium in der Tasche, das mir die Einreise mit einem Arbeitsvisum ermöglicht hatte, und arbeitete bei der deutsch-jüdischen Zeitung Aufbau, deren Redaktionsräume über einer Ballettschule am Broadway Ecke 74th Street lagen. Vor dem flachen Fabriketagenbau wurden wächsern gewienerte Äpfel verkauft. Der Duft verschiedener Kaffeesorten und warmen Sauerteigs, den es nur bei Fairway's gab, hing in der Luft. Eine gläserne Tür führte in einen langen, verspiegelten Gang. Als ich an meinem ersten Arbeitstag verschwitzt von der Subway an der 72nd hereinkam, drängten sich mit Muffins und Pappbechern bewehrte Mädchen darin und warteten auf den Lift. Der erste Atemzug war wunderbar. Ich habe nie wieder etwas Vergleichbares gerochen: frisch geröstete Kaffeebohnen, kalter Schweiß aus den Leggings und Pullovern der Tänzerinnen und ein Rest von Ammoniak, der vom Linoleumboden aufstieg und in der Nase kitzelte wie Sekt. Im dritten Stock kam eine weitere Note hinzu – Zeitungspapier, das entlang einer dunklen Archivwand vergilbte und zu Papiermehl zerfiel. Die Flügel des Lifts rollten ineinander. Hier oben war die Zeit stehen geblieben.

Über Bergen aus Büchern, Manuskripten und Korrekturfahnen hingen die Porträts von Theodore Roosevelt, Albert Einstein und Thomas Mann. Schwere Remingtons klapperten auf metallenen Schreibtischen. Noch immer brachte das Blatt in der schicksalsschweren Rubrik «Gesucht wird» die Hilferufe, die seit einem halben Jahrhundert unbeantwortet geblieben waren: «Eisenkling, Arthur, früher München, zuletzt Paris, von Jakob Eisenkling, c/o Hicem, P. O. Box 1425, Shanghai, China». Als wären sie einfach im Stehsatz geblieben. Die Zeitung lag seit langem im Sterben. Aber wie ihre letzten Leser hat sie den Gesetzen der Natur wie jenen des Marktes starrköpfig getrotzt.

Das Blatt berichtete von den Fluchten Tausender DDR-Bürger in den Westen wie vom Herbstausflug des German Jewish Club in die Catskills oder dem Rennen zwischen David Dinkins und Rudolph Giuliani um das New Yorker Bürgermeisteramt. Es listete die Bridgeergebnisse der Württembergischen Landsmannschaft neben der Zahl der Intifadatoten in Israel, rezensierte Off-Theater in Downtown unter der Anzeige für Schaller's Wurstwaren in Yorkville und dem Wochenabschnitt der Rabbinatsgemeinden an der Upper West Side.

«Der Knochenabschnitt. Damit sich die Doofen was aus der Dhora schnitzen können», sagte Hermann mit dem weichen «t» des Oberösterreichers und blickte von seiner Kaffeetasse auf.

Hermann war der leitende Redakteur. Ein Mann Anfang fünfzig, drahtig und mit lockigem Haar. Er trug löchrige Jeans, dreckige Turnschuhe und ein zerschlissenes Sweatshirt. Sein Atem stank nach Schnaps. Aber in seinen Augen lag die Arglosigkeit eines Menschen, der es fertig brachte, an seinem einzigen freien Tag die endlose Reise von Brooklyn nach Queens in einem alten VW-Bus auf sich zu nehmen, um einer greisen Wiener Emigrantin in der Küche die Glühbirne zu wechseln. Misstrauisch musterte er mich von oben nach unten. Dann widmete er sich wortlos einer Druckfahne. Ich hatte meinen einzigen Anzug an.

Hermann war als Volontär der Wiener Kronenzeitung auf

einer Indienreise einer Jüdin aus Brooklyn begegnet, hatte sie noch in Delhi geheiratet und war dann direkt nach New York geflogen. Er trank schon am Morgen, Rye aus kleinen Flaschen, den er im Kiosk an der Ecke zu zwei Dollar und ein paar Cents kaufte und in seine Kaffeetasse schüttete, aber er hielt sich fit, indem er jeden Tag den ganzen Weg von seiner Reihenhaushälfte in Canarsie am nördlichen Meerbusen Brooklyns bis nach Manhattan auf dem Fahrrad zurücklegte. In kurzen Hosen, auch im Winter. Vor seinem Schreibtisch zog er sich dann um, und dabei prustete er so mächtig, dass es mir manchmal war, als hörte ich ihn rufen: «Auf, auf, Bursche.» Hermann war ein Charmeur und ließ nichts anbrennen. Rief eine Frau in der Redaktion an, stand er auf, verbeugte sich an seinem Schreibtisch und sagte: «Küss die Hand, gnädige Frau.» Er strahlte für mich etwas Väterliches aus. Hermann spürte das. Wir wurden gute Freunde. Er gab mir eine feste Seite im Blatt und schickte mich hinaus in die Welt.

Gegenüber der Flughafenbar sah ich ein Werbeplakat. NY – Top of the World, stand darauf. Man sah eine Aufnahme der Weltkugel in Flushing Meadows, die für die Weltausstellung 1964 gebaut worden war. Merkwürdig, dachte ich. Die Reparatur der Klimaanlage sollte den Abflug um eine weitere Stunde verzögern, ließ uns eine Bodenhostess wissen. Merkwürdig, wie alt diese Welt doch ist.

Ich durchstreifte die Viertel der Chassidim, deren Türen sich mir mit dem Losungswort «Aufbau» in rückwärts gewandte Shtetl öffneten, in denen Patriarchen herrschten, die so heilig waren, dass sie selbst auf das Heilige Land spuckten. Ich watete durch ein wippendes Meer aus schwarzen Fedoras in der Lubavitscher Synagoge und wartete darauf, dass sich in Gestalt des stummen und siechen Rebbe auf der Empore des Eastern Parkway der Messias offenbaren möge. Stunden, Tage, Wochen. Doch der Erlöser kam nicht, nur der Tod, und der erlöste den Alten. Ich besuchte die Läden der letzten Tuchhändler vor Chinatown, die Schleifereien der Diamantaire auf der 47th und bekam Tee aus silbernen Kannen und Spritzgebäck auf Rosenthal-Porzellan in den Wohnzimmern Hundertjähriger, die sich einer Sprache bedienten, die mit der Weimarer Republik untergegangen war.

Mit Hermann trank ich in irischen Kneipen, in denen Dylan Thomas und Brendan Behan gesessen hatten, und lernte, als ich bei Tom Milano's mit einem furchtbaren Kater im Nacken ein Glas Wasser bestellte, Masha kennen.

Tom Milano's ist ein schmales Handtuch in NoHo, im vergessenen Niemandsland zwischen SoHo und Jonah Schimmels Knish-Bäckerei. Es war Winter geworden. Ich saß am Fenster zur Straße und sah, wie ein eisiger Wind alte Zeitungen wie Wüstensträucher durch das Viertel der verlassenen Synagogen trieb, die Straßen, in denen seit zwei Jahrhunderten Iren, Italiener, Juden und Hispanier, die armen Hunde der Stadt, wohnten. Das Viertel war mir nach wenigen Monaten vertraut, vielleicht meine erste wirkliche Heimat geworden. Während jenseits des Fensters nur wenige Autos den Weg nach Alphabet City suchten, drängten sich im stickigen Inneren des Lokals alle dicht aneinander. In der Breite maß der tiefe Raum nicht mehr als eine Körperlänge. Hinter einem langen Tresen ruhte der Staub vieler Jahre auf Feuerwehrhelmen, die vielleicht noch aus der Zeit des großen Brandes stammten, und gerahmten Storys von Rocky Marciano und Sugar Ray aus der Zeit der großen Kämpfe. Wollte man rein oder raus, rempelte man unweigerlich die anderen Gäste an. Ich drehte mich um, als ich einen Ellenbogen im Rücken verspürte. Es traf mich wie ein Blitz.

Anne. Vaters fatale Liebe.

Aber etwas in diesem Gesicht stimmte nicht. Ein Anflug von Trauer. Seine tiefe Blässe vielleicht? Oder die Nase, die sich wie ein gewaltiger Tropfen zu vollen Lippen herabbog? Eine halbe Stunde später schon lachte Masha laut. «Ich weiß», sagte sie und lachte, «ich sehe aus wie ein Nazi-Propaganda-Poster.»

Sie war Ashkenasim, osteuropäische Jüdin. Sie roch nach Marihuana und Mottenkugeln, und später, sehr viel später erst fand ich heraus, dass es ein feiger Geruch war, der sie umgab, ein Parfum, das Patchouli heißt. Nichts macht die Seele so empfänglich wie der Zustand akuten Alkoholentzuges. Entfernt sich das Gift, schärft es die Sinne im selben Maße, wie es sie zuvor betäubt hat. Man hört dann Zwischentöne. Silbenfetzen, die nach Verheißungen klingen. Man sieht in die Vergangenheit oder in die Zukunft. Man entkommt seinem Schicksal nicht. Ich sah in funkelnd grüne Augen und wusste, dass ich etwas gefunden hatte, das mir vor langer Zeit verloren gegangen war. Als wollte ich sagen:

Ich bin es … Erkennst du mich nicht?

Sie schien verwirrt, aber ihr Blick blieb eine Weile in dem meinen haften. Sie lächelte verschämt und setzte sich zu Hermann und mir auf einen Hocker. Wir tranken Portwein mit Eis. Wir redeten über Paris und die Lower East Side, und ich verschwieg ihre Ähnlichkeit zu Anne, verschwieg meine komplizenhafte Freude, und als Hermann gegangen war, sprachen wir über Liebe und ihren Namen. Sie hieß Jane. Jane Markovitz. Sie stammte aus New Jersey, aber ihre Großeltern waren aus Galizien eingewandert und mussten ganz in der Nähe, vielleicht in der Delancey, Mulberry oder Clinton Street, gewohnt haben. Jetzt hieß sie Jane Morales. Den spanischen Namen hatte sie von einem New Yorker Puertoricaner. Ihr jüdischer Taufname war Masha. Zehn Jahre war sie mit ihm verheiratet gewesen, und einige Monate zuvor hatten sie sich getrennt. Mein christlicher Taufname ist Max, sagte ich. Wir tranken aus, zahlten und liefen die wenigen Blocks bis zu ihrer Wohnung. Masha und Max. Ich war besessen. Vom ersten Moment an besessen.

Am nächsten Morgen kam ich zu spät in die Redaktion. Ich vermied es, mit Hermann über den Abend zu sprechen. Am Nachmittag ging ich in die Wohnung des Serben. Ich packte meine beiden Koffer und ging zu Masha.

Sie war einigermaßen erstaunt, als ich so vor ihrer Tür stand. Ich drückte sie sanft beiseite, ließ sie im Gang stehen und warf die Koffer auf das Bett, in dem wir die Nacht verbracht hatten. Ich verteilte meine Klamotten über Stühle und in Schränken und platzierte Unterlagen entlang der langen Wand im Wohnzimmer. «Hier müssen wir einen Schreibtisch bauen», sagte ich. Dann ging ich wieder ins Schlafzimmer und räumte ein Drittel ihres Schreins leer. Die Kerzen und das Bild ihrer Großeltern stellte ich auf das halb leere Regal neben den tönernen Händen, die sie bemalt und an spiralförmigen Ständern wie auf einem Baum angeordnet hatte. Die Stellungen der Finger ergaben in der Zeichensprache der Gehörlosen eine Botschaft, hatte sie mir in der Nacht erklärt. «Love Jesus, fuck Christmas.» Ich nahm den kleinen schwarzen Kasten vom Bett, hob den Schädel heraus und entfernte das Zeitungspapier. Ich stellte den Kasten auf den Schrein und justierte die Augenhöhlen in Richtung des Bettes. Dann setzte ich mich und rauchte eine Zigarette.

Masha saß am anderen Ende des Bettes. Überall brannten Kerzen in hohen Gläsern. Der ganze Raum flackerte. In den Rohren der Dampfheizung schlug eine lose Schelle gegen das Metall. Masha hatte alles regungslos und fasziniert beobachtet, als sei sie soeben Zeugin einer kultischen Handlung geworden. Sie sagte kein Wort. Ich war der erste Deutsche, den sie kennen gelernt hatte. Sie ging in ihre Arbeitskammer, kramte in einer Schublade und zog einen daumennagelgroßen Metallanhänger heraus. Es war ein Milagro. «Ein Wunschbild, wie es die Latinos der karibischen Inseln als heilige Glücksbringer verwenden.» Ein Mann und eine Frau, die einander gegenüberstehen und sich die Hände reichen. «Masha und Max», sagte sie und drückte es mir feierlich in die Hand.

Meine Besessenheit wuchs von Tag zu Tag.

Ich kam immer später in die Redaktion, wurde wortkarg und mager. Hermann musterte mich mit Sorge. Jeden Mittag lud er mich zum Essen ein. Trotzdem verlor ich Fleisch und Fett, bis mir Hosen und Hemden wie Fahnen im Wind um den Körper flatterten. In jeder Nacht und an jedem Morgen liebte ich Masha. Wir schliefen zuerst sehr zärtlich miteinander und dann trieben wir es wie die Viecher. In vielen Nächten spielten wir Rollen. Masha wickelte einen indischen Sari um ihren nackten Körper und drehte sich zu galizischen Tantseln im Kreise, während sie mit den Händen das Hüpfen der Klarinette imitierte, bis mir Tränen kamen und Lust und Brutalität. Mashas Physis war perfekt. Schmal, zierlich und weiß wie ein Laken. Sie hatte schwarzes Haar, fest und lang. Ihre Brüste waren weich und schwer. Im hundertfachen Kerzenschein schimmerten ihre grünen Augen wie die Pupillen einer Katze.

Manchmal trug sie ein enges Korsett mit Strapsen und Strumpfbändern. Schwere Kreuze baumelten um ihre Brüste. Sie stakste in roten Stöckelschuhen durchs Zimmer und feilschte mit mir um den Preis des nächsten Ficks, bis es weh tat und wir uns blutig schlugen, und als die Heizkörper an den Wänden kochten und die Schelle darin hämmerte, jagte ich sie nackt auf die Straße, in den Schnee hinaus. Wir trieben es in Häusereingängen, am Drahtgitter des Spielplatzes vor unserem Haus, im Washington Square Park zum Rhythmus der Congaspieler und bei Tom Milano's, am Ende des langen Tresens. Unsere Zungen ineinander verschlungen, fuhren wir uns mit den Fingern unter die Mäntel, bis ich es nicht mehr aushielt, sie auf den Hocker setzte und ihn reinsteckte. Wir sogen uns am Körper des anderen fest, sogen Flüssigkeiten aus Poren, Drüsen, Genitalien und Mäulern, hauchten einander Wahnsinn ein, bis einer von uns ohnmächtig wurde und auf dem Bett zusammenbrach. Masha war wie ein Dämon. Wie Vaters Tod und Auferstehung zugleich.

Ich hatte schnell herausgefunden, dass ihre linke Brust empfindlicher war als die rechte. Immer wieder strich ich mit der Zunge um diese Warze, während ich sie ansah und dann wieder vorsichtig die Spitze küsste. Masha trieb das zur Weißglut. Ich leckte an meinen Fingern, steckte sie ihr in den Mund, in den fließenden Schoß, flüsterte ihr deutsche Liebesworte und Flüche zu und hörte sie auf Spanisch antworten, bitten, flehen, bevor ich in sie eindrang, sie aufklappte, zusammenrollte, erdrückte, sie mit meinem Gewicht zerquetschte, bis wir vor der Extase und dann vor der Erschöpfung standen.

Ermattet, schweißnass und aneinander geschmiegt lagen wir quer über dem Bett oder auf dem Boden. Masha stand dann auf, legte sich den Sari an, ging zum Kühlschrank und kam mit einer Orange oder Grapefruit auf einem Teller zurück, die sie mitsamt der Schale in kleine Stücke geschnitten hatte. Gierig lutschten wir am kalten Fruchtfleisch. In diesen Stunden versuchte ich, in ihren Kopf einzudringen. Ich wollte alles wissen. Es sollte kein Geheimnis geben zwischen Masha und Max. Keine Tabus. Hatten Vater und Anne nicht auch danach gesucht? Keine Grenzen?

Ich musste es einfach wissen: Wann, warum und mit wem hatte sie geschlafen? Schon ein einziger Blick, der einem Kerl in der U-Bahn gelten mochte, weckte in mir den Hass und die Lust, die so unzertrennlich waren. Diese Gefühle konnte ich nur besiegen, indem ich mit ihr schlief. Wieder und wieder, und schon im Moment ihres abklingenden Höhepunktes kehrte das Verlangen, mich in ihren Körper, in dieses Gehirn zu bohren, umso stärker zurück. Je tiefer ich bohrte, desto eifersüchtiger wurde ich. Auf ihre Männer, die Maler waren oder Musiker, Farbige und Hispanier, die cool waren und die Straße gekannt hatten und Andy Warhol und Debbie Harry, ich war eifersüchtig auf Jean-Michel Basquiats Mörderpenis, auf ihre geschwätzige Schwester und das ganze verdammte galizische Erbe, auf ein fremdes, anderes Leben. Je näher ich ihr kam, umso unerreichbarer wurde sie. Es dauerte nicht lange, bis der Mann mit dem Walrossbart wieder aufkreuzte und sich in meinen Schlaf schlich.

Masha war Schmuckdesignerin. Sie kaufte Milagros aus Guatemala, Davidsterne aus Äthiopien und koptische Kreuze aus Italien. Sie reiste nach Uruguay und Bolivien und schleppte Säcke voller Glasperlen an. In ihrer Wohnung schnürte sie die antiken Murmeln zu dicken Ketten, sie schmiedete Ohrringe, Broschen, Ringe und Armreife, die sie unter dem Label «ethnisch» verkaufte. Masha betrieb einen schwunghaften Handel. Dabei kam ihr der hispanoamerikanische Name Jane Morales gut zupass. Sie ließ sich Zettel mit geschwungenen Lettern drucken, auf denen sie blumige Betrachtungen über den mythologischen Ursprung der Embleme und Zeichen anstellte, die sie mit dem Schmuck in Plastiktütchen packte. Sie rekrutierte Freunde und Bekannte en gros, gab ihnen Rohmaterial zur Heimarbeit und entlohnte sie nach Stückzahl. Als sie aus Nepal zurückkam, schmiedete dort eine Werkstatt voller Exiltibeter Anhänger nach ihren Zeichnungen. Mashas Geschäftssinn war phänomenal. Und absolut kosmopolitisch. In New York trug sie stets einen Musterkoffer bei sich. Sie bezahlte die Lehrerinnen ihres brasilianischen Tanzkurses in Ohrringen, belieferte die Afrikaner im Washington Square Park mit ihrem eigenen Tand und ließ im palästinensischen Deli an der Ecke zur First Avenue gegen christlichen Schnickschnack anschreiben. Ständig breitete sie irgendwo ein dunkelblaues Samtdeckchen aus, legte ein paar funkelnde Broschen und Ohrringe darauf und machte einen Deal.

In der Zeit, in der sie wieder viel unterwegs war, manchmal über Wochen und Monate, schrieben wir uns lange und feurige Briefe. Jeden Morgen ging ich vor dem Frühstück runter zum Briefkasten. Manchmal bekam ich drei an einem Tag. Als hätte ich an einem einarmigen Banditen drei Zitronen gezogen.

Masha bemalte die Briefumschläge kunstvoll. Auf einem waren die Augen eines Buddhas in Aquarellfarben abgebildet, die sie über dem Affentempel in Katmandu gesehen hatte. Auf einen anderen malte sie psychedelische Kringel und orientalische Ornamente, bis kaum noch eine Marke darauf Platz fand. Die Briefe strotzten vor Herzen, Kussmündern, Titten, tantrischen Göttinnen und Selbstbildnissen, immer dieselbe Draufsicht mit schweren Kreuzen und einem Davidstern über ihrer nackten Brust. Masha schrieb eng, beidseitig und benutzte sämtliches Papier, dessen sie habhaft werden konnte. Zettel, Reispapier, Tischservietten. Als befürchtete sie, vor der nächsten Zeile tot vom Stuhl zu fallen.

«Du bist mein Spiegel», schrieb sie.

«Wir haben tote Väter und Mütter, die uns brauchten, und wir müssen eine Prophezeiung erfüllen», schrieb sie.

«Manchmal sehe ich diese Traurigkeit in deinen Augen, wie aus einer alten Zeit. Dann will ich dich für immer lieben und halten», schrieb sie.

Ihre Briefe trugen stets dieselbe, geschwungene Handschrift mit zurückgezogenen Haken, als zögere sie, ihren Worten die Schwere des Niedergeschriebenen zu verleihen.

«Ich fühle eine Gleichheit, eine wässrige, süße Melancholie, die wir gemeinsam haben. Das ist kein Zufall», schrieb sie.

«Aber ich muss mein wirkliches Selbst finden, die Vergangenheit ablegen, besiegen», schrieb sie.

«Es gibt kein happily ever after», schrieb sie, und als die Ethnowelle in New York wieder abebbte und sie weniger verkaufte und nur noch selten reisen konnte, schrieben wir uns immer weiter und benutzten den Kasten unter Vaters Schädel als Mailbox.

Sie kritzelte über Tags jede Menge wirres Zeug in eine Art Psychobuch, einen linierten Spiralblock, dessen Seiten sie im Akkord beschrieb, ausriss und in den Kasten legte. Sie konnte Stunden damit zubringen, und wenn ich sie dabei störte, wurde sie sehr wütend. Ich versuchte, ihr zu antworten, so gut es ging. Dann reduzierten sich die Briefe zu Postkarten und die Postkarten zu kryptischen Botschaften, an denen sie eine Ewigkeit feilte. Ich konnte damit wenig anfangen.

«Geschenk aus dem Universum», stand auf der Rückseite einer Malerei von Hieronymus Bosch, einem Ausschnitt der Hölle, auf dem ein Vogeldämon einen fetten Mann frisst.

«Der Weg der Göttin ist unwiderruflich!»

Manchmal rezitierte sie eine Bibelstelle. Oder sie hinterließ einen Spruch, den sie als gnostischen Gospel oder keltisches Urwissen ausgab.

«Wenn du hervorbringst, was in dir ist, wird dich, was du hervorbringst, retten. Wenn du es nicht hervorbringst, wird es dich zerstören.»

Als ihr Ex-Mann Camacho Morales starb, fand ich einen letzten Zettel in dem Kasten.

«Bin ich meines Bruders Hüter?»

Ich habe darauf nicht mehr geantwortet. Die Göttin und Mashas korrupte Weissager haben es gerichtet. Camacho hatte sich eine hohe Dosis Heroin gesetzt und war bewusstlos an Erbrochenem erstickt. Genau wie Basquiat. Masha hatte ein Händchen für sterbende Kerle. Über Basquiat ärgerte sie sich noch, weil sie ihn einmal rausgeschmissen und sämtliches Zeug, das er in ihrer Wohnung gemalt hatte, aus Wut in den Müll gestopft hatte. Sie konnte ja nicht wissen, dass seine Bilder eines Tages im Museum of Modern Art hängen würden.

Camacho hatte ich ab und zu auf der Straße getroffen, wo er irgendwann auch übernachtete. Ob sie ihn überhaupt noch wahrnahm, weiß ich nicht. Jeder lebt eben in seinem eigenen Wahn.

Seit der Mann mit dem Walrossbart wieder da ist, sehe ich ihn in vielen Variationen. Ich sehe ihn an seinem alten Schreibtisch sitzen und Tabellen malen mit meinen Kinderfilzstiften. Ich sehe ihn, in knielanger, gebatikter Badehose im Starnberger Studentenbad, wie er sich mit Mutter balgt und sie in den See wirft. Ich sehe ihn, wie er mich in eine Decke gehüllt im Kreis wirbelt. Ich sehe einen Mann, der sein Kind auf den Armen durch eine Furt im Murnauer Moor trägt. Ich fliege mit diesem Mann in der Piper 18 einen Looping über Dingolfing, während er hinter mir am Knüppel rührt. Bis die Bilder langsam verblassen und ich das rote Schiff sehe und die Schüsse höre, ihr dumpfes Krachen, und falle, in das schwarze Wasser. Dann wache ich auf.

Masha nimmt mich manchmal in den Arm. Sie streichelt mich und versucht mich zu trösten. Sie liebt sterbende Männer. Eine Weile noch habe ich nachts gearbeitet. Bis ich es in unserem Apartment nicht mehr aushielt und durch die Straßen lief. Dann kehrte das Bohren zurück. Das Bohren in meinem Kopf, das so klingt wie der F-Train im Anfahren. Manchmal am Morgen, manchmal am Nachmittag. Und in der Nacht, nach den Träumen. Und dann kommt die Angst. Wie ein Malariaanfall. Sie schüttelt meinen Körper, bringt mein Blut zur Raserei, lässt mich erstarren und mit weit aufgerissenen Augen sitzen, liegen, stehen, wo immer ich mich gerade befinde. Absolut starr. Jede Bewegung könnte eine Verschlechterung der Lage zur Folge haben. Ich bin unfähig, mich dagegen zu wehren. Erst nach einer ganzen Weile, manchmal nach Stunden, in denen ich zu mir wie zu einem verschreckten Kind gesprochen habe, ebbt sie langsam ab und weicht einer Beklommenheit, die taub macht und klein und keinen Gedanken an Freude mehr zulässt. Masha hat mich nicht erkannt. Wir haben uns nicht in der Nacht erkannt, nicht in der ersten Nacht und nicht am Morgen, nicht in all den Jahren. Ich wusste damals noch nicht, dass Sehnsucht kein Spiegelbild hat. Und dann ist sie gegangen.

Das Haus mit der Nummer 616 in der 162nd Street liegt in einem wirklich unwirtlichen Teil Manhattans. Tante Bini machte das nichts aus. Sie hatte die Deutschen überlebt und sie würde auch die Puertoricaner überleben, davon war sie überzeugt. Tante Bini war die letzte Überlebende im «Vierten Reich», jenem Viertel, in dem die deutschen und österreichischen Juden gewohnt hatten. Sie hatte erst bemerkt, dass alle anderen weggezogen waren, als der Schächter seinen Laden schloss. Die Hispanier übernahmen das Viertel mit Mann und Maus, und das machte es uns nicht leicht, sie zu besuchen. Es ist mir immer mulmig gewesen, wenn ich die vier Blocks vom A-Train bis zu ihrem Haus hinüberlaufen musste. Meistens war ich froh, wenn Masha dabei war, obwohl sie viel kleiner und kaum halb so schwer ist wie ich, aber sie hat Haare auf den Zähnen und grünes Gift in den Augen, und das ist eine Sprache, die man in Harlem versteht. Sie bewegt sich in der Nacht wie ein Salamander. Ich dagegen bin ein Feigling. Es waren nur ein paar spielende Kinder. Johlend spritzten sie zwischen Amsterdam und St. Nicholas Avenue um die Ecke und rannten mich fast um. Sie hatten uns in ihrem Spiel gar nicht wahrgenommen.

Ich war erschrocken. Es war nicht einmal ein Angstanfall. Nur ein leichtes Zittern, das sich wieder verflüchtigte. Masha blieb stehen und sah mich enttäuscht an.

«Ich ziehe aus», sagte sie.

Während der U-Bahn-Fahrt schwiegen wir. Als wir zurück in unserem Apartment waren, den Bauch voller Matzeballs und Minutesteaks, zog sie sich aus, setzte sich immer noch stumm auf den Rand des Bettes und weinte. Einen Moment, eine theatralische Ewigkeit lang.

«Es geht nicht mehr», sagte sie.

Nackt und weiß wie das Laken vergrub sie das Gesicht zwischen den Knien, strich mit beiden Händen über die rot lackierten Fußnägel, drehte an dem feinen silbernen Ring um den zweiten Zeh ihres rechten Fußes und schlug die Augen auf.

«Ich hab immer gedacht, du würdest mal einen guten Job bekommen», sagte Masha.

Dann klingelte das Telefon.

Ob er richtig sei, fragte der Anrufer, bei Max Kreuzberg, Sohn des Dr. Maximilian Ernst Kreuzberg, der 1977 an Bord der Segelyacht *Nordstern IV* in der Karibik verschollen ist?

Ich erschrak. Als wäre der Mann mit dem Walrossbart am anderen Ende gewesen.

«Ja ...?»

«Entschuldigung. Nicodemus Merbach, Hauptkommissar, Kripo Neuss. Das liegt bei Düsseldorf», sagte der Anrufer.

Ich wusste nichts zu sagen.

«Ich möcht mich auch noch entschuldigen für die späte Störung. Aber so einen Fall kann man doch nich auf sich beruhen lassen. Mensch, wir müssen uns der tausend Augen der deutschen Segler in den Gewässern bedienen! Da kann man doch was machen!», sagte der Anrufer.

Ich war völlig verwirrt. Der Anrufer ließ sich durch mein Schweigen nicht beirren. Er fuhr fort.

«Ich bin ja, na ja, wie soll ich sagen, ich bin ja kein Karibiksegler, eher so 'n Binnenschipper, ich hab also 'n Motorboot in Holland, bei Venlo, das liegt ja von uns hier nur 50 Kilometer entfernt, das ist also, wie wenn man zum Tanken rüberfährt. Aber da muss man doch was machen!»

Der Anrufer sprach mit ruhiger, tiefer Stimme in einem leichten Singsang, den ich von entfernten Verwandten aus der Eifel kannte. Er sprach, ohne meine Verwirrung wahrzunehmen, seltsam vertraut, als säßen wir uns seit langem in einer Küche gegenüber.

«Ah so. Sie kennen die Akte ja nicht.» Er lachte. «Die können Se ja auch gar nich kennen. Ich hab se ja hier vor mir liegen. Die is also immer noch unter Verschluss, weil se noch anhängig is. Liegt hier bei uns im Giftschrank.»

Wieder lachte der Mann.

«Wir nennen den halt so. All die alten Sachen. Damit man nich mehr drangeht, denk ich mal. Bin so beim Stöbern drüber gestolpert. Hab se dann gelesen, und jetzt kann ich also schon bald nicht mehr schlafen. Vor vierzehn Jahren hat se noch mal jemand gefüttert, seh ich grade. Ah so. Das war der Niederreuther. Hat er anscheinend noch mal was nachgetragen. Sind Se noch dran?»

«Wer ist Niederreuther?», fragte ich.

«Ah so ... das war der Kommissar, der damals die Ermittlungen geführt hat. Leitet heute die Mordkommission in Duisburg. Das is also 'n guter Mann. Ich kenn ihn auch. Hat 'ne steile Karriere gemacht, der Junge.»

«Ich war damals noch sehr jung. Ich war zwölf Jahre alt, als mein Vater auf diese Reise ging. Ich ...»

Ich stockte.

«Also, der Niederreuther hat ganze Arbeit geleistet. Alle Achtung. Über tausend Seiten is das Ding dick. Schwerer als 'n Ziegelstein. Protokolle, Zeugenvernehmungen, Landkarten. Mensch, also alles, ne? Nur in der Karibik is er selbst nie gewesen. Haben se ihm wohl nich bewilligt. So isses halt. Wer schenkt denn schon 'nem Beamten was. Irgendwann muss er dann aufgegeben haben. Schade eigentlich.»

«Ja, schade eigentlich», wiederholte ich benommen.

Ich ließ Masha auf dem Bett sitzen, schloss die Tür zum Schlafzimmer und setzte mich an den Schreibtisch. Ich wusste nichts von diesen Ermittlungen. Ich wusste nichts von einer Akte. Ich hatte lediglich einmal von Anne gehört, dass sie die Ergebnisse ihrer Karibikreisen der Polizei mitgeteilt hatte, aber die hätte dann nichts unternommen. Sie war darüber sehr verbittert gewesen. Ich wusste gar nichts. Der Mann am Ende der Leitung redete noch eine Weile in die Leere, ich verstand seine Worte nicht mehr.

Und dann brach es, wie vom Grunde einer Kinderseele, empor.

Ich sage dem Anrufer, dass ich vierzehn Jahre alt war, als ich eine Postkarte von den Grenadinen erhielt. Sie war mir an meine Schule zugestellt worden. Der Hausmeister fand mich in der großen Pause bei den Rauchern und gab sie mir. Sie war aus St. Vincent. Es waren Inseln darauf gezeichnet und darunter ein Walfisch, der Wasser in die Luft spie. Die Karte war von Anne. Sie war eng beschrieben, und weil sie nicht genug Platz gehabt hatte, schrieb sie am Ende von einem Rand auf den anderen, sodass man die Karte mehrfach im Uhrzeigersinn wenden musste. «Dein Vater lebt», stand darauf. Das hatte ich sofort gesehen. «Dein Vater lebt, und wir sind ihm dicht auf der Spur. Unsere Leute sind wahrscheinlich in eine Drogengeschichte verwickelt worden. Halt durch, mein Junge.» Anne hatte das fast zwei Jahre nach Vaters Verschwinden geschrieben.

Es durchströmte mich eine derartige Freude, dass ich die Schule an diesem Tag für beendet erklärte, an diesem Tag und für die ganze folgende Woche. Ich schlenderte in die Stadt hinunter, setzte mich in ein Café, bestellte Bier und dachte an Vater. Er lebt. Sie würden ihn finden. Er würde zurückkehren. Auch zu mir. Es konnte sich nur noch um wenige Wochen handeln. Einige Monate vielleicht. Bis die Formalitäten mit der Polizei erledigt waren, falls er irgendwo im Gefängnis saß.

Viele Jahre, sage ich dem Mann am anderen Ende, der jetzt aufmerksam zuhört, viele Jahre noch hat sich der Junge an diesen Strohhalm geklammert. An diesen und an viele andere. Bis die Journalisten schrieben, dass alle tot sind. Ermordet, vermutlich. Obwohl auch sie nichts Wesentliches herausgefunden hatten. Danach, sage ich dem Anrufer, hat der Junge seinem Vater noch fünf Jahre gegeben. Vielleicht war er ja einfach abgehauen? Wenn er sich bis dahin nicht bei ihm, wenigstens bei ihm, seinem Sohn, meldete, wusste er, dass sein Vater tot war. Dieser Tag war sein einundzwanzigster Geburtstag. Die verschollenen Passagiere der *Nordstern*, auch sein Vater, waren inzwischen von ihren Bezirksgerichten für tot erklärt worden, damit die Hinterbliebenen an die Versicherungsgelder kamen. Der Junge hatte die Sterbeurkunde des Amtsgerichts Hannoversch Münden in Händen gehalten. Die Worte brannten sich in sein Gedächtnis ein. «Der Arzt Dr. Maximilian Ernst Kreuzberg, geboren am 26. 2. 1946 in Berlin-Schöneberg, zuletzt wohnhaft in Staufenberg Ortsteil Spiekershausen, wird für tot erklärt. Als Zeitpunkt des Todes wird der 19. 3. 1977 festgestellt.» Und etwas weiter unten, unter der Rubrik «Gründe», stand: «An diesem Tag ist Dr. Kreuzberg zusammen mit fünf weiteren Personen auf der Seeyacht *Nordstern IV* von Antigua nach Lissabon ausgelaufen. Das Schiff ist seit diesem Zeitpunkt vermisst und der Verschollene seither nicht mehr in Erscheinung getreten.»

Und dann war er sehr verärgert gewesen. Denn in weitschweifender Amtssprache stand da, dass der minderjährige Sohn des Verschollenen aus erster Ehe selbst den Antrag auf Todeserklärung gestellt habe. Aber das hätte er nie gewagt. Er war einfach übergangen worden. Seine Mutter hatte diesen Antrag gestellt, ohne ihn zu fragen. Anne legte Widerspruch ein. Doch das Urteil wurde gefällt. Und sein Vater war tot. Aber wie kann man überhaupt jemanden für tot erklären?, fragte er sich, und dann auch noch in diesem scheußlichen Idiom? Nur weil man über dessen physischen Verbleib nichts wusste? Der Junge ignorierte das offizielle Verdikt beharrlich. Bis zu diesem Tag. Bis zu seinem einundzwanzigsten Geburtstag. An diesem Tag schwor er feierlich, herauszufinden, was geschehen war. Schwor zu lernen, Sprachen zu lernen, wie man recherchiert und sich in fremden Ländern bewegt, schwor, die Mörder seines Vaters zu suchen.

Aber der Vater wollte nicht sterben. In seinen Tagträumen

blieb der Vater am Leben. Nur in der Nacht starb er, in vielen Nächten, aber niemals am Tage. Ich beschreibe dem Anrufer die endlosen Stunden wachen Dahindämmerns, in denen der Junge seinen Vater in entlegenen Piratennestern der Karibik gefunden hatte. Er fand ihn in einer geheimnisvollen Inselwelt, die er sich immer detailreicher ausmalte, fand ihn nach langer, heldenhafter Suche und vielen gemeisterten Gefahren, und dann feierten sie gemeinsam Wiedersehen, ein Wiedersehen, das immerfort dauerte. Je älter der Junge wurde, desto realer wurde die Taggestalt des Vaters. Anfangs hatte er ihn nur im Schlaf erkennen können. Aber dann sah er ihn auch am Tage, im Licht, sah ihn in Fleisch und Blut. Das erste Mal bei Karstadt.

Oft suchte der Junge, sage ich dem Anrufer, das Kaufhaus gleich nach der Schule auf. Ja, sagt der Anrufer. Immer treffe man die Kinder dort.

Endlos fuhr er die Rolltreppen auf und ab und hörte in der Elektroabteilung die neuesten Platten. Bonnie Tyler, Debbie Harry, Bachman-Turner Overdrive. Er war vor Schreck fast erstarrt, als sein Vater auf der gegenüberliegenden Rolltreppe, zwischen Herrenbekleidung und Bilderrahmen, an ihm vorüberfuhr. Der Vater sah den Jungen nicht, jedenfalls sah er ihn nicht an, sondern guckte nur vor sich hin und lächelte in sich hinein. Er trug eine helle Hose mit einem breiten, schwarzen Gürtel, ein hellblaues Hemd und seine graue Fliegerjacke.

Bis der Junge die nächste Etage erreichte, konnte er sich nicht rühren und stolperte, als der letzte Treppenabsatz vor seinen Füßen im Gezähn verschwand, ein paar Schritte in die Schuhabteilung hinein. Dort sammelte er sich. Drehte sich auf dem Absatz herum, schlängelte sich durch die Einkaufenden hindurch zu der Treppe, die sein Vater hinabgefahren war, und rannte hinterher. Er durchkämmte die beiden unteren Etagen und auch die Lebensmittelabteilung im Untergeschoss. Stürzte auf den Platz vor dem Haupteingang und suchte zwischen den Passanten nach einer hellen Hose und der grauen Jacke. Aber der Mann mit dem Walrossbart war verschwunden.

Der Junge behielt die Begegnung für sich. Diese, und alle anderen. Denn als der erste Schrecken verflogen war, fürchtete er, die Erscheinung möge nicht wiederkehren, wenn er irgendjemandem davon erzählte. Damals fing es an.

In seiner Phantasie vermischten sich die Visionen bald mit einer Melodie, die er in der Plattensammlung des Vaters gefunden hatte. Es ist eine zerkratzte Single. Ich frage den Anrufer, ob er das Harry-Lime-Thema von Anton Karas kenne. Nein, sagt der Anrufer. Erst, als ich ihm den Filmtitel nenne, kann er etwas damit anfangen: Der Dritte Mann. Der Junge hat das Stück auf der Gitarre gelernt, es lässt sich sehr gut auf diesem Instrument spielen. Weil er glaubte, sage ich dem fernen Anrufer, dies dem Vater zu schulden. Es ist das Thema des Untoten. Und wenn der Vater wie Harry Lime der Kanalisation durch eine Litfaßsäule entstieg, sich nach dem Fußballspiel unter die Zuschauer am Rande des Edelzeller Sportplatzes mischte oder plötzlich auf der Bühne der Schulaula, während der donnerstäglichen Bläserprobe, mit den Fingern einer Hand über die Falten des großen Vorhanges wie über die Saiten seiner Gitarre strich, hörte er das Thema. Der quälende Zitherschlag haftete ihm an. Ich spiele es oft. Spiele es noch immer, als könne ich den Untoten mit seinem eigenen Thema betören.

Der Anrufer antwortete nicht.

Es blieb noch eine Weile still. Dann fragte ich:

«Sagen Sie, wie kommen Sie eigentlich an meine Telefonnummer?»

«Die hat mir Ihre Mutter gegeben.»

«Anne ist nicht meine Mutter. Sie ist die zweite Frau meines Vaters.»

«Ah so. Dann hab ich das also falsch verstanden. Ihre Mutter, also Ihre Tante hat mir gesagt, dass Sie in Amerika leben?»

«Sie ist auch nicht meine Tante. Können Sie mir die Akte schicken?»

«Nee, also, das kann ich nicht. Die is ja noch unter Verschluss. Das darf ich nich wegen Datenschutz, obwohl das ja eigentlich Ihre Daten sind, ne, aber da komm ich in Teufels Küche. Vielleicht kommen Se ja mal nach Neuss?», fragte Merbach.

«Ja, vielleicht», sagte ich.

«Also, wie gesagt, der Niederreuther, der hat gut gearbeitet. Aber ein paar Sachen hat er ausgelassen. Warum hat zum Beispiel niemand den Runge in der Schweiz verhört? Wo doch die Runge, also, die hatte ja ein Verhältnis mit dem Skipper. Hör ma, die war doch ganz wild auf den Kerl, so 'n bulliger Metzgermeister, Mensch, da stand die doch drauf. Und der Niederreuther hat die Runge als Verdächtige eingestuft. Also da muss man doch von der Kantonspolizei auch ma den Alten verhören lassen. Oder die Sache mit dem Funkgerät. Da stimmt was nich. Wann wollen Se denn kommen?»

«Ich weiß noch nicht.»

«Also, hier sind Se willkommen», sagte er. «Ich hab hier in Neuss ein Haus. Mein Sohn, wissen Se, der hat gleich gegenüber gebaut, und da ham wir also Platz, wir ham sogar zwei Gästezimmer, können Se sich eins aussuchen. Die Gundi und ich, die Gundi, das is meine zweite Frau, wir würden uns also freuen, wenn Se hierher kämen. Wann wollen Se denn kommen?»

«Nächste Woche», sagte ich.

Masha ist am Morgen gegangen. Sie wohnt jetzt bei George, einem polnischen Juden, in der Fifth Avenue, Professor an der Columbia, der in früheren Jahren ein großer Dandy gewesen ist. Aber je älter er wurde, desto jünger waren seine Frauen, und seit er jenseits der siebzig ist, kann man ihn getrost einen Päderasten nennen. Ich half Masha noch, ihre Habe in seinem Keller unterzustellen. Es passte alles in eine Ecke des Verschlags. Das war ein sehr trauriger Anblick. Aber ich besaß noch weniger. Und was nicht in die beiden Koffer ging, mit denen ich einmal gekommen war, landete in Georges Keller. Bücher, Bilder, Jacken. Bis zur letzten Büroklammer. Alles, was sich in sieben Jahren angesammelt hatte. Es war kein schöner Tag, dieser letzte, an dem ich Masha sah. Trotzdem war ich besser dran. Ich konnte gehen. Das Land verlassen.

Ich gehöre zu den Menschen, die ihr Leben nicht selbst in die Hand nehmen. Ich glaube daran, dass es ein Schicksal gibt, eine feste Größe, wie der Dow Jones oder eine intergalaktische Bußgeldbehörde, die Bosheiten zuteilt, genau bemessen an Quantum und Qual, und wie jede Behörde ist sie fehlbar und bestechlich. Ich lasse mich treiben. Es ist eine selbstmitleidige, zuweilen lustvolle Zeremonie des Ertrinkens. Ich gehöre zu den Schwachen, mit denen das Schicksal gern einen Unsinn anstellt. Zu denen, die einen Mühlstein vor sich herschieben. Denn es gab einen Punkt im Leben dieser Menschen, an dem sie den unausweichlichen Verrat viel zu früh zu spüren bekamen. An dem ihnen Tod und Sinnlosigkeit vor Augen geführt wurden, bevor sie die Worte Sinn und Leben überhaupt lernen konnten. Wo die Hoffnung, die mit Mutter und Vater begann, erstarb, lange bevor sie allmählich zerbröckeln konnte.

Ich gehöre zu denen, deren Körper manchmal willenlos und glasigen Blicks durch die Straßen drängen wie Somnambule. Wenn ich, manchmal erst nach Stunden und Kilometer von meinem Ausgangsort entfernt, wieder klar zu denken beginne, frage ich mich verwundert, warum und mit welchem Ziel ich eigentlich losgelaufen bin. Ein andermal sitze ich vor mich hin stierend in einem Café, einem Zimmer, in einer Ecke und warte. Worauf ich warte, weiß ich nicht. Aber ich weiß, dass ich nicht alleine bin. Es gibt Menschen, die wie ich zeitweilig in einer Art Zwischenwelt leben. Es sind die, denen es oft nur mühsam gelingt, sich auf kleine gemeinsame Nenner zu konzentrieren, wie der Kassiererin im Supermarkt guten Tag zu sagen oder bei Rot nicht über die Straße zu gehen. Es sind die, denen mitten in einem Gespräch plötzlich nichts als tödliches Schweigen entströmt oder ein hasserfüllter Schwall, wo sie besser geschwiegen hätten. Es sind nicht wenige, die sich dann in einen See aus Gin und Tonic stürzen, im Labyrinth von LSD, Speed und Ecstasy verirren oder sich in die unbestreitbare Überlegenheit der Heroinabwesenheit verabschieden, und manchmal kommt sogar ein ganzes Heer von ihnen zusammen, wie an jedem Dienstag von acht bis zehn in der Presbyterianerkirche am St. Marks Place. Dann ist der kalte, holzverschalte Raum erfüllt von Schweigen. Ziellos irren ihre Blicke an den Wänden entlang, als wären sie Blinde. Es dauert eine ganze Weile, bis sie zu schwatzen beginnen und zu weinen. Und dann steht einer von ihnen auf und sagt es, er kämpft mit den Tränen und sagt es für alle:

«Sorry, Leute. Ich bin seit sieben Jahren trocken. Aber ich kann die Sonne nicht ertragen, ich bin gemacht für die Dunkelheit, dafür, mich unter den Tischen zu verstecken.»

Wenn sie nach zwei Stunden wieder auf der Eighth Street stehen, versuchen sie, artig auf Wiedersehen zu sagen, sich ein U-Bahn-Token zu kaufen und die Miete zu zahlen. Bis zum nächsten Mal. Den Glücklichen gelingt es, sich in Arbeit zu flüchten, in eine Idee, eine Vision, in den Wahn zu retten. Ich träume von einem Schiff, das mich nicht mitgenommen hat, und der Nordstern ist mein Licht.

Müde winkten Sicherheitsbeamte die Passagiere zum Gate. Ich wusste nicht, was mich erwartete. Als ich in der Haupthalle noch einige hundert Dollar eingetauscht hatte, glaubte ich zunächst, der Mann in der Wechselstube irre sich und gebe mir Schweizer Franken. Ich wusste nicht, dass es in Deutschland jetzt neue Geldscheine gab. Die Sicherheitsbeamten trugen Ray-Ban-Brillen. Ich trat durch das Gate. Was hätte ich ihnen schon über den Inhalt des schwarzen Kastens sagen sollen?

2 Spitze

«Schlachtermeister? Müssen wir das wirklich so schreiben? Schlachtermeister? Allein dieses Wort hatte den stellvertretenden Chefredakteur schon beim Lesen des ersten Absatzes angewidert. Er wollte», sagte Henry Dreher, «lieber eine schöne Geschichte. Eine schöne Geschichte mit viel Karibik und einem Schuss Morbidem darin.»

Der angejahrte Reporter blätterte in Papieren und Fotoalben. Er besaß noch sämtliche ihm damals zugängliche Unterlagen. Wir saßen in seiner Küche. Die Wände waren mit hellem Holz verschalt. Von roten Fliesen stieg der strenge Geruch eines alten Hundes auf. Im Fenster standen kleine Palmen, um deren Töpfe jemand schimmerndes Stanniolpapier gewickelt hatte. Es raschelte, wenn der Wind darüber strich.

«Den Auftrag, die *Nordstern* zu suchen, habe ich bekommen, weil ich im Jahr zuvor eine Atlantiküberquerung gemacht hatte und mich in der Karibik etwas auskannte. Dort geht es nicht so zu wie in deutschen Häfen, müssen Sie wissen.»

Dreher erwartete eine Reaktion.

Ich nickte.

«Richtige Häfen gab es überhaupt nicht. Es gab Buchten. Bei verschiedenen Inseln musste eingecheckt werden, bei anderen wieder nicht. Anschließend kümmerte sich niemand mehr um die Schiffe. Ich suchte in der Zeit von Anfang Mai bis Mitte Juni 1979 in der Karibik nach der *Nordstern*. Zwei Jahre nach ihrem

Verschwinden. Die Kosten übernahm das Magazin. Wir sind es nicht dumm angegangen, aber wir sind es arrogant angegangen», sagte Dreher.

Ich nickte wieder.

«Frau Dr. Anne Kreuzberg hatte mir die Namen ihrer Zeugen gegeben. Es war leicht, diese Leute zu finden, weil sie noch am selben Ort wohnten. Die meisten waren deutsche Segler. Wir haben uns auch in Geschäften erkundigt, wo Segler auf jeden Fall hingehen. Wissen Sie, in jedem Hafen gibt es ein Lokal, in dem sich die Segler treffen. Diese Lokale habe ich aufgesucht und den Leuten Bilder vorgelegt. Wir hatten dicke Alben vorbereitet. Auch mit Bildern von meinen Kollegen und ganz anderen Leuten. Viele Zeugen wurden dann unsicher. Frau Dr. Runge jedoch wurde sehr oft erkannt, und da waren sich alle sicher.»

Henry Dreher sprach kühl und sachlich. Ich saß neben ihm, an der langen Seite eines Holztisches. Von Zeit zu Zeit wanderten seine Augen flüchtig in den entgegengesetzten Winkel, als fürchteten sie meinem Blick zu begegnen.

«Auch auf die Bilder von Manfred Lehmann wurde oft gezeigt. Bei den anderen Besatzungsmitgliedern waren sich die Zeugen nicht mehr so sicher.»

Henry Dreher seufzte.

«Leider», sagte er.

Er sah von seinen Papieren auf und lächelte. Das erste Mal, väterlich.

«Sehen Sie, die Welt des Reporters ist voller Geschichten. Und je länger er im Geschäft ist, desto weniger bleiben diese Geschichten an ihm haften. Bis ihn gar nichts mehr bewegt. Es ist ein Wunder, dass ich diese Unterlagen noch habe.»

Der Zug nach Kiel war voll gewesen und hatte nach kalter Asche gestunken. Marinesoldaten verstopften die Gänge. Sie saßen auf den Böden, rauchten, tranken, lärmten, ich war müde. Ich streckte die Beine von mir und schloss die Augen. Ich versank in der vertrauten Melodie. Wiegenlied meines Untoten. Ich atmete tief. Endlich. Ich hörte es so deutlich. Deutlich wie lange nicht.

Ich hatte mir in den Kopf gesetzt, vor der Fahrt zu Merbach den Magazin-Journalisten zu treffen, der dem Schiff dicht auf der Spur gewesen war. Sein Name steht kursiv unter einem sechsseitigen Artikel, der 1979 in der Illustrierten erschienen war. Er trägt den Titel «Das Rätsel der *Nordstern IV*». Ich besaß nur eine unleserliche Kopie davon. Meine Finger waren so oft über die Buchstaben gefahren, dass sie sich kaum noch vom Hintergrund abhoben. Dieser Mann war für mich zu einer Legende geworden.

Henry Dreher erwartete mich am Gleis. Er war klein und schlank. Er trug einen weiten, dunkelgrünen Regenparka, wie er vor sehr langer Zeit modern gewesen war. Er trug ihn offen. Schon von weitem erkannte ich Vaters breiten schwarzen Gürtel auf der Jeans, den schwarzen Gürtel mit der Doppelschnalle. Dreher wiegte den Kopf, bis er fast auf seiner Schulter lag. Er musterte mich.

«Wir müssen noch ein paar Dinge besorgen. Tut mir sehr Leid, aber ich hatte heute noch keine Zeit dazu», sagte er.

Wir stiegen in einen Kombi. Auf der Rückbank sah ich Kindersitze. Knäuel weißer Hundehaare klebten am Filz der Konsole. Wir hielten an einem Supermarkt. Während des Einkaufs sprachen wir nicht miteinander. Auf dem Weg zu seinem Haus hielt er am Hafen. Wir gingen ein Stück in der Dämmerung spazieren, es nieselte. Er hustete und kramte in der Tasche seines Parkas nach einer Zigarette. Ich gab ihm Feuer. Im Schein der Flamme richtete er das Wort an mich.

«Wissen Sie, ich bin gar kein Journalist mehr», sagte er mit gebrechlicher Stimme und sog den Rauch tief in die Lungen.

Henry Dreher hatte abgemustert. Nachdem er ein halbes Leben für das Magazin in aller Welt unterwegs gewesen war, hatte er eine sehr junge Frau geheiratet. Sie bekam Töchter. Er arbeite als Makler, sagte er. Versicherungen. Mit den Reisen sei Schluss. Das Büro führe er von zu Hause. Wenn er von seinen Kindern sprach, verwendete er den Begriff «Spätberufener». Der Wind fuhr ihm durch das mittellange Haar, es war noch voll und lockig und an den Schläfen ergraut. Dreher zog sich den Kragen unters Kinn. Die Geschichte sei ihm sehr nahe gegangen, damals.

«Leute in meinem Alter. Wie Ihr Vater. So mitten im Saft. Und dann das», sagte er.

Ich fragte ihn, wann er geboren sei. 1944, im November.

«Ich bin ein Jahr jünger als Ihr Vater.»

Ich war über diese Antwort sehr erstaunt. Er hatte dieses Detail nach all den Jahren noch in Erinnerung.

Ich sah eine Werft, in der ein Ozeanriese vor der Dunkelheit lag. Sein Rumpf war von gleichmäßigen Schweißnähten überzogen. An einigen Stellen klafften Bahnen der Länge nach aus seinem Bauch. Er sah aus wie ein Walkadaver. Dreher schien Wehmut zu befallen. Auf einer vom Wasser zerspleißten Mole stand eine fette Möwe auf einem Bein im Wind. Das andere war im aufgeplusterten Federkleid verschwunden.

«Mitten im Saft», murmelte er.

Das kleine Holzhaus, in dem Dreher lebte, lag in einer Art schwedischen Kolonie außerhalb der Stadt, wo das Land flach war. Er stellte mich seiner Frau und seinen Töchtern vor, sie waren noch sehr klein. Er schob mich in die Küche und schloss die Tür, sodass ich mich an das Gesicht der Frau nicht lange erinnerte. Etwas schien Henry Dreher nicht recht. Ich habe ihn nicht danach gefragt.

«Ich dachte damals noch, prima, die Segelyacht müsste doch von anderen Seglern ganz leicht wiedererkannt werden. Viele meinten dann auch, dass sie das Schiff wiedererkennen würden. Aber das glaubten sie nur. Tatsächlich waren dazu nur wenige in der Lage.»

Der alte Reporter wurde munter. Er hatte starken Kaffee gekocht und einen halben Becher davon in kurzen, schnellen Schlucken getrunken. Er blätterte in einer Mappe.

«Ein Mann, dieser Mann hier, hat behauptet, die *Nordstern* mehrfach gesehen zu haben. Nolly Simmons. Frau Dr. Kreuzberg stuft ihn als absolut zuverlässig ein. Der war ein Bootskonstrukteur, Engländer. Ich hab ihn dann die Yacht malen lassen. Das war auf Grenada. Mann. Es war alles andere als die *Nordstern*, was er da gezeichnet hat.»

«Also sind die Aussagen, die Anne zusammengetragen hat, wertlos? In Ihrem Artikel klingt das anders ...»

«Den hab ich auch gar nicht geschrieben.»

«Wie bitte?»

«Ich habe ihn recherchiert. Geschrieben hat ihn ein anderer. Ein Redakteur in Hamburg. Das war in dieser Zeit durchaus üblich.»

«Hat er denn etwas umgeschrieben? Ich meine, hat er verändert, Tatsachen verdreht? Mir war es bislang nie in den Sinn gekommen, ihre Geschichte anzuzweifeln.»

«Nein. Der Redakteur hat es korrekt geschrieben. Und ich will es ihnen gleich sagen: Die Story stimmt. Zwei zum Beispiel konnten das Schiff aus dem Kopf exakt nachzeichnen. Bis ins kleinste Detail. Erstaunlich.»

Dreher blätterte weiter.

«Die hier. Ray Smith und James Foreshaw. Das waren wertvolle Zeugen. Die haben die Yacht noch im Sommer 1978 gesehen, also ein Jahr nach ihrem Verschwinden!»

Dreher strahlte. Er stand auf, schob seinen Stuhl beiseite und ging in der Küche auf und ab.

«Dann sprach ich mit einem Segler auf Bequia. Der baute gerade ein Schiff für Bob Dylan. Er erinnerte sich an die *Nordstern* und daran, dass sie ein Schwert hatte. Das war für ein Boot dieser Größe sehr ungewöhnlich. Er hatte die *Nordstern* noch im April 1978 gesehen.»

Henry Dreher glühte vor Begeisterung.

«Das Schiff ist also mit Sicherheit noch Wochen, Monate, ein ganzes Jahr nach seinem Auslaufen am 19. März 1977 in der Gegend gewesen! Es ist mehrfach gesehen worden!»

Er hob die Arme und sah mich erwartungsvoll an.

«Mensch, es ist sicher erkannt worden! Und zwar von einer ganzen Reihe von Leuten, die wir überprüft haben. Sicher ist auch, dass sie in dieser Zeit umgestrichen wurde. Von Rot mit gelbem Streifen in Weiß mit blauem Streifen. Foreshaw schilderte das. Er war zur selben Zeit im selben Dock wie Lehmann.»

«Die *Nordstern* ist auf keinen Fall gesunken?», fragte ich. «Irrtum ausgeschlossen?»

«Nichts ist ausgeschlossen. Vielleicht ist sie später gesunken. Oder versenkt worden. Möglich. Aber auf keinen Fall in dieser Zeit.»

Henry Dreher schlug die zerschlissenen Deckel zweier Fotoalben auf und reichte sie mir. Auf den ersten Seiten erkannte ich Egon Röbel, den Ingenieur aus Nürnberg. Er sitzt auf der Bank einer Schiffsmesse. Er hat eine karierte Schiebermütze mit einem lächerlichen roten Bommel auf dem Kopf. Ich kannte sie. Er trägt diese Mütze auch auf dem Foto im Magazin. Vor ihm steht eine Flasche Bier. Er lacht. Dann sah ich ihn auf der Vergrößerung eines Passbildes. Schwarzweiß. Es war derselbe Mann, aber jünger, strenger. Auf der nächsten Seite fand ich Fotos der Medizinstudentin. Sabine Meyer. Sie war gerade vierundzwanzig geworden, und ich erinnerte mich, dass die Reise auf der *Nordstern* das Geburtstagsgeschenk ihrer Eltern gewesen war. Auf den Aufnahmen ist sie ebenfalls an Bord von Schiffen. An Deck liegend, in einer Kajüte, auf dem Bett. Auf jedem Bild liest sie dasselbe Buch. Es ist ein Fachbuch. Ich kenne es aus Vaters Regal, es ist der Pschyrembel. Auf dem letzten Bild hat sie es unter dem Arm. Sie lehnt in einem roten Badeanzug über der Reling und hält sich an einem Tampen fest. Sie hat ein weiches, sehr feines Gesicht. Ich strich mit den Fingern über das Gesicht auf dem Foto. Traurig, dachte ich. Ihre Physis ist füllig und zart.

Michael Klein war ein Mann von Vaters Statur. Mittelgroß, athletisch, schlank. Arbeitsrichter. Er lebte in Köln. Auf fast allen Bildern wirkt er, als habe er gerade einen Schabernack getrieben. Seine Augen strahlen etwas Fröhliches aus. In der Badewanne spielt er mit einem Legodampfer. Es ist ein trauriges

Album. Als hielte ich ein Totenbuch in Händen. Ich blätterte über Seiten mit Fotos von Fremden. Drehers Freunde und Kollegen, mit denen er Annes Zeugen wie bei einer Gegenüberstellung verunsichern wollte. Auf einem Bild lehnte ein Mann, der dem Metzger ähnelte, an einer Palme. Ein kräftiger Mann mit einem schwarzen Vollbart und olivgrünen Barett. Dann sah ich ihn, ich erkannte den Metzger sofort. Manfred – «Manni» – Lehmann. Dieses Foto kenne ich. Ich kenne es seit dem Ende meiner Kindheit.

Manfred Lehmann war ein Mann Anfang vierzig. Das Foto stammte aus seinem Vierfarbprospekt, mit dem er für Charterfahrten auf der *Nordstern* warb. Darauf trägt er einen Panama und kurze Hosen. Um Kinn und Oberlippe hat er einen dunklen Bart, die Sorte Bart, die Männer mittleren Alters in mittleren Positionen haben. Der Schlächter hält das Ruder der *Nordstern*. Seine Hände sind groß wie Schaufeln. Er steht breitbeinig, wie Seemänner nach langer Fahrt. Er ist muskulös. An einem geflochtenen Lederband über seinem dicken Bauch hängt eine handlange, silberne Statuette. Es ist eine nackte Frau. Der Mann lacht. Es ist eine Frau, die ein Flaschenöffner ist.

Auf einem anderen Bild hat er die Arme in die Hüften gestemmt. Er steht in Hausschuhen in einem Wohnungsflur, sein Hemd ist offen. Kleine blaue Äuglein blitzen aus diesem breiigen Gesicht hervor. Er sieht aus, als wolle er denjenigen, der die Aufnahme macht, im nächsten Moment in Stücke reißen. Dann wieder, in der Kajüte seines Schiffes, wirkt er stolz wie ein Junge. Er hält eine Languste ins Bild. Es lässt sich nicht sagen, wo die Aufnahme gemacht wurde, ob er die Languste selbst gefangen hat. Auf der nächsten Seite serviert er sie an Deck.

Lächelnd, vor lachenden Gästen. Er blickt in die Kamera, und in diesem Moment bemüht er sich, den Betrachter mit einem Augenzwinkern für sich einzunehmen. Eine seltsame Verschlagenheit wohnt in diesen Augen.

Vaters Bilder folgten. Schöne Aufnahmen, die ihn an einem Strand zeigten. Der Wind fegte durch das wellige Haar, er wirkt verwegen. Ich habe eines dieser Bilder einmal bei Anne gesehen. Es stand auf Vaters Schreibtisch. Er trägt ein blaues verwaschenes T-Shirt und hält ein Glas Whiskey in der Hand. Ich kann nicht sagen, ob es Medley's ist.

Und dann erschrak ich.

Ich sah Regine Runge. Ich sah ihr Gesicht, das erste Mal. Auf der verblassten Fotokopie von Drehers Artikel war nur ihr Körper zu erkennen gewesen. Dort lag sie mit nackten Brüsten auf dem Vordeck der *Nordstern*. Das Magazin hatte dazu geschrieben: «Regine Runge war nicht nur Gast an Bord, sondern Geliebte des Kapitäns. Die Polizei glaubt, sie habe ihre Familie verlassen, um mit Lehmann durchzubrennen.» Es ist eine Weitwinkelaufnahme. Sie spreizt die Beine nach achtern und verschränkt ihre Arme unter dem Bugspriet. Regine Runge ist gedrungen und stämmig. Ich glaubte, dass sie auf diesem Bild lächelte, aber ihr Gesicht war im Schatten verborgen geblieben.

Jetzt sah ich es vielfach. Ein herbes Gesicht. Rau und kantig, umrahmt von langen, strähnigen und an ihren Enden unnatürlich blonden Haaren. Es ist kein schönes Gesicht. Der Mund ist schmallippig. Er wirkt verbissen, versteinert. Die Nase ist lang und spitz, scharfe Wangenknochen zeichnen sich ab. Aber das Hervorstechende sind die Augen. Es sind kleine, dunkelgrüne Augen. Sie liegen so eng beieinander, dass sie der Frau eine Kälte verleihen, die sie vielleicht gar nicht verdient hat.

Neben der letzten Porträtaufnahme klebte ein kleines Familienfoto. Es zeigt einen Frühstückstisch im Garten eines flachen Bungalows. Das Haus liegt in der Schweiz, in der Nähe von Basel. Ich wusste, dass es der Familie gehörte. Am Tisch sitzen die Frau, ein Mann und drei Kinder. Kinder wie Milch und Honig. Die Frau sieht in die Kamera. Sie lächelt sanft und verströmt Ehrlichkeit. Grausame Ehrlichkeit.

«Dieses Gesicht vergisst man nicht», sagte Dreher. «Ich habe es nie vergessen.»

Ich schlug die Mappen zu und gab sie ihm zurück.

Dreher wischte mit dem Handrücken über die Deckel. Diese Alben habe er allen gezeigt. Allen, die er vor Ort befragt hatte. Das seien nicht wenige gewesen. Hafenmeister, Polizisten, Segler, Hoteliers, Barbesitzer. Auch sei er nicht alleine gereist, sagte Dreher. Sie waren zu dritt. Von Trinidad und den ABC-Inseln im Süden seien sie noch bis nach Puerto Rico im Norden. Per Hubschrauber, Speedboat und Wasserflugzeug. Geld habe keine Rolle gespielt. Ich müsse mir das so vorstellen: Wenn sie über einer Insel kreisten, in deren Bucht man von oben ein rotes Schiff erkannte, oder auch nur ein größeres Schiff in einer anderen Farbe, seien sie sofort runtergegangen. Es war schlechter Journalismus, sagte Dreher. Aber das Magazin habe damals eben so gearbeitet und manchmal auch mit Erfolg. Der Verleger, der berühmte Gründer und Verleger der Illustrierten, habe die Geschichte zur Chefsache erklärt.

«Der witterte den großen deutschen Krimi in der Karibik. Er war wie besessen von der Story. Es war das erste Mal, dass sechs Deutsche spurlos verschwanden. Und alles Akademiker! Bis auf den Skipper natürlich. Der war Metzger.»

Ich hatte das Wort lange nicht mehr gehört. Akademiker. Dreher hatte es zerhackt und affektiert ausgesprochen, als habe er es ausspeien wollen. Aka-dee-mikker. Voller Bewunderung und Verachtung zugleich. Darin lag die scharfe gesellschaftliche Trennung jener Zeit. Es klang, als habe er damals wertvolle Beute gemacht. Wären ihm Urlauber, die ihren Lebensunterhalt als Handwerker und Angestellte bestritten, weniger wert gewesen? Oder dem Magazin? Ich hätte ihm diese Fragen gerne gestellt. Ich habe den Mut dazu nicht aufgebracht. Dreher lief in seiner Küche umher, griff in einem der Regale nach einer Flasche Weinbrand und zwei Wassergläsern. Er goss ein und nahm große Schlucke. Sogleich füllte er nach. Ich hatte mir Notizen gemacht und legte sie zu meinen Papieren. Das waren löchrige Durchschläge von Annes Aufzeichnungen. Ich hatte sie an meinem fünfzehnten Geburtstag in einem Paket erhalten, sagte ich Dreher. Anne hatte sie in Geschenkpapier verpackt. Dreher schüttelte den Kopf. Darin stand, sagte ich ihm, dass sie zweimal in der Karibik gewesen war. Einmal 1977, im Sommer, und das zweite Mal im Winter 1978. Sie hatte sich jeweils mehrere Monate dort aufgehalten. Anne hatte Geld, sagte ich, und Dreher fragte nicht weiter. Das erste Mal reiste sie mit der Lebensgefährtin des Richters. Das zweite Mal in Begleitung eines gewissen Dr. Schmitz. Anne hatte mir einmal erzählt, er sei scharf auf sie gewesen. Ich fragte Dreher, ob er mehr über diese Reisen wisse.

«Das war vielleicht ein Hanswurst.»

Dreher wippte auf den Fußballen, und seine Stimme überschlug sich.

«Der hat dort einen Nervenzusammenbruch erlitten, der Herr Doktor.»

Ich zeigte ihm einige Diagramme. Darin stellte Anne ihre Zeugen auf. Wann wo welche Person welchen Passagier der *Nordstern* erkannt haben soll. Ich fragte ihn, ob diese Diagramme zu gebrauchen seien.

«Die haben sich wie die Axt im Walde benommen», sagte Dreher.

Er war sehr erregt und nippte immer wieder an seinem Glas.

«Ich habe diese Diagramme dabeigehabt. Was die als ‹gute› Zeugen eingestuft haben, waren ausgemachte Idioten. Man kann auch getrost davon ausgehen, dass Ihre Mutter nicht nur in einem Fall in ihre Zeugen etwas hineingeredet hat, mit Verlaub. Eine Frau auf Grenada hat mir erzählt, Ihre Mutter habe gedroht, ihr Säure ins Gesicht zu schütten, wenn sie nicht rede. Und dabei muss sie ziemlich entschlossen gewirkt haben. Ich habe eine Menge Leute getroffen, die Ihrer Mutter irgendwas zu Protokoll gegeben haben, nur um sie loszuwerden.»

«Bitte. Sie ist nicht meine Mutter.»

«Ach …? Stimmt. Da war noch eine andere Ehefrau. Mit der hatte ich mal telefoniert. Das ist Ihre Mutter?»

«Ja.»

«Und die zweite Frau Ihres Vaters – hatte die nicht auch ein Kind?»

«Mein Halbbruder. Er war vier Monate alt, als Vater auf diese Reise ging.»

«Und wie alt waren Sie?»

«Zwölf. Ich sollte mitkommen. Und das wollte ich auch.»

«Oha. Dann wüssten Sie's jetzt aber ganz genau.»

Dreher stockte, als habe er etwas Beleidigendes gesagt. Ich sagte ihm, er solle sich nicht sorgen. Ich sagte ihm, ich sähe die Dinge inzwischen von einem anderen Standpunkt aus. Vom Standpunkt des Journalisten. Sachlich. Distanziert. Ich sagte ihm, dass ich mich abgefunden habe mit Vaters gewaltsamem Tod, mit seinem Tod und meinem Verlust. Ich sagte ihm, dass ich mich daran versuchen wolle, am großen Rätsel. Ja, sagte ich. Ich wolle den Schlächter finden. Ihn stellen und der Justiz übergeben.

Henry Dreher sah auf. Seine Augen funkelten, als hätte ich die Formel eines Bundes beschworen. Er lehnte sich zurück, verschränkte die Arme hinter seinem Kopf und bedeutete mir weiterzusprechen. Er solle sich das vorstellen, sagte ich. Sohn. Journalist. Opfer. Findet den Mörder seines Vaters. In Westindien oder in Venezuela. Oder in Brasilien? Ich sagte ihm, dass ich es satt hätte, von der Hand in den Mund zu leben. Ich sagte, ich wittere eine Sensation. Der Mann, der meinen Vater gesucht hatte und so viel Ähnlichkeit mit ihm aufwies, lächelte zufrieden. Zärtlich. Ich weiß nicht, ob ich gelogen habe. Er goss uns Weinbrand nach.

«Dieser Dr. Schmitz jedenfalls», fuhr Dreher fort, «muss zeitweise komplett den Bezug zur Realität verloren haben. Mehr noch als Ihre Stiefmutter. Aber ich will ihre Leistung nicht schmälern. Ohne ihre Reisen und ihre Recherchen wäre überhaupt nichts herausgekommen.»

«Ich glaube, Anne war damals einfach verzweifelt. Sie hat meinen Vater sehr geliebt. Sagen wir, es war eine amour fou. Ich habe sie später ab und zu besucht, wenn ich in der Gegend war, auch, um meinen Bruder zu sehen.»

«Wie hat sie sich denn Ihnen gegenüber verhalten?»

«Sie weinte jedes Mal, wenn sie mich sah. Einmal, als ich älter war und mich nicht angemeldet hatte, hat sie mich an der Tür an sich gerissen. Ich war gewachsen. Sie dachte wohl, es wäre Vater. Wenn wir über ihn sprachen, tranken wir viel. Sie verträgt nichts. Sie arbeitete als Kinderärztin. Irgendwann hat sie einen anderen Arzt geheiratet. Dem war die Frau an Krebs gestorben. Allerdings hatte ihr Ehevertrag eine merkwürdige Klausel: dass die Ehe rechtskräftig annulliert wird, sobald Vater wiederkommt ...»

«Darauf hat er sich eingelassen?»

«Er hatte zwei Kinder.»

«Ärzte ...»

Dreher schüttelte den Kopf. Dann schlug er vor, das Gespräch treppauf in sein Büro zu verlegen.

Das Zimmer verströmte Unruhe. Es war mit schlichtem Holz vertäfelt wie alles in diesem Haus, aber es war der einzige Raum, in dem Unordnung herrschte. Auf Drehers Schreibtisch standen nautische Geräte. Ein Militärkompass, ein Sextant aus gebräuntem Messing, dessen farbige Gläser vor dem Spiegel gespreizt waren. Zwischen Türmen aus Papier und Büchern lag ein zerkratztes Fernrohr. Farbige Bojen und Fetzen feinmaschigen Fischernetzes hingen von der Decke. Dreher ließ sich in einen schaukelnden Bürosessel fallen. Hinter ihm stand ein Regal voller alter Langspielplatten, es müssen Hunderte gewesen sein. Ich besah mir die Sammlung. Es waren ausschließlich Titel der sechziger und siebziger Jahre. All die Balladen, mit denen ich aufgewachsen war. Schwermütige Lieder von Joan Baez und Leonard Cohen, Donovan, Neil Young. Das Partisanenlied. Die Ballade der Jack-A-Roe. Vater sang und spielte sie auf seiner Gitarre. Vor Freunden und vor Mutter und mir, und dann verströmten sie eine traurige Zärtlichkeit.

My waist is slender, my fingers are neat and small,

but it would not make me tremble to see ten thousand fall.

Ich konnte seine Finger sehen, wie sie in ihrer Feinheit über den Gitarrenhals glitten, es ist eine nussbaumfarbene Gitarre der bayerischen Framus-Werke, und im Wechsel der Griffe jenes eigentümlich trockene Quietschen hervorriefen. Die Lieder faszinieren mich noch immer, sagte ich zu Dreher, gleichsam in Anerkennung seiner Sammlung. Er nickte. Ich zog einige Platten aus dem Regal. Das vergilbte Schutzpapier, das sie wie Patina umgab, knisterte, und ich roch daran. Der süßliche Geruch versetzte mich zurück in die Jahre der kindlichen Melancholie. Ich hörte die Lieder in der Stille des Zimmers.

The rain falls down on last year's man, that's a jew's harp on the table, that's a crayon in his hand.

Sie erzählten von tragischen Figuren und einfachen Wahrheiten, und sie hatten in dem Jungen die Sehnsucht erweckt, dem Vater in den Tod zu folgen. Sogar das Knistern der Kratzer in den Rillen nahm ich wahr. Nichts geht verloren. Als ich die Titel überflog, hätte ich die Texte wie Psalmen herbeten können.

Through the graves the wind is blowing, freedom soon will come.

Nichts. Sosehr man sich auch anstrengt.

«Suchen Sie das Schiff», sagte Dreher.

Seine Stimme war vom Alkohol tiefer, rauer geworden.

«Hat er es vielleicht verkauft? An wen? Wenn es Seepocken hat oder einen neuen Antifoulinganstrich braucht, muss es auf den Slip. Es wiegt aber mehrere Tonnen. Die meisten Slipanlagen sind für ein solches Schiff zu klein. Nehmen wir nur das Gebiet Mittel- und Lateinamerika. Dort dürfte es nicht mehr als dreißig oder vierzig dieser Anlagen geben. Schreiben Sie sie an. Die *Nordstern* war auffällig. Schon der negative Spiegel, das parallel zum Bug abfallende Heck war ungewöhnlich. Wenn Lehmann nicht ganz blöde war, hat er zugesehen, dass er wegkam», sagte Dreher.

«Warum hat er seine Chartergäste überhaupt umgebracht? Warum ist er nicht einfach nur verschwunden, wenn er das wollte?», fragte ich.

«Der Mann stand mit dem nackten Arsch an der Wand. Er hatte kein Geld mehr. Er hatte keine Metzgereien mehr. Er hatte einen Haufen Schulden.»

Dreher war jetzt in seinem Element. Nein, einfach nur verschwinden, das konnte er nicht. Dreher stand auf, lief umher. Er sprach sehr schnell. Nein, der Mann habe anders gedacht. Man hätte ihn gesucht. Die Versicherung. Die Bank. Die Polizei. Alle Welt wäre wie der Teufel hinter ihm her gewesen. Nicht aber, wenn das ganze Schiff verschwand. Wenn keiner mehr zurückkäme. Leute, die sich nicht gekannt und keinen Grund gehabt hatten zu verschwinden. Leute wie mein Vater. Dann würde man auch in Düsseldorf annehmen, die *Nordstern* wäre gesunken, und alle an Bord seien ertrunken. Also auch er. Fein raus wäre er damit, sagte Dreher. Große Welt. Tolle Frau. Riesenyacht.

«Mann, mit 18 Metern war der damals der King, und er wäre es noch heute. Und vielleicht hat er sogar noch geglaubt, seine Söhne bekommen eine hübsche Lebensversicherung», sagte Dreher.

Ich wandte ein, er müsse doch noch eine andere Perspektive gehabt haben, eine realistische Chance, ein neues Leben zu beginnen? Er habe ja nicht mehr Charter fahren können. Dreher füllte eine Kaffeetasse mit Cognac. Er blickte aus dem Fenster. Er war wieder der Reporter.

«Lehmann muss schlagartig erkannt haben, dass sein Leben im Eimer war, wenn er diese Reise mit den Leuten antrat. Er muss sich seiner jämmerlichen Lage in einer solchen Intensität bewusst geworden sein, dass er zu allem bereit war. Und Sie haben völlig Recht: Er musste eine Alternative gefunden haben.»

Dreher holte Luft und sagte:

«Drogen.»

«Wie kommen Sie darauf?»

«Ich habe in Miami mit einem Beamten der US-Coast-Guard gesprochen. Der hat mir ein Szenario aufgezeigt, wie es gewesen sein könnte.»

«Und das wäre?»

«Ganz einfach. Lehmann hat in irgendeiner Kneipe jemanden aufgegabelt, der ihm ein Geschäft vorgeschlagen hat. Die *Nordstern* war ideal für eine Schmuggelfahrt, weil sie obendrein kein Funkgerät an Bord hatte.»

«Sie hatte keinen Funk an Bord? Nicht mal CB?»

«Nein, gar nichts», sagte der Reporter.

Soweit er wusste, habe die *Nordstern* nicht einmal eine Rettungsinsel gehabt. Aber sie hätte mühelos eine Tonne und mehr verfrachten können. Heroin, Kokain, Hasch. Und anders als den Seglern, meinte Dreher, wäre sie den Behörden kaum aufgefallen. Rot mit gelbem Streifen oder weiß mit blauem Streifen, hin oder her. In diesem Gewässern gebe es viele Charter-Yachten, und man könne sie unmöglich alle kontrollieren.

So bedienten die Kartelle aus Kolumbien von jeher den amerikanischen Markt: über den Superhighway zwischen Venezuela und Florida. Viele Schiffe würden eigens zu diesem Zweck gekapert. Auf anderen Schiffen brauche man nur den Skipper zu überreden. Darin stecke viel Geld, sagte Dreher. Genug, um abzuhauen. Er sank wieder in den Stuhl hinter seinem Schreibtisch und trank aus der Tasse. Genug für einen neuen Anfang. Und er behielte sein Schiff. Das Schiff. Es war bestimmt eine halbe Million Mark wert. Und die Drogenbarone, die konnten ihm auch noch die Drecksarbeit abgenommen haben.

«Die Morde?»

«Ja, die Morde», sagte Dreher.

«Das muss man erst mal können. Vier Menschen kaltblütig umbringen. Wie denn? Erschießen? Vergiften? Das waren drei kräftige Männer, die wehren sich doch. Aber lassen wir das, im Moment. Das heißt jedenfalls, Lehmann und Runge müssten heute noch leben. Oder besser: Sie könnten heute noch leben. Sie wären beide etwas über sechzig ...»

Das Gesicht des alten Reporters tauchte aus dem Dunkeln in den Lichtkegel einer Lampe, als wäre er sich der theatralischen Wirkung bewusst.

«Sie haben heute vielleicht eine reelle Chance, das Rätsel zu lösen. Der Schlüssel dazu muss in Deutschland liegen. Oder in der Schweiz. Lehmann und Runge müssen Kontakt zu ihren Leuten gehabt haben. Wenn nicht zu ihren Ehepartnern, dann zu ihren Kindern. Blut ist dicker als Wasser. Hier. Ich schenke Ihnen die Fotomappen. Nehmen Sie sie.»

Dreher reichte mir die Alben. Ich war überwältigt.

«Aber ich sage Ihnen: Wenn Sie irgendwie in die Nähe dieses Mannes geraten, er würde keine Sekunde zögern, mit Ihnen dasselbe zu machen. Und Sie wären ein Vollidiot, wenn Sie nicht sofort zur nächsten Polizeistelle rennen.»

Der Schlüssel lag in Deutschland? Und niemand hatte danach gesucht? Ich trank in tiefen Schlucken.

Freedom soon will come.

Ich nahm meine Kopie von Drehers Artikel und las den letzten Absatz. Ich las laut.

«‹Durch die Karibik geistert ein Gerücht. Lehmann und Runge haben sich getrennt. Es heißt, Lehmann lebt jetzt in Kolumbien. Er soll dort seinem alten Handwerk nachgehen, als Schlachtermeister› – woher wussten Sie das? Gab es konkrete Zeugen? Warum haben Sie diese Spur nicht verfolgt?»

Drehers Augen wurden zu Schlitzen, auf einmal feindselig.

«Geistern? … Geistern ist schon das richtige Wort. Man hört viel in der Karibik.»

«Was? Ich habe an Ihre Geschichte geglaubt! Sie haben mir eine reine Spekulation aufgetischt?»

Ich war enttäuscht. Dreher schien das zu amüsieren. Er schaukelte in seinem Bürosessel.

«Wir mussten die anderen Blätter irgendwie toppen», sagte er.

Wir verabschiedeten uns am Bahnhof. Henry Dreher hantierte nervös mit einem Hundehalsband, das er ohne den Hund mitgenommen hatte, doch gab er sich große Mühe, aufgeräumt zu wirken. Er sprach rührend von seiner jungen Tochter. Von ihrem ersten Zahn, den lustigen Worten, die das Kind von sich gab, und davon, wie sich alles zum Guten für ihn wendete. Aber seine Augen nahmen jetzt die Glasigkeit im Blick eines Menschen an, der etwas vor sich herschiebt. Er schien das überspielen zu wollen, eine Unsicherheit vielleicht, sagte ich mir und fragte nicht, welche Gründe diesen Zugvogel dazu bewogen haben mochten, alle Unterlagen und Geschichten eines langen Journalistenlebens zu vernichten. Alle, bis auf eine.

«Es hat mich immer gewurmt, dass wir damals nicht weiterkamen», sagte er.

«Es wurmt mich noch heute.»

Aus den letzten Zügen, die den Bahnhof erreichten, ergossen sich noch immer johlende Marinesoldaten mit geschulterten Seesäcken. Dreher sah sie nicht. Seltsam entrückt gab er mir die Hand. Wir versprachen kurz, Kontakt zu halten. Der lästige Augenblick war gekommen, der Augenblick des Abschieds. Und dann packte er mich. Er packte mich mit beiden Händen am Kragen, zog mich mit aller Kraft zu sich und sah mir in die Augen.

«Junge, ich habe so gehofft, dass jemand eines Tages den Faden weiterspinnen würde», schrie er.

«So gehofft, hörst du?!»

Auf einem anderen Bahnsteig schlugen nacheinander die Türen eines abfahrenden Zuges in die Schlösser. Dreher ließ mich los. Er putzte meinen Mantelkragen, als hätte er ihn beschmutzt. Ich stieg in meinen Zug. Er hatte mich Junge genannt. Als ich mich in der Tür noch einmal umdrehte, lächelte er.

«Wussten Sie, dass auf dem Schiff, bevor Lehmann es kaufte, schon mal ein Mord geschah?»

✧

Wenn man das Selbst berührt, dann schmerzt es, als berühre man eine Kindheitserinnerung, und im Moment der Berührung zerfällt sie zu Staub. Ich sehe ihn wieder. Ich sehe ihn jetzt im Spiegel, als schimmere seine Silhouette durch meinen Körper hindurch, als dränge sie aus mir hervor und gewinne den Raum. Der Mann mit dem Walrossbart lacht. Er sieht gut aus. Sein Körper ist schlank und durchtrainiert. Braun gebrannt. Nur wenige Haare legen sich über die detailliert gezeichnete Brust. Sie sammeln sich am Solarplexus, wandern in einem Strich den sägezahnartigen Bauch hinab und münden im Schamhaar, das ein Genital wie gemeißelt umgibt. Seine Hände sind schmal und fein. Die Nase, der Mund, gerade und eben, die Zähne makellos. Meine Physis ist anders. Ich bin dick. Meine Zähne sind krumm, die Nase klein, mein Penis ist beschnitten, und er scheint sich zuweilen in eine schützende Wulst über der Leistenpartie verkriechen zu wollen, bis nur noch sein rosafarbener Kopf hervorlugt.

Das Zimmer in der Wohnung meines kleinen Bruders hätte der Renovierung bedurft. Die junge Frau, die vor mir in diesem Raum gelebt hatte, musste eine Vorliebe für Graffiti gehabt haben. Sonnenblumen und Strichmännchen liefen krakelig über vergilbte Raufaserbahnen. Auf dem Fußboden lag ein Kunstrasen. Aus den Ritzen der Dielen kroch Staub. Ich schlief auf einer Matratze am Boden. Die Sprungfedern knarzten, wenn man sich umdrehte. Es war heiß. Durch das brüchige Fensterkreuz zum Innenhof floss milchiges Licht auf einen Schrank. Daneben lehnte ein hoher, rahmenloser Spiegel.

Meine Hand versucht, die filigranen Finger mit dem goldenen Siegelring zu berühren. Ich habe Mutters Hände. Kurze, zupackende Hände mit breitem Teller. Der Spiegel schwingt, als ich ihn antippe. Bald werde ich so alt sein wie Vater, als er starb.

Mein kleiner Bruder war jetzt einen Kopf größer als ich. Auf dem Bahnhof in Berlin hatte ich zuerst Angst, ich könnte Mathias wie bei einem Blind Date gar nicht erkennen. Aber dann sah ich ihn in der Menge. Er ähnelte sehr unserem Vater, als er noch ganz jung war. Dieselben Locken, dieselben Augen, ein zurückhaltendes Lächeln. Nur war er hochgeschossener. Er studierte Jura im dritten Semester und wollte Richter werden, so viel wusste er schon. Er war merkwürdig still geworden, in sich gekehrt, dachte ich. Als würde man nicht richtig an ihn herankommen. Andererseits: Was wusste ich schon von seinem Leben? Wir waren nicht zusammen aufgewachsen. In seiner Wohnung am Südstern sprachen wir über viele Dinge, und er wurde mir schnell vertraut, aber wir hatten eben nie ein Zimmer geteilt, dieselben Lehrer gehabt, die gleichen Kämpfe gefochten. Ich heuerte bei einigen Lokal- und Boulevardzeitungen an und hielt mich mit Geschichten über Wasser.

Wenn man nicht weiß, wohin man gehen soll, geht man dorthin, woher man gekommen ist. Ich trage wieder die hellen Jeans, die Vater trug. Sein hellblaues Hemd und auch den breiten Gürtel. Wenn ich etwas komisch finde, verziehe ich die linke Braue. Ich lache oft sein Wiehern. Ich weiß nicht, wie viel davon bewusst geschieht. Manchmal spüre ich, wie sich für den Moment einer Geste das Bild meiner äußeren Gestalt mit der Silhouette meiner Kindheit deckt, und dann fühle ich mich, als sei ich er.

Ich verbringe Stunden in Stehcafés. So wie mit Vater bei Tom

Diecks. Früher hatten die Stehtische unter der oberen Platte eine zweite, kleinere Ablagefläche für Handtaschen. Dort stand mein Kakao. Vater sah auf das Treiben der Leopoldstraße. Die grüne Pilotenbrille ruhte im Etui auf dem Tisch. Er nahm zwei Stück Zucker. Er legte die Würfel auf den Löffel, tauchte sie ein und ließ den Zucker zergehen, bevor er umrührte. Wenn er trank, blieb Schaum in seinen Bartspitzen hängen, den er mit dem Handrücken verwischte. Dann rauchte er. Die Seide in seiner Fliegerjacke glänzte rot hervor, wenn er sich zum Aschenbecher beugte. Als ich größer war, bekam ich auch Kaffee. Ein Käffchen, sagte Vater. Merkwürdig. Ich erinnere mich jetzt nicht mehr an Vaters Geruch. Der Kaffee schmeckte bitter und berauschte mich. Vater rauchte einen krummen Hund oder eine Villiger Kiel. In diesen steckte ein langer Halm. Er entzündete ihn und wärmte den Tabak von allen Seiten. Manchmal redete er mit Leuten, die an unserem Tisch standen. Er rede gerne mit den einfachen Menschen, sagte Vater. Am Wochenende gingen wir vom Stehcafé in den Marmorpalast. Es gab Aristocats oder Attila, der Hunnenkönig. Manchmal bekam ich im Rialto ein Eis. Schokolade. Manchmal frage ich mich, warum er nicht mit mir redete und lachte anstatt mit den Fremden am Tisch.

Ich schreibe ihm wieder. Lange Briefe und kurze, stenographische Gedanken. Ich lege sie in den schwarzen Kasten unter dem Schädel, der an meinem Bett steht. Ich schreibe ihm von Masha und von der Angst. Ich schreibe ihm von Mathias' Locken, von den Dingen, die uns verbinden. Irgendwann krame ich die unbeschrifteten Umschläge wieder hervor und werfe sie weg. Ich schreibe ihm Gedanken, die ihm gelten.

Väter haben Macht über ihre Söhne. Sie riechen nach bitteren Getränken und krummen Hunden. Nach Aktentau und Ärzteseife, oder sie sind ständig parfümiert. Sie gehen mit uns ins Kino oder ein Eis essen. Sie sind zärtlich oder grausam. Wir empfinden sie in unserer Erinnerung als grausam, weil sie nicht mit uns ins Kino gingen und nicht mit uns, sondern mit Fremden lachten. Sie sind ruhig, wenn wir toben wollen, sie ignorieren uns, wenn wir ihre Aufmerksamkeit suchen. Sie zittern, wenn wir Sicherheit brauchen, weil Dinge in ihnen vorgehen, die wir nicht verstehen. Sie sind ständig um uns herum oder für immer auf der Flucht. Sie sind Drillmeister. Gewitzte Anstachler. Tyrannen. Hilflose Jasager. Sie sind streng, jähzornig, brutal oder gütig, widerlich nett und wissen alles besser. Aber mit jedem Schweigen, jeder Ohrfeige und jeder Zärtlichkeit offenbaren sie sich. Sie geben sich preis, bis zur Lächerlichkeit preis. Die Macht der toten Väter ist ungleich größer. Ihnen wird vergeben. Wir vergeben ihnen das Schweigen und das Schwatzen. Wir vergeben ihnen die Affären, die Gewalt und den Alkohol. Sogar das Rasierwasser vergessen wir.

Die größte Macht aber besitzt der Untote. Er ist nicht wie andere Väter. Er ist immer gleich. Er hat keinen Geruch. So wie der Schädel. Er vollführt stets dieselben Bewegungen, als seien sie heilige Rituale. Er kehrt wieder, wann es ihm passt und wie es ihm gefällt. Geräuschlos. Alterslos. Makellos.

Er ist ewig, und in seiner Ewigkeit liegt etwas Erhabenes, etwas schmerzhaft Vollkommenes.

Ich krame die Zeilen unter dem Schädel hervor und zerreiße sie.

In den Nächten schleifte mich mein kleiner Bruder durch Abbruchhäuser in Mitte und Clubs in Friedrichshain und Prenzlauer Berg. Kalter Schweiß in nackten Steinen. Galvanisierende Bässe, die den Herzschlag in ihre Frequenz trieben. Auf der Tanzfläche standen junge Leute im Schlamm und ergingen sich in autistischen Zuckungen. Über ihre Köpfe hinweg warf ein Diaprojektor ineinander gleitende Wasserblasen an die Wand, unterbrochen von Fotos der Weltgeschichte. Die Bombe in Hiroshima. Der Bruderkuss zwischen Honecker und Breshnew. Sie wirkten sinnleer an dieser Stelle. Wir tranken Caipirinhas und Mojitos, und an einem Morgen saßen wir in einem Café unweit seiner Wohnung. Von groben Bretterverschlägen unter der Decke hingen Spinnweben herab. Am Ladenfenster zur Straße hin drängten sich die Gäste um einen mit grünem Filz überspannten Tapeziertisch. Am Kopfende stand ein schwarz gefrackter Typ und spann die Kugel in ein Kinderroulette. Man spielte um Kronenkorken zum Gegenwert eines Euro. Wir saßen abseits an einem Tisch.

Mein Bruder war fröhlich. Er hatte keine Träume, die ihn quälten, und keine Erinnerungen, die ihn verfolgten. Wir sprachen über Vater.

«Cooler Typ. Ich weiß nur, der war Arzt, der konnte fliegen, der war Fallschirm springen und tauchte bei Djibouti. Ein Abenteurer. Cooler Typ», sagte Mathias.

Ich war beeindruckt. Für ihn war Vater jemand, der Loopings gedreht hatte und Turns und nun tot war. Ganz einfach. Ein schöner Mann, den er von Bildern her kannte, über die seine Mutter in tiefe Verzweiflung oder höchste Verzückung geriet, nichts weiter. Als habe dieser Mann mit seinem eigenen Leben wenig zu tun gehabt. War es nicht auch so? Und dennoch war mein Bruder unserem Vater viel ähnlicher als ich. Beneidete ich ihn darum? Mathias nannte ihn «Vatter». Sprach er in der dritten Person von ihm, verwandte er das Geschlecht, nicht das Fürwort. Er sagte «der» und nicht «er». Beneidete ich ihn um die Distanz, die darin steckte? Mein kleiner Bruder fragte mich aus. Wie dieser Mann gewesen sei. Was er gerne getragen habe. Wie er auf Frauen wirkte, und welche Sorte Alkohol er trank. Es war, als unterhielten wir uns über einen Rockstar. Und dann wollte Mathias wissen, warum ich noch immer an ihn dachte. Vor dem verhangenen Ladenfenster surrte die Kugel in der Drehscheibe.

Faites vos jeux.

Was sollte ich ihm sagen?

Oft, sage ich meinem kleinen Bruder, träumte ich, das Schiff sei vom Kurs abgekommen. Vor Kuba lief es auf einen Fels. Die Mannschaft rettete sich an Land. Sie wurde aufgelesen und verhört. Als Spione des Kapitalismus verschwanden alle in einem dunklen Loch. Die Studentin, der Ingenieur, der Skipper, Vater. Irgendwo zwischen Havanna und Mantanzas. Jahre später klärte sich der Irrtum. Vater kehrte zurück. Er wohnte wieder mit Anne in der Villa in Spiekershausen. Jeden Tag stieg er in seinen schwarzen Ford Turbo und fuhr ins Krankenhaus. Es ging ihm gut. Aber etwas trübte meine Freude über seine Rückkehr.

Eine diffuse Ahnung vielleicht? Sein langes Stillhalten?

Als ich ihn endlich wiedersah und in meine Arme schließen wollte, lag dichter Dunst über der Straße vor der Sporthalle in Kassel-Kalden. Ein Dunst wie vergiftete Milch.

Die Kugel hüpfte über die Felder. Tack, tack, tack.

Vater ohrfeigte mich und wies mich ab. Er erkannte mich nicht mehr. Als sei ich ein Fremder, als hätte ich nie existiert.

Rien ne va plus.

«Ist das nicht verrückt? Er kehrt zurück, wann er will und wie er will. Und er verweigert sich, wenn man ihn am dringendsten bräuchte. Ganz gleich, was ich erreichte, gleich, welche Titel ich errang, wie viele Geschichten ich schrieb, solange der Untote nicht erschien, mir auf die Schulter klopfte und ‹Bursche› rief, solange er nicht in seinen Walrossbart prustete – ‹gut gemacht, Bursche ...›, so lange waren meine Leistungen nichtig. Ich war einfach nie genug.»

«Blödsinn! Du spinnst», sagte Mathias.

Im Handstreich wischte er das Vater-Imago vom Tisch. Nein. Mein Bruder war nicht traurig über den Verlust, der ihm in die Wiege gelegt worden war. Er konnte mein Festhalten nicht verstehen. Das freute mich. Vielleicht kann man, was man nicht kennt, auch nicht vermissen, dachte ich.

«Ich würd da gern mal hin, nach Antigua. Mir das ansehen», sagte Mathias, und eine leichte Melancholie schien ihn zu überkommen, die sich aber sogleich verflüchtigte, als ein neues Spiel am Tisch begann. Mein Bruder war wieder fröhlich, und das war gut so.

Ich schlenderte in die Nacht hinaus. Ich wollte allein sein, allein mit meinem Untoten. Schweigend in einer Bar sitzen und seine Hände betrachten. Ihn lachen hören und seine Augen funkeln sehen, bis er den letzten Schluck Whiskey getrunken hat. Bis wir kichernd über das Kopfsteinpflaster hinter der Markthalle taumeln und am Himmel den Nordstern suchen. Bis ich den Cepheiden an der Deichsel des Kleinen Wagens finde und genug habe, genug für diese Nacht. Man kann prima mit ihm trinken. Aber der Untote steht früh auf. Er steht sehr früh auf und dreht seine Runden im Gras, es ist noch nicht einmal fünf Uhr. Er presst Orangen und Grapefruits aus, und er duscht sehr heiß. Ich schlafe noch, schlafe bis zum Mittag in der Hitze des Alkohols, ich verpasse meinen Arbeitstag, und als ich aufwache, schmerzen meine Glieder, und mein Gang ist schwer.

Ich sehe eine Silhouette, die im Spiegel aus meinem schwitzenden Körper dringt. Der Mann mit dem Walrossbart lacht. Manchmal schlage ich mich, ins Gesicht.

✧

Nicodemus Merbach war von oben bis unten mit Rost übersät. Er trug einen blauen Overall und hielt einen Hammer in der Hand. Er musste etwa Mitte fünfzig sein. Mittelgroß, kräftig, untersetzt. Er hatte igelkurze Haare mit dem Anflug eines Mittelscheitels. Seine Nase war pustelgerötet und sein Schnauzer getrimmt. Es fiel nicht schwer, sich den Mann als Polizisten vorzustellen. Aus der Garage drang ohrenbetäubender Lärm.

«Mensch, da sind Se ja endlich. Gundi, komm mal her», rief er über den Hof seines Hauses.

«Guuundi! Der New Yorker ...!»

Er stemmte die Hände in die Hüften und wartete.

«Immer, wenn man se braucht, isse nich da.»

Er drückte mir die Hand und schob mich in die Garage. Darin schliff ein hagerer Mann an einem kleinen Kotflügel. In der Mitte der Garage stand das Chassis eines putzigen Oldtimers. Ein Funkenstrahl spritzte auf, und Metallteilchen flogen durch die Luft.

«Das ist Horst. Ein Bekannter, der mir jeden Sonntag hilft. Bin ja kein Mechaniker», sagte Merbach und lachte.

Der hagere Mann blickte auf.

«Seit drei Jahren schrauben wir jetzt schon an dem Auto rum. Das ist also ein DKW F-12 Cabrio. Roadster mit Zweitaktmotor. 'n schönes Spielzeug. Baujahr 52», sagte Merbach und streichelte über das Plastik eines noch eingeschweißten Ledersitzes, der neben seiner Werkbank wie ein Feuermelder leuchtete.

«Irgendwann werden wir auch mal fertig sein.»

«Schätze mal, in zwei Jahren», sagte der hagere Mann.

Merbach lachte.

Ich mochte ihn.

Nicodemus Merbach redete in einem Fluss, während er mir das Haus vom Partykeller bis zum Dachboden zeigte. In seiner Gartenhütte stapelten sich Tresore. Als Hauptkommissar war er zuständig für Diebstähle. Neben seiner Polizeiarbeit betrieb er einen findigen Handel mit gebrauchten Tresoren. Hatte er einen Einbruch aufgenommen, bei dem ein Safe aufgebrochen wurde, erbot er dessen kostenlose Entsorgung. Er flickte ihn, verstärkte die Wände durch Stahlplatten, ersetzte Schlösser und brachte hinter den Verschlussbolzen listenreiche Riegelfallen und Tränengaskartuschen an, Tränengas, sagte er, das sei die legale Rache des kleinen Beamten. Aufstellung und Kundendienst übernahm er mit der ihm eigenen Beredsamkeit selbst. Er fände persönliche Erfüllung darin, dass kein Gauner je einen von ihm geflickten Safe geknackt hatte. Vor der Hütte lagerten Kanonenrohre, vertäut wie Rumfässer in einem Schiffsbauch. Daneben moderten halb fertige Kanoniergestelle im Gras.

«Da bin ich also noch in der Experimentierphase. Ich hab sie mir mal gießen lassen. Millionen könnte man da verdienen. Auf den ganzen Burgen und alten Schlössern, ne, gibt's doch kaum noch Kanonen! Die sind also ganz scharf auf die Dinger», sagte Merbach und tätschelte eines der schmutzigen Rohre.

Den Rest seiner Freizeit verbrachte er als Vorsitzender von Taekwondo-Clubs und Schützenvereinen sowie als Kapitän eines Motorbootes, das im Hafen von Venlo hinter der holländischen Grenze lag. Mit seiner Gattin befuhr er Wasserstraßen zwischen Rhein und Mosel. Am meisten mochte er die Burgen.

«Gundi is also meine zweite Frau, ne?»

Er stupste mich.

«Weißt ja, wie das so ist. Die erste hat immer nur genörgelt.»

Er kicherte.

Sein Arbeitszimmer war ein schmaler Raum im Erdgeschoss, an dessen Fensterwand sich allerlei Akten, Bücher, Karten und Bastelanleitungen zu Schiffsmodellen befanden. Neben einem Computer lagen fünf mattbeige Ordner übereinander. Sie waren unterschiedlich dick und hatten Hängeregister an den Rücken. Ich kannte diese Art von Ordnern. Es war eine Polizeiakte. Es war die Akte «*Nordstern IV*». Daneben lag ein Buch über Schiffsunglücke.

«Es ist also wie verhext. Ich kann schon nich mehr richtig schlafen. Ich bin ein Kämpfer für die Gerechtigkeit und hasse den Drecksack. Dieser Lehmann, das is für mich der Drecksack.»

Ich nahm die oberen beiden Ordner vom Stapel. Auf vergilbten Seiten hafteten weiße, handbeschriebene Deckblätter. Inhaltsverzeichnisse. Merbach musste sie angelegt haben, um sich darin zurechtzufinden. Es waren mehr als tausend Seiten.

«Ich hab also bereits herausgefunden, dass die *Nordstern* entgegen bisherigen Erkenntnissen ein UKW-Seefunkgerät an Bord hatte. Also, wenn die gesunken wären oder es hätt an Bord gebrannt, da wär doch irgendwo ein Funkspruch registriert worden.»

Merbach schnaufte.

«Und jetzt kommt's, ne: Das Funkgerät is im Juli 1977 abgemeldet worden, also vier Monate nach dem Verschwinden! Von wem? Tja. Von wem, weiß ich leider nich. Da waren in Hamburg die Akten der Seefunkstelle schon alle gelöscht worden.»

Wieder wusste ich nicht, was ich diesem Mann sagen sollte. Eine neue Spur? Jemand hatte das Funkgerät nachträglich abgemeldet? Und er hatte das einfach so herausgekriegt?

«Wir müssen uns jetzt da durchbeißen. Vielleicht finden wir ja noch irgendwo 'ne Lücke. Irgendwas, was der Niederreuther damals nich gesehen hat, was er nich gemacht hat.»

Ich begann zu blättern. Im ersten Band befanden sich Zeugenvernehmungen. Protokolle stundenlanger Zeugenvernehmungen. Bankauskünfte. Schufa. Dokumente der Reederei. Fernschreiben. Aus München. Bonn. Aus Washington? Phänomenal. Diese Unterlagen hatte selbst Dreher nicht gekannt. Ich überflog eine Seite des Deutschen Seewetteramtes:

«... Großwetterlage auf dem Nordatlantik in der Zeit vom 18.3. bis 21.6.77... zwischen Westindien und der Iberischen Halbinsel... mit je 5 Grad Unterschieden ... im zentralen und östlichen Teil des Atlantiks noch ruhigere Seegangsverhältnisse als südlich des angegebenen Sektors...»

«Ich hab also schon mal geguckt. Der Ingenieur, der hatte 'ne teure Armbanduhr. Da ruf ich mal die Witwe an. Vielleicht hatte die ja 'ne Seriennummer und is später irgendwo wieder aufgetaucht», sagte Merbach.

Band zwei. Briefe. Briefe und Postkarten mit dem Stempel der Eastern Caribbean States. Jürgen Klein hatte seiner Verlobten aus Antigua geschrieben. Der Ingenieur sandte Kitschkarten mit Hafenmotiven und Kolibris. Ich blätterte über Presseartikel und Schreiben, die in Redaktionen eingegangen waren. Und dann sah ich ein Dokument, das ich kannte: Vaters Todeserklärung. Vaters und die der anderen. Ich schauderte. Sie waren tot. Aber ihre Geschichte lebte. In diesen Ordnern lebte sie, und ich würde sie aufnehmen und weiterführen. Wir begannen, die Ereignisse zusammenzuklauben.

Am 2. März 1977 startet der Richter als erster Passagier in die Karibik. Seine Verlobte bringt ihn mit dem Auto nach Luxemburg. Er besteigt ein Flugzeug nach Barbados. Von dort fliegt er nach Antigua und mietet sich in English Harbour ein Hotelzimmer. Am 5. März landet Regine Runge in Barbados. Sie fliegt weiter nach St. Vincent und wartet auf Manfred Lehmann. Sie wartet drei Tage. Am 8. März erreicht Lehmann an Bord der *Nordstern* St. Vincent. Er hatte unterwegs einen Maschinenschaden. Das ging aus einem Brief hervor, den Regine Runge an ihren Mann geschickt hatte. Am Abend des 8. brechen Lehmann und Runge mit der *Nordstern* nach Martinique auf.

Am Morgen des 9. fliegt die Medizinstudentin Sabine Meyer nach Barbados, am 10. erreicht sie Antigua. Lehmann und Runge suchen auf Martinique einen Mechaniker auf. Am 12. ruft die Studentin ihre Mutter an. Sie sagt, sie habe Fieber. In der Nacht auf den 13. segelt die *Nordstern* nach Domenica, und der

Ingenieur Röbel landet in London. Am Morgen des 15. klariert die *Nordstern* in English Harbour ein – wir fanden darüber eine Quittung aus Nelson's Dockyard in Höhe von 12,90 Caribbean Dollars. Am Mittag schreibt Röbel nach Hause. Das Schiff sei in mäßigem Zustand, aber seetüchtig. Sabine Meyer telefoniert. Es gehe ihr wieder besser.

Und dann war ich verblüfft. Der zweite Brief der Regine Runge an ihren Ehemann begann mit Worten, die ich nicht glauben wollte. Wieder und wieder las ich die Stelle. Sie schrieb:

Lieber Willy,
jetzt habe ich endlich mal Zeit, dir zu berichten. Seit gestern sind wir in Antigua. Es ist so heiß hier, wir kommen gar nicht zum Bumsen …

Bumsen? Sie verwandte dieses Wort? Sie schrieb das ihrem Ehemann? Sie schrieb über sich. Sie jammerte. Über die Tage, die hinter ihr lagen, und einen Sonnenbrand am Hintern. Sie beschwerte sich über den Mechaniker in Fort de France und den schwarzen Boy an Bord, der faul und frech gewesen sei und den man habe entlassen müssen. Sie schrieb sehr blumig darüber, wie der Manni Fische mit der Harpune erledigt habe, und erwähnte zuletzt, dass sie jetzt ganz hervorragend Französisch spreche, besser noch als in Teneriffa. Kein Wort an ihre Töchter und den Sohn.

Auch von Manni viele Grüße, Gine.

«Ich hab also schon vieles gehört. Vielleicht hatten die 'ne freie Ehe, war ja schwer in, damals. Aber das schreib ich dem doch nich nach Hause, so 'ne Frechheit, mit drei kleinen Kindern …», empörte sich Merbach.

Am 16. startet Vater als letzter Gast. Am 17. ruft er Anne aus Antigua an. Es ist fünf Uhr Ortszeit. Mannschaft und Schiff machten einen guten Eindruck, sagt er. Am 18., so ein Schweizer Segler, der an Bord des Katamarans *Eiland Hopper* lebt, verlässt die Yacht gegen 17 Uhr die Hafenbucht. Die Zollbehörde monierte, das Schiff habe nicht ordnungsgemäß ausklariert. Ab diesem Zeitpunkt werden die Chartergäste der *Nordstern* nicht mehr gesehen.

Zwei Tage später aber musste die *Nordstern* erneut Antigua angelaufen haben. Das ging aus einem Frachtbrief der British Airways hervor. Es war kein Zweifel möglich: Dieses Dokument trug Lehmanns Unterschrift. Niederreuther hatte sie überprüfen lassen. Der Metzger holte also am 20. März ein bestelltes Segel am Flughafen in St. Johns ab. Begleitet wurde er von Regine Runge. Angestellte der Fluggesellschaft erkannten sie auf Fotos.

«So 'n Segel is groß und schwer. Und da nimmt er 'ne Frau mit, um das abzuholen, und keinen Mann? Und wieso schreibt niemand mehr 'ne Karte oder geht an Land und telefoniert, wo se sich doch sonst jeden Tag gemeldet hatten?»

Merbach sah mich mitleidig an.

«Weil se da schon alle tot waren», sagte er.

Tagelang saßen wir an der langen Werkbank in seinem Büro und klebten Marken auf Umschläge. Hunderte Umschläge. Wir verfassten Anfragen an Botschaften in aller Welt. Waren irgendwo Pässe auf die Namen Runge und Lehmann verlängert worden? Wir vervielfältigten Fotos. Ich schickte Steckbriefe an Seglerzeitschriften und Zeitungen, die in der Karibik und in Lateinamerika gelesen wurden, Zeitungen wie La France-Antilles, Caribbean Compass oder das Argentinische Tageblatt in Buenos Aires. Wir sandten die Schiffsdaten an Werften und Docks, die wir über das Netz in dieser Region fanden.

«Wir müssen uns der tausend Augen der deutschen Segler bedienen», betete Merbach bereits wie eine Litanei.

Manchmal lieferten wir dann einen geflickten Geldschrank aus oder schliffen am Nachmittag an seinem Oldie. Eines Abends führte mich der Kommissar an einen Schießstand in seinem Keller. Er zog drei kleine Koffer aus einem Regal und öffnete sie.

«Das is also eine .357 Magnum, Colt Python. Und das hier eine Smith & Wesson. Sportgriffe. Handgeformt aus Holz. Beide haben denselben Griff, damit ich mich nich umstellen muss. Und das is 'ne olympische Schnellfeuerpistole, Walther OSP.»

Er drückte mir einen riesigen, schwarzen Colt in die Hand. Die Python. Ich hatte noch nie zuvor eine Pistole abgefeuert. Es donnerte wie ein Kanonenschuss und riss mir den Arm nach hinten.

Im vierten Band sahen Annes Zeugen das rote Schiff auf verschiedenen Inseln. Niederreuther hatte diese Aussagen überprüft. Er vermerkte: «wurde schriftlich befragt». Oder: «wie fernmündlich mitgeteilt». Es wurde zuerst im Hafen von Fort de France gesehen. Dann vor St. Vincent. Vor Bequia. Vor den Inseln der Tobago Keys, Mustique, Canouan und Carriacou und dann im Hafen von Grenada. Das ergab eine klare, südliche Route. Jetzt fuhr Niederreuther Beweise für das Motiv des Metzgers auf: Kredite, Überziehungen, geplatzte Schecks, neue Kredite. Der Metzger hatte Bettelbriefe an die Bank geschrieben. Trotzdem wurde das Schiff der Bank sicherungsübereignet. Seine ehemalige Buchhalterin sagte aus, ihr Chef habe daraufhin angedeutet, er wolle sich eines Tages absetzen und dass man mit dem Rauschgifthandel große Gewinne erzielen könne. Als Lehmann vom Mittelmeer in die Karibik segelte, fror die Bank seine Konten ein.

Dort habe Lehmann die Gäste an Bord nehmen müssen, folgerte Niederreuther. Denn die Reparatur des Motors und das neue Segel hatten die Vorauskasse aufgebraucht. Den Rest brachten die Gäste in bar an Bord. Lieferte er sie aber in Lissabon wie vereinbart ab, so hätte man ihm das Schiff dort an die Kette gelegt, oder er hätte nicht einmal mehr die Mittel gehabt, in die Karibik zurückzukehren. Am Ende des Bandes schloss Niederreuther:

«Der Fleischer hatte eine Faustfeuerwaffe an Bord, und seine Geliebte, die als spezialisierte Chemikerin in der Lage war, Qualitäten von Rauschmitteln abzuschätzen, war die ideale Partnerin für das geplante Verbrechen. Manfred Lehmann und Dr. Regine Runge müssen gemeinschaftlich die vier Chartergäste der *Nordstern IV* getötet haben.»

Den letzten Satz hatte er gefettet.

«Und trotzdem hat ihn die Polizei nie gesucht?»

«Wenn der Staatsanwalt keinen Haftbefehl erlässt? Der Niederreuther hat's ja versucht», sagte Merbach.

Am Abend saßen wir in Merbachs Wohnzimmer. Ich surfte in Telefonregistern. Es war Zeit, nach den Angehörigen des Metzgers zu suchen. Leni und Leo waren nirgends verzeichnet. Stattdessen fand ich in Düsseldorf drei Einträge mit dem Namen Manfred Lehmann. So hieß der zweite Sohn des Metzgers. Merbach saß in seinem Sessel. Er hielt eine Holzpistole am ausgestreckten Arm, kniff ein Auge zu und zielte auf einen Punkt in den Gardinen. Unter der ersten Nummer meldete sich niemand.

«Die Holzpistole, die hat also das gleiche Gewicht wie die Python. So gewöhnt sich der Arm dran», sagte Merbach.

Die zweite Nummer existierte nicht mehr.

«Immer ruhig halten, ne. Nich aufgeregt sein, das is der ganze Trick», sagte Merbach.

Ich wählte die dritte Nummer. Es klingelte, dann sprang ein Anrufbeantworter an.

«Hier ist der Aussteiger! Hier ist der Aussteiger», grölte die Stimme eines Mannes in trunkenem Singsang.

Ich wurde bleich. Ich wählte wieder und stellte den Apparat auf Zimmerlautsprecher. Es tutete.

«Hier ist der Aussteiger! Hier ist der Aussteiger!»

Ein Pfeifton ertönte.

Merbach ließ die Holzpistole sinken.

«Hältst du es für möglich, dass der Metzger wieder in Düsseldorf lebt?»

«Möglich is also alles, ne», sagte Merbach und stand auf.

«Wir gehen das systematisch an. Erst die Frau. Dann die Söhne. Und dann der Alte. Wir kreisen den ein. Wenn der jetzt hier schon wohnt, rennt der uns auch nich mehr weg», sagte der Kommissar.

Band fünf. Drei Jahre nachdem das Schiff verschollen war, hängte Niederreuther einen Nachtrag an. Er hatte noch einen richterlichen Beschluss erwirkt. Leni Lehmann musste nun den letzten Brief ihres Mannes herausgeben, den sie mit Hilfe ihres Anwaltes hartnäckig zurückgehalten hatte. Er war datiert vom 20. März 1977 und abgestempelt einen Tag später in St. John, Antigua.

Liebe Leni,
ich stehe hier ein paar Stunden vor dem Auslaufen. Es geht ziemlich drunter und drüber. Die Fock ist immer noch nicht da, wir wollen es in einer Stunde noch einmal versuchen. Du fehlst mir. Es ist schwer für mich, mir fehlt seelisch in der Gemeinsamkeit zu viel. Jetzt Folgendes. Die Wohnung übergeben tust du am besten dem Leo (für nichts). Wir zwei melden uns dann ab, und alles ist vorbei. Dann heißt es, Leo Lehmann und wir existieren nicht mehr und haben Ruhe. Ich freue mich sehr auf dich, und es wäre nicht schlecht, wenn du schon nach Mallorca kommen könntest.

Viele herzliche Küsse dein Manni

3 Schwalbenschwanz

Ich hatte Leni Lehmann einen Brief geschickt, in dem ich in Fernsehpredigerton schrieb, das Verschwinden der Yacht habe in meiner Seele etwas Unaufgeräumtes, Unerledigtes hinterlassen. Darüber wolle ich mich mit ihr und ihren Söhnen unterhalten. Es war nicht gelogen. Ich habe nur nicht die volle Wahrheit gesagt, das schien mir das Einfachste. Ich bekam keine Antwort.

Merbach fuhr mich hin. Leni Lehmann hieß jetzt Magdalena Koch. Laut Akte musste sie 57 Jahre alt sein. Merbach und ich fanden die Adresse heraus, nachdem wir ihre Spur über die Einwohnermeldeämter verfolgt hatten. Der Kripobeamte bekam überall Auskunft. Magdalena Koch lebte in der Ardenner Straße in Düsseldorf-Heerdt, einem Wohnviertel in der Nähe des Verlagshauses der Rheinischen Post. Es waren fünfstöckige Giebelbauten, an denen betongraue Schuhkartons klebten. Grüngelbe Wellen und dunkelbraune Strudel zierten die Fassaden, gesellschaftsfähig gewordene Psilocybinträume der siebziger Jahre in der Trostlosigkeit einer Vorstadt. «Ein nicht mal schlechtes Viertel», sagte Nicodemus im Wagen. Im Haus Nummer 24 lebten etwa sechzig Mietparteien. Magdalena Koch wohnte im Souterrain. Ich klingelte. Nichts passierte. Dann stellte ich fest, dass die Haustür gar nicht verschlossen war.

Obwohl ich das Licht angeschaltet hatte, zeichneten sich nur schemenhaft braun und beige gekachelte Wände ab. Am Ende des Flurs sah ich eine kleine Tür. Kein Namensschild zeigte an, wer dahinter wohnte. Ich klopfte, horchte. Nach einer Weile hörte ich schlurfende Geräusche. Die Tür öffnete sich, langsam, nach außen. Ein dunkelhaariger Kopf lugte durch den Spalt, ein Gesicht mit einem starken Damenbart, dunklen Augen und tiefen Stirnfalten. Das Gesicht wirkte alt, aber nicht so alt, wie es zunächst den Anschein hatte. Das schwarze Haar war noch voll und kräftig. Die Haut des Gesichtes war straff, ein wenig aufgedunsen, wie von Cortison oder Alkohol, aber nicht schlaff oder runzelig.

«Entschuldigen Sie. Mein Name ist Kreuzberg. Erschrecken Sie bitte nicht. Ich habe Ihnen geschrieben», sage ich.

Die Frau schweigt.

«Ich bin der Sohn eines Chartergastes ... Max Kreuzberg ... auf dem Schiff ... die *Nordstern IV* ... Sie erinnern sich?»

Die Frau verzieht keine Miene. Sie hält die Tür nur diesen Spalt weit auf und schweigt.

«Haben Sie meinen Brief nicht bekommen? Sie sind doch Frau Koch?»

«Ja», sagt sie.

«Sie sind Frau Koch, Sie haben den Brief bekommen?»

«Nein ... ich ... habe ... keinen ... Brief ... bekommen», antwortet die Frau. Sie spricht laut und abgehackt, als wäre sie gehörlos. Ich wiederhole mich, langsamer.

«Ich bin der Sohn eines Chartergastes, der mit dem Schiff verschwunden ist. Damals, in der Karibik. Ich hab Ihnen geschrieben, dass ich Sie und Ihre Söhne gern besuchen würde ... darf ich ... ?» Ich deute in das Innere ihrer Wohnung.

Die Frau öffnet die Tür ein Stück weiter, ohne ein Wort oder eine Geste der Höflichkeit. Ich trete in einen kleinen Vorraum. Sie steht noch immer an der Tür. Ich drehe mich um. Weit aufgerissene Augen sehen mich an, als wäre ich der Pferdefüßige. Ich erschrecke.

Magdalena Koch trug ein dünnes Nachthemd, das ihr kaum über die Hüfte reichte und von oben bis unten mit Essensresten übersät war. Einige rot und bräunlich verkrustete Flecken klebten noch auf den Haaren, die entlang ihrer entblößten Beine wucherten, sich wanden und spiralförmig drechselten. Ihre Füße steckten in abgewetzten Sandalen. Daumenlanges, brüchiges Horn wuchs daraus hervor, das sich über den Zehen nach allen Seiten hin einzurollen begann wie die Klauen eines lange eingepferchten Tieres. Sie zitterte. Ihre Hände tasteten sich im Tremor einer Greisin am Türstock entlang. Sie waren weiß und wächsern. Über die Fingerenden ragten schwarze Nägel: Sie hatten sich zu Vogelkrallen verkrümmt. Ich erstarrte, vor Schreck und vor Ekel. Dann krachte die Tür ins Schloss. Magdalena Koch kam auf mich zu. Tapsend, tastend, Schritt für Schritt.

«Sind ... sind Sie krank?», fragte ich verlegen.

«Kann ich vielleicht helfen ...?»

Ich ging zu ihr. Nahm ihren Arm, vorsichtig, förmlich. Sie hätte sehr gut alleine gehen können. Sie setzte sich an das Kopfende eines Esstisches in einem Zimmer, das kaum größer als der Vorraum war, und starrte auf den Boden. Es war dunkel im Raum. Durch einen Spalt zwischen den Vorhängen erspähte ich einen in die Erde des Vorgartens eingelassenen und von hohen Hecken gesäumten Balkon, auf den man hinaustreten mochte wie in einen Schützengraben. Eine Nachttischlampe warf mattes Licht über das Bett. Es war zerwühlt und hatte eine tiefe Kuhle. Die Mitte des Raumes füllte ein Sessel, auf dem ein goldgesprenkeltes Kissen platziert war, das die Form eines Bonbons hatte. Es roch seltsam süßlich. Es roch nach Tod.

Die Frau, die ausdruckslos auf ihrem Stuhl kauerte, schien plötzlich Scham zu empfinden. Sie versuchte, sich den Saum ihres Nachthemdes über die Knie zu ziehen. Ich sah mich um und fand einen Morgenmantel auf dem Bett, dessen Blumenmuster und Flecken mit jenen des Nachthemdes korrespondierten. Ich legte den Mantel über ihre Schultern. Als er hinabglitt, knisterte das Polyester. Die Frau bedankte sich nicht. Sie schwieg, als wäre meine Anwesenheit für sie ohne Belang.

Auf dem Tisch stand ein noch halb voller Joghurtbecher. Ein Löffel steckte darin. Sie ergriff ihn. Langsam, in einer Bewegung fern fühlbarer Zeit, führte sie den Löffel zum Mund und mahlte den Brei zwischen Zunge und Gaumen. Es hatte einen Äon gedauert, bis sie am Boden des Bechers angelangt war. Nachdem sie noch eine Weile darin herumgekratzt hatte, fischte sie mit dem Zeigefinger ein letztes Stück Frucht heraus und balancierte es wie mit einer kleinen Schaufel auf der Innenseite des krummen Nagels über den Tisch. Als ihre Hand auf der Höhe des Gesichtes ins Zittern geriet, schnellte ihr Kopf dem Nagel entgegen, und so sah es aus, als steckte sie sich einen Mistkäfer in den Mund. Sie leckte und zuzelte ein paarmal mit der Zunge daran. Dann sah sie mich an. Lange sahen wir uns an. Ich empfand Hilflosigkeit. Hasserfüllte Hilflosigkeit. Wieder trug ich mein Anliegen vor, armselig, klein, wie ein auswendig gelerntes Sprüchlein. Aber Magdalena Koch blieb stumm. In diesen Augen brannte kein Licht mehr.

«Entschuldigen Sie – sind Sie krank?», wiederholte ich mich, räuspernd.

Ihre Augen versteinerten. Ihre Mundwinkel fielen herab, und die Zunge rutschte heraus, als sei der Kiefer aus seinem Sattel gesprungen. Langsam erhob sich der abgeschleckte Zeigefinger zur Stirn. Viermal tippte die Vogelkralle ans Schläfenbein. Zweimal schnell und dann langsamer. Tock-tock … tock, tock.

«ICH … SPINNE!», kreischte die Frau.

Auf dem Nachttisch gewahrte ich einige Schachteln Medikamente. Psychopharmaka. Ich sprach jetzt langsamer mit ihr. Bestimmter. So, wie man mit einem sehr kleinen Kind spricht. Ich wiederholte meine Fragen, wieder und wieder. Ich fragte nach ihren Söhnen und danach, wie es ihr ergangen sei, in all diesen Jahren. Ich fragte sie, ob sie noch an die Geschichte denke.

«Ich träume …», sagt die Frau.

«Wovon träumen Sie denn?»

«Vom Schiff …»

Wieder durchfährt mich ein Schrecken. War das möglich? Hatte sie denselben, immer wiederkehrenden Traum? Ich sah das Schiff, wie ich es schon tausendmal gesehen hatte. Gewohnte Bilder. Sah sie dieselben Bilder?

«Sie träumen von der *Nordstern* – was sehen Sie?»

«Das Schiff …»

«Ist es in einem Sturm, oder ist die See ruhig?»

«Weiß nicht» – debil starrt sie mich an.

«Welche Farbe hat es?»

Ihr Kopf fällt, als habe ihm jemand von hinten einen Schlag gegeben, abrupt über den leeren Joghurtbecher, und ihr Blick verharrt auf dem Tisch, als überlege sie.

«Rot!», sagt sie.

«Sehen Sie einen Mann auf diesem Schiff?»

«Weiß nicht ...»

«Hören Sie ein dumpfes Krachen?»

«Nein», sagt die Frau und holt lange und tief Luft.

«Die Trompete!», ruft sie.

«Wie?»

«Mein Mann ...»

«... spielt Trompete? Er spielt Trompete ...?»

«J-ja», stammelt sie.

«Was ... spielt er denn?», frage ich.

Ich bekomme keine Antwort. Reglos zerfasert die Frau in Schweigen. Ich dränge.

«Was spielt er ...?!»

«Mitternachtsblues.»

Ich war sprachlos. Ich hatte das Bild einer noch jungen Frau vor Augen gehabt. Einer Frau, die am Ruder ihrer Segelyacht steht. Leni Lehmann. Ein tumber Stolz steht ihr im rundlich mäusigen Gesicht geschrieben. Ihre Fußnägel sind rot angemalt. Hinter ihr steht ein Mann. Der Manni, der Mann ihres Lebens. Er nimmt sie in den Arm, er neckt sie, über seiner breiten Brust baumelt eine nackte Frau, eine Frau, die ein Flaschenöffner ist. Jetzt sitzt Magdalena Koch in einem Souterrain. Verwahrlost und verdreckt im Verlies ihrer Erinnerung, und träumt von einem Schiff, dessen Spur sich vor einem Vierteljahrhundert verloren hat. Wie lange mochte sie sich schon in diesem Zustand befinden? Es war still. Die Stille kroch in meine Gedanken. Das Trompetenspiel. Sie hörte es im Sterben der Stille.

Mitternachtsblues.

«Woher … haben Sie … meine Adresse?», fragt die Frau plötzlich klar und flüssiger.

«Ich habe auf den Meldeämtern nachgefragt. In Düsseldorf und Duisburg, wo Sie vorher wohnten, dann wieder in Düsseldorf.»

Ihre Augen blitzten auf. Sie lebten. Als ginge ein Fenster auf, vielleicht nur für Sekunden, wertvolle Sekunden. Sie war wach. Sie hatte Misstrauen gezeigt. Ich wusste, dass ich noch etwas erreichen konnte. Ich musste es versuchen. Ich wiederholte meine Fragen. Wieder und wieder. Warum war sie dieses Mal, dieses eine Mal nicht mit an Bord gewesen? Was ist aus ihren Söhnen geworden? Ich versuchte immer neue Wendungen, gab Stück um Stück mehr von mir preis, ich sprach vom «wir» und davon, dass ich ihr Sohn sein konnte. Die Worte kamen ihr schwer von den Lippen, doch gab sie sich jetzt große Mühe.

«Gehen Sie manchmal spazieren?»

«Nein. Nie.»

«Auch nicht einkaufen?»

«Nein, nicht.»

«Wer kauft Ihnen dann ein?»

«Eine Pflegerin, manchmal.»

«Kauft sie Ihnen auch was Gutes?»

«Geht so», sagt Leni Lehmann.

«Was mögen Sie denn gerne?», frage ich, und ein leichter

Sarkasmus gerät mir in den Ton, für den ich mich im selben Moment schäme, aber sie scheint die Stimmveränderung nicht wahrgenommen zu haben.

«Weiß nicht. Schnitzel», antwortet sie.

«Sonst besucht Sie niemand?»

«Der Leo. Manchmal.»

«Wie oft kommt er denn?»

«Weiß nicht.»

«Und Ihr anderer Sohn?»

«Manfred ...? Nein. Der kommt Weihnachten. Muttertag.»

«Aber der Leo, der ist da für Sie, der liebt Sie ...»

«Ja», sagt Magdalena Lehmann.

«Das ist gut», sage ich, ruhig. Ich habe das Gefühl, etwas Vertrauen gewonnen zu haben, und warte.

Ich spähe durch die Küchentür. An der Wand hängt ein billiger Regalschrank, den jemand mit dunkelgrüner Plastikfolie beschichtet hat. Darunter, auf einer ebenso beschichteten Holzplatte, steht eine elektrische Herdscheibe, darauf ein einsamer Topf. Er ist hoffnungslos verkrustet.

«Ich sollte mit auf das Schiff gehen», sage ich.

Die Frau wendet ihren Kopf, immer noch sehr langsam, und blickt mich eindringlich an.

«Ich ... auch», sagt sie.

Das hatte sie der Polizei im Verhör verschwiegen. Aber warum? Ich hake nach. Ich erfahre, dass ihr Mann sie erst in der Woche der Abreise plötzlich nicht mehr dabeihaben wollte. Hatte er seine Frau bis zuletzt hinhalten wollen?

«Glauben Sie denn, die haben sich abgesetzt?», frage ich vorsichtig.

«Nein ... die sind ... ertrunken.»

Immer wieder stelle ich ihr diese Frage, unterbrochen von Alltäglichem, von kleinen Geschichten, von Fragen zu Leo. Sie antwortet mit Ja oder mit Nein oder «Weiß nicht». Manchmal bildet sie halbe Sätze. Dann verstummt sie mitten im Gedankengang. Einige Male führe ich ihre Sätze fort, und dann antwortet sie wieder mit Ja oder mit Nein oder «Weiß nicht». Nur die Frage, ob sie jemals daran gedacht habe, jemand hätte überleben können, beantwortet sie stets mit dem gleichen, vollständigen Satz.

«Die sind ... alle ertrunken!»

Fest, entschlossen, und es klingt, als läge in dieser Antwort die Endgültigkeit einer Lebenslüge, die jeden Verdacht, der einmal in ihr genagt haben mochte, ausgelöscht hatte.

«Wirklich alle? Können Sie sich vorstellen, dass Ihr Mann noch lebt, oder zumindest noch eine Weile lebte?»

«Nein ... ganz ... bestimmt nicht!», sagt sie, mit derselben unerschütterlichen Überzeugung. Ihre buschigen Brauen ziehen sich zusammen.

«Gab es nie einen Punkt in Ihrem Leben, an dem Sie daran gezweifelt haben?»

«Nein. Nie.»

«Gab es einen Punkt, an dem Sie sauer auf Ihren Mann waren?»

«Ja», sagt sie, lauter und beinahe aggressiv.

«Wann?»

«Schon davor ...»

Wir schweigen eine Weile. Ich betrachte die Frau auf dem Stuhl an meiner Seite. Ihr Blick ist jetzt auf einen Punkt des Fußbodens in der Mitte des Zimmers fixiert, auf ein kleines Quadrat im Raster der abgenutzten Auslegware, als wäre dieser Punkt eine winzige Insel, eine Insel der Rettung vor den quälenden Gedanken oder den Fragen. Sie tut mir Leid. Einen Moment lang überlege ich, ob ich gehen soll. Gehen und sie in Ruhe sterben lassen. Aber ich will mehr wissen. Ich will wissen, ob sie ihrem Mann vergeben hat.

Ja, sagt sie.

Dieses Mal klingt das Ja anders. Brüchig. In ihren Augen sammeln sich Tränen, und ich habe einen Verdacht. Einen grausamen Verdacht.

«Lieben Sie ihn noch?», frage ich, leise, in die Stille hinein.

«Ja», sagt sie.

Und dann höre ich ihre Worte weicher fallen, sie kommen ihr jetzt leichter aus dem Bauch. Sie kann nicht schlafen, sagt sie. Nie könne sie schlafen. Immer ist sie wach und hört das Spiel der Trompete. Jeden Tag. Jeden Tag um elf Uhr. Wenn es hell ist draußen oder dunkel, möchte ich wissen. Sie zuckt mit den Schultern. Weiß nicht. Um elf.

«Wachen Sie von den Albträumen auf?»

«Vom Schiff ...», sagt sie.

«Um elf ...»

«Ja ...»

Sie liegt jetzt auf dem Bett. Gerade, auf dem Rücken, Augen zur Decke. Ich schiebe meinen Stuhl an den Bettrand, lege Block und Bleistift zur Seite. Ich überwinde meinen Ekel und halte ihre Hand. Ich komme mir vor wie ein beknackter Psychiater. Ich erfahre, dass Leo jetzt vierzig ist und Elektriker. Dass der Manfred in einer Maschinenfabrik arbeitet und keine Freundin hat und es keine Enkel gibt. Magdalena Lehmann hatte, zehn Jahre nach Verschwinden der *Nordstern*, ein zweites Mal geheiratet, einen Masseur aus Duisburg, und wieder kein Glück gehabt. Der Mann starb, obgleich er Nichtraucher war, nach wenigen Jahren Ehe an Lungenkrebs. Magdalena Koch hatte bis zum Tode des Masseurs als Angestellte einer Metzgerei gearbeitet und ging am Wochenende putzen. Seither lebte sie in diesem Zimmer.

Fünf Jahre? – «Ja … bestimmt … fünf Jahre.»

Oder waren es zehn? – «Ja … bestimmt … zehn.»

Langsam, Frage um Frage, erfahre ich, dass sie einen Offenbarungseid geleistet hat. Dass der Kredit für die *Nordstern* auch ihre Unterschrift trug und die Bank den Titel an einen Inkasso-Arsch verkaufte, der noch immer jeden Ersten an ihre Tür klopft und sich fünfzig von dreihundertfünfunddreißig Euro ihrer Rente abholt. Es ist ein Rechtsanwalt. Derselbe, der sie damals vertreten hat, aber vielleicht, sage ich mir, bringt sie inzwischen auch Gesichter durcheinander. Ängstlich sieht sie zu mir auf. Sie möchte wissen, ob ich wegen dieses Geldes hier bin. Nein, sage ich, ich bin nicht von der Bank. Sie nickt. Je ferner die Dinge in der Vergangenheit liegen, desto klarer erinnert sie sich. Sie erinnert sich, dass sie mit Anne gesprochen hat. Daran, dass sie schon bei der Polizei und vor dem Seegericht immer wieder beteuerte, ihr Mann sei ertrunken, und daran, wie der Leo plötzlich nicht mehr sprechen wollte und er sehr viel weinte. Da hake ich wieder ein.

«Wussten Sie, dass Ihr Mann ein Verhältnis mit Regine Runge hatte?»

«Ja.»

«Seit wann?»

«Schon vorher.»

«Hat Ihr Mann es Ihnen gestanden?»

«Nein.»

«Woher wussten Sie es dann?»

«Von einem Segler ... die sind ja zusammen ... über den Atlantik gefahren ... da ist es passiert. Oder schon vorher. Weiß nicht.»

In den Akten war nichts darüber vermerkt, dass Regine Runge vor dieser Reise schon einmal in der Karibik gewesen war. Ihr Mann hatte der Baseler Kantonspolizei nichts davon gesagt. Konnte das ein Indiz für ein planmäßiges Vorgehen sein? Die Frau starrt an die Decke. Ich mache einen anderen Versuch.

«Was war Ihr Mann für ein Mensch?», will ich wissen. «Können Sie das beschreiben?»

«Lebenslustig», sagt sie.

«So ein sonniges Gemüt?» Dieser Begriff war öfter in den Akten aufgetaucht. Die Frau auf dem Bett atmet schwer.

«Ja, das hatte er», stöhnt sie.

«War er ein guter Mensch?»

«Geht so.»

«Hatte er auch dunkle Seiten?»

«Getrunken?»

«Ob er auch dunkle Seiten hatte ...», wiederhole ich lauter.

«Weniger ...», sagt sie.

«War er ein guter Vater? Hat er sich um seine Söhne gekümmert?»

«Nicht so ... er war ja ... immer segeln ...»

«Er hat Sie allein gelassen, mit den Kindern, mit den Sorgen ...»

«Ja ...», sagt sie, «das hat er ...»

«... mit den Rechnungen ...»

«… ja …»

«… weil er so ein leichtlebiger Mensch war …»

«… ja, das war er.»

Auf ihren Lippen liegt jetzt ein zartes Lächeln, das sogleich unnatürlich verzerrt in ihrem Gesicht hängen bleibt und sich in Stumpfsinn verkehrt. Was in aller Welt, frage ich mich abwesend, treibt die Menschen bloß, sich demjenigen so hündisch zu ergeben, der ihnen das Messer in den Bauch rammt und nach Belieben darin herumdreht. Ich hatte Angst, sagt Leni Lehmann. Angst wovor? Vor dem Ertrinken? Sie schweigt. Hatte sie die Katastrophe geahnt? Früher als er? Sie hatte die Mahnungen der Bank erhalten, die Drohungen, hatte von den erdrückenden Schulden gewusst, der Wirklichkeit des lebenslustigen Manni Lehmann. Hatte sie Angst, er könne sie eines Tages vielleicht fragen, mit ihm auf dem Schiff zu verschwinden? War sie am Ende vielleicht froh darüber gewesen, dass er eine andere Frau gefragt hatte? Ich wusste, dass ich es nicht erfahren würde. Diese Angst musste sie mitnehmen, schweigend mitnehmen in den Tod, der sie in diesem Raum umgab. Am Ende, denke ich, passiert wohl alles gleichzeitig. Sie ist das sechste Opfer des Metzgers, der Trompete spielte.

Mitternachtsblues.

Es tut mir Leid, sage ich.

Ich gehe zurück auf den Flur, zu einem Tisch, auf dem ein graues Telefon mit einer Wählscheibe steht. Auf der Scheibe steht eine Nummer. Ich schreibe sie ab, obwohl ich weiß, dass ich sie nicht benutzen werde.

«Darf ich wiederkommen?», frage ich.

«Lieber nicht», sagt sie.

Ich gehe zurück und beuge mich über die Frau. Ich habe das Gefühl, dass sie jetzt lächeln möchte. Ich lächle. Ich gebe ihr meine Hand, ihre Krallen umschließen mich, ich ziehe meine Hand nicht zurück. Ich danke ihr. Bitte, sagt sie. Es gehe mir jetzt besser, lüge ich, und sie sagt nichts.

«Ich werde jetzt gehen. Soll ich das Licht auf dem Nachttisch ausmachen?»

«Ja», sagt sie.

«Aus.»

Ich stehe im dunklen Flur und bekomme keine Luft mehr. Ein Schwindelgefühl überkommt mich. Ich taste mich an den klebrigen Kacheln entlang und drücke auf einen rot leuchtenden Schalter. Die Lampe an der Decke macht ein ploppendes Geräusch, aber das Licht kann die Dunkelheit nicht vertreiben. Ich höre meine Schritte auf den Kacheln. Meine Füße gehorchen mir nicht. Ich falle. Am Ende des Flurs stemme ich mich gegen die schwere Metalltür. Sonnenstrahlen. Sie blenden mich. Ich stolpere Treppenstufen hinauf. Oben stütze ich mich auf ein Geländer, der Boden, er schwankt, schwankt wie die Planken eines krängenden Schiffes, ich suche nach Halt und greife ins Leere. Plötzlich hält mich jemand am Arm fest. Merbach. Er riecht nach Schweiß, und er ist außer Atem, als wäre er gerannt. Ich öffne die Augen und sehe eine riesige Pistole, er hält sie in seiner rechten Hand. Es ist die schwarze Python.

«Mensch, ich wollt grad hintenrum und durchs Fenster! Drei Stunden! Über drei Stunden warste wech! Ich denk noch, guckst jetz ma lieber rein, da is der da in eine Falle getappt, wer weiß denn, was die dadrinnen machen mit dem armen Jungen?», prustete Nicodemus Merbach und haute mir auf den Rücken, als hätte ich mich verschluckt.

«Mensch, ich hab gedacht, die schlachten dich dadrin!»

Er fuchtelte mit der Waffe vor meinem Gesicht herum.

«Steck doch das Ding weg», sagte ich und fiel in seine Arme.

«Der klappt mir noch wech! Was war denn bloß so lang, Jungchen?», fragte Merbach und tätschelte meinen Rücken.

Ich mochte weinen und konnte es nicht.

✧

Leo Lehmann war jemand, der unentwegt plapperte. Er wohnte in einem Souterrain, nahe einem Friedhof, nicht weit vom Gewerbegebiet. Ähnlich der seiner Mutter, ging die Wohnung der Mietskaserne im Heerdter Feld nach hinten hinaus. Leo lebte allein. Das Wohnzimmer hatte türkis lackierte Wände. Auf dem Boden lag knöcheltiefe Auslegware. Sie war dunkelgrün. Leo kochte Kaffee.

Ich saß schon eine ganze Weile an einem schwarzen Tisch vor dem Balkonfenster und blickte mich fasziniert um. Der kleine Raum wurde von zwei Boxen und einer Eckbar völlig dominiert. Über dem Tresen waren Messinglämpchen in die Decke eingelassen. Spiegel mit den Werbeslogans von Likören, Whiskeysorten und Zigaretten hingen über bunten Flaschen, Siphons und Gläsern auf Regalen, vor denen sich die Spitzen blauer Papierservietten wie Wimpel aneinander reihten. In einen reflektierenden Barschrank war eine teure Stereoanlage integriert. Darauf standen ein Eiskühler und mehrere Sektkübel. Es wimmelte von verspielten Flaschenöffnern und Aschenbechern mit dummen Sprüchen darauf.

Auf dem Tisch eine Schale mit Plastikobst. Gegenüber der Bar verlief eine Sofalandschaft, hellblau gemustert, Leinen mit Brokat. Sie wurde auf der Fensterbank von Statuetten nackter Negerinnen, Palmen und Amphoren flankiert und zur Tür hin von einer beleuchteten Glasmenagerie. Darin befanden sich eine goldglänzende Figur des Tut-Ench-Amun, ein hölzerner Harlekin, Elefanten aus Elfenbein und zuunterst ein Tigerkopf aus Porzellan, aus dessen Maul eine rote Glühbirne wuchs.

Leo brachte ein Tablett. Er umtänzelte mich, als wäre ich zum Kränzchen geladen. Mittelgroß, kurze Haare, kleiner Spitzbauch. Ein helles Cordhemd hing ihm lose über einer Jeans, in die er Beinfalten gebügelt hatte. Sein Kopf war lang und schmal, und spitze Backenknochen stachen daraus hervor.

Sein Vater ist der Mörder meines Vaters, denke ich.

Leo lächelt. Seine Augen sind sehr klein.

Er goss Kaffe in ein Zwiebelmusterservice und redete über seine Wohnung. Der Tresen sei sehr aufwendig lackiert. Eine Spezialmischung. Verwischt und föhngetrocknet. Allein der Lack habe ihn ein Vermögen gekostet. Jeden Tag wische er Staub und poliere Gläser und Vitrine. Die Vorhänge am Fenster habe seine Freundin angebracht. Weiße Seidenvorhänge, wie Spitzentücher zu Rüschen gesetzt.

Er ist nervös, denke ich.

Seine Stimme war recht tief, und er sprach einen rheinischen Singsang, etwas abgehackt. Manchmal verhaspelte er sich. Dann verschluckte er einen halben Satz. Den nächsten bildete er mit einem Hilfsverb. Wenn er sich völlig verrannte, stotterte er.

Vielleicht eine Folge der Struma, denke ich. Es stand ja in

den Akten. Der Junge habe Struma, hatte Leni Lehmann in den Verhören beklagt, und er sei nicht ganz richtig im Kopf.

«Ich will mal sagen, das war eine Geschichte. Ich weiß ja gar nix. Ich hab da noch so Unterlagen, das meiste vom Rechtsanwalt, oder dann die Schlagzeile, da sagten die, ne, das müssen wir natürlich ein bisschen ausschmücken, ne, das verstehen Sie doch, sagten die Reporter zu unserer Mutter, und dann hopp, ham se 'ne Schlagzeile, das ist ja klar, ist doch denen ihr Geschäft», sagte Leo. Er setzte ab und wartete auf eine Reaktion.

Ich trank meinen Kaffee und zündete mir eine Zigarette an.

«Na ja, ne, meine Mutter ist da in ein Riesenloch gefallen.»

Er rutschte auf seinem Stuhl herum.

«Ich hab ihr dann die Wohnung gefunden. Aber sie will nicht mehr. Vor fünf Jahren war sie noch eine blühende Frau. Der Koch, der zweite Mann, hat ihr alles recht gemacht, aber sie hat immer das Haar in der Suppe gefunden. Am Wochenende ins Restaurant, bombig, ne, und die neue Couchgarnitur und schön in Urlaub, aber das Restaurant war so teuer und die Couch nicht die richtige und im Urlaub war's kalt. Und als er gestorben ist, war sie fertig. Zugemacht.»

Leo zerhackte mit der Hand die Luft. Er schüttelte den Kopf.

«Die kommt nicht mehr hoch. Nur noch schlafen, essen, und dann ist sie auf dem Schiff. Da kann man nix machen. Wahrscheinlich war's gut, dass du mit ihr geredet hast. Mir hatt sie das ja nie selbst gestanden, dass die ein Verhältnis hatten, der Manfred und die Regine Runge.»

Leos Hände zitterten. Er zog eine Packung Schwarzer Krauser hervor und begann zu drehen. Tabak bröselte auf den Tisch, und Leo wischte die Krümel umständlich auf.

«Was war denn die Schlagzeile?», fragte ich.

Sichtlich erleichtert stand Leo auf und ging in sein Schlafzimmer. Er kam mit einem zerschlissenen Aktenordner in der Hand zurück.

«Hier.»

Ich beugte mich über den Tisch und las. MORD IN DER KARIBIK. Darunter ein Foto seines Vaters.

«Und hier, und hier, und hier ...» – Leo blätterte.

TRAUMTRIP IN DEN TOD. MÖRDER DER SKIPPER.

Jeder Artikel zeigte die Yacht, ein Foto seines Vaters und dann das der Regine Runge, die sich nackt auf dem Deck der *Nordstern* räkelt.

Leo druckste wieder auf seinem Stuhl herum.

«Na klar. Die Chemikerin. Die hat se alle vergiftet, ne, das war doch klar für die Reporter. Das ist doch denen ihr Geschäft», sagte Leo. Sein Gesicht nahm trotzige Züge an.

«Nicht nur für die Reporter. Auch die Polizei glaubte das», sagte ich.

«Aber das kann doch gar nicht sein, dass der vier Leute umbringen tut! Für nix? Klar, die Karibik und das Schiff, ne, das war sein Ein und Alles. Aber wenn der sich absetzen will, da braucht er doch nicht alle umbringen? Der kann die doch nach drei Wochen an Land bringen, mit Tränen inne Augen, wie immer nach dem Törn, ne, und dann kann er doch sagen: Tschüs, schreibt mal, und dann abhauen?»

Leo sieht mich hilflos an.

Ich trinke Kaffee. Und ich frage mich: Ist das die rheinische Frohnatur des Manni Lehmann, von der alle, die ihn kannten, schwärmten? Punktlose Redseligkeit? Wer ist Leo Lehmann?

Leo hatte, als das Schiff verschwand, gerade seine Lehre als Elektriker begonnen. Seit zwölf Jahren lebte er in dieser Wohnung. Da kann man schon mal 'ne Party bis drei Uhr morgens feiern. Warum soll ich da weggehen, ne? Seit elf Jahren ist er mit seiner Freundin zusammen. Seit zehn Jahren sind sie verlobt. So hat jeder seine Wohnung, ne, und die andern, die sind schon wieder geschieden. Alles futsch. Ist doch besser so? Seit acht Jahren fährt er mit ihr an die Costa Brava. Nach Roses. Ein einsamer Ort, aber noch mit Kneipen in der Nähe. He, he. Seit drei Wochen geht er in ein Fitnessstudio. Im letzten Sommer habe er sich in der Badehose nicht mehr wohl gefühlt.

Leo stand auf und drückte einen Lichtschalter neben der Balkontür. Draußen erstrahlte eine Lichterkette aus blinkenden Pepperoni. Wir gingen auf die Terrasse. Es regnete. Unter einem geflochtenen Baldachin baumelten Krüge, bauchige Chiantiflaschen und Lampions. Um die Stützen rankten sich künstliche Weintrauben und Efeu. Am Ende eines langen Holztisches und zweier Bänke aus groben Schwarten standen spitze Kakteen unter einem riesigen Relief, das einen Torero darstellte, der einem sterbenden Stier seinen Degen durch den Nacken ins Herz stach.

«Alles o-original aus Spanien», sagte Leo.

Er setzte sich auf die Bank, die den Blick unter einem Autobahnkreuz hindurch zum Friedhof richtete, und besah seine selbst gebastelte Bodega. Plötzlich schien ihn wieder Unruhe zu überkommen. Er nestelte in seiner Brusttasche herum, zog den Tabak hervor, drehte und holte aus einem Wandschränkchen einen perlmuttglänzenden Aschenbecher in Muschelform.

«Das haben die ja hydrographisch festgestellt. Da war kein Sturm. Nix. Und die Stahlyacht, das sinkt nicht, und man hat nie was gefunden. Aber da wär doch mal 'ne Karte gekommen, ne, dass der noch lebt. Oder der hätt mal angerufen? Da war aber nix, da hätt man doch was gehört.»

Verstohlen blickte er zu mir auf, als könne ich ihm das gar nicht glauben. Sein Kopf sank auf die Brust.

«Und die Kinder des Mörders, das waren wir.»

Ich setze mich auf die Bank. Ich sitze neben Leo und höre eine Weile dem Regen zu. Dann erzähle ich ihm von mir. Ich mische Ungeheures mit Banalem. Ich bin so ehrlich, wie ich sein kann. Auch wenn es mir widerstrebt. Leo hört aufmerksam zu. Er nimmt wahr, aber ich glaube nicht, dass er mich versteht. Er sieht zu mir auf, als wäre ich sein Richter. Sein Kopf sinkt immer tiefer zwischen seine Schultern, als müsse ihm das, was er jetzt sagen wird, im Angesicht meiner Autorität Leid tun, auch wenn er nicht ganz versteht, warum.

«Ich hab da nicht so Probleme gehabt wie du. M-m-mein Vater, das ist für mich 'ne fremde Person», stottert er.

«Eine fremde Person?»

«Ja», sagt Leo.

«Das war immer so. Leo hier, Leo da, nimm mal den Tampen und Pinne hart backbord. Das war's. Wir waren halt da. Warum der sich zwei Kinder angeschafft hat, das weiß ich nicht. Das klingt hart, ne, das kannst du vielleicht nicht nachfühlen ...»

«Ich weiß nicht», sage ich.

«Ich hab da keine Emotionen. Bin gut mit fertig geworden», sagt Leo.

Ich versuche, ihm das nicht zu glauben, denn sonst müsste ich ihn beneiden. Und dann will ich wissen, wer sein Vater war.

Manfred Lehmann hatte während seiner Metzgerlehre seine Frau kennen gelernt und geheiratet. Beide waren kaum zwanzig gewesen. Zu Hochzeiten und auf Feiern verdiente er sich als Trompetespieler in einer Band dazu. Als Leo auf die Welt kam, nahm sein Vater einen Job in Luxemburg an. Sechs Jahre später pachtete er einen Betrieb in der Erkrather Straße in Eller. Die Familie zog in eine große Wohnung im Hinterhaus. Im selben Jahr wurde Leos Bruder geboren. Noch am gleichen Tag, an dem Leni Lehmann aus dem Krankenhaus entlassen wurde, gab sie das Kind hinten ab. Eine Hausangestellte kümmerte sich um das Baby. So hatte es Leos Vater angeordnet.

Dass der für uns so Gefühle hatte, ne, oder uns mal in den Arm genommen. Da wär ich mir auch doof vorgekommen. Ich hab das mal bei Kumpels gesehen. Leo zuckt mit den Achseln.

Beide Brüder entwickeln Sprachfehler. Als Manfred Lehmann ein größeres Geschäft in der Gumbertstraße eröffnete und das kleinere zur Filiale machte, besuchte Leo eine Behindertenschule. Leo, du gehst jetzt nach hinten und liest Bücher, hieß es am Nachmittag.

Und das hab ich gemacht, ne. Zwei Jahre lang hab ich das gemacht.

Leo fasst sich an den Kopf.

Er nennt seinen Vater beim Vornamen und kommt nach der Mutter. Sein Bruder ruft den Vater Papi und wird Leo auf die Behindertenschule folgen. Die Metzgereien rentierten sich nicht. Aber da war noch Geld da. Das schöne Geld, sagt Leo.

Alles futsch.

Eines Tages lernte Vater Manfred segeln. Er kaufte ein kleines Boot und ankerte in Holland. Nacht für Nacht verbrachte er im schmutzigen Hafenbecken von Venlo. Er stierte an die

Decke einer schaukelnden Koje. Er habe vom Chartergeschäft, von fernen Inseln und Langusten geträumt, sagt Leo.

Der aß so gerne Langusten. Da brachte der uns mal 'ne Bravo mit. Ich weiß noch, wir standen damals auf Bravo. Das haben wir gar nicht verstanden. Dass der an uns dachte?

Manfred Lehmann stellte in der Gumbertstraße einen Geschäftsführer ein und verstieg sich völlig aufs Segeln. Leni hatte dem nicht viel entgegenzusetzen. Vater war der Chef, sagt Leo. Das wird jetzt durchgeboxt, sagte der Vater. Während der Mutter ein geordnetes Leben vorschwebte, verramschte ihr Mann die kleine Yacht, die in Venlo lag, und kaufte in Nizza die 18 Meter lange *Steelside*. Die Bank räumte ihm eine halbe Million Mark Kredit ein. Er taufte das Schiff *Nordstern IV*. Leni Lehmann wollte kein Zigeunerleben. Der Kinder wegen. Auf der *Steelside* war ein Jahr zuvor ein Mann verbrannt. Der Fall wurde nie geklärt. Das wird jetzt durchgeboxt.

Die ersten Fahrten führten von Nizza aus durchs Mittelmeer. Rund um Korsika. März bis September. Die Kinder mitnehmen hieße: zwei Chartergäste weniger. Auf Geld verzichten? Leni ließ Leo und seinen Bruder bei einer Pflegefamilie in Düsseldorf zurück.

Ich hab dazu keine Emotionen. Als die Eltern wiederkamen, gab's zu Weihnachten ein paar Boxhandschuhe, ne. Und aus dem Sandsack wurde nix.

Athen. Leni Lehmann im glänzenden Vierfarbprospekt des Happy Sailing Clubs Düsseldorf. Heraklion. Der Wind zerzaust die kess kurzen Haare. Triest. Das weiße Männerjackett bedeckt nur mäßig ihre braun gebrannte Brust. Zadar. Die Chartertörns lohnen nicht. Der Metzger zahlt drauf. Das schöne Geld.

Alles futsch.

Als sich abzeichnet, dass Manfred Lehmann die Läden verlieren würde, kehrt Leni zu den Kindern zurück. Sie zieht in eine kleine Wohnung in der Vennhauser Allee. Manfred Lehmann ist irgendwo im Mittelmeer. Ein Jahr bevor er mit der *Nordstern* in die Karibik segelte, schließt er beide Läden. Leni arbeitet als Verkäuferin in einer Metzgerei, um den Unterhalt für sich und die Kinder zu sichern. An den Abenden organisiert sie die Törns für ihren Mann. Sie annonciert in der Zeitschrift Yacht, nimmt Buchungen und Vorkasse entgegen. Sie schickt ihm Geld und die Briefe der Bank, die im dritten Jahr des Charters ihre Kredite zurückfordert. Er schickt nichts. In der Karibik ist immer Saison.

Kurz bevor Manfred Lehmann von Lissabon nach Martinique übersetzt, kommt er noch nach Düsseldorf. Er diktiert seiner Frau eine Annonce für die Zeitschrift der Fleischerinnung. Suche Einheirat in gut gehende Metzgerei. Gib das auf.

«Sie hat das dann auch gemacht», sagt Leo. «Die war so. Sie wollte halt geführt werden.»

Der Regen hatte aufgehört. Wir gingen wieder in die Wohnung, und ich setzte mich an den schwarzen Intarsientisch in Leos Gruselkabinett.

«Was glaubst du, Leo. Was ist passiert?»

Leo holte tief Luft. Sein Gesicht entspannte sich, als hätte er auf diese Frage gewartet.

«Ich hab da nie groß drüber nachgedacht. Also, ich denk mal, Piraten, ne? Oder das Bermuda-Dreieck! Da tun doch so viele Schiffe verschwinden! Das hat der Däniken geschrieben. Ganze Flugzeugträger, oder?»

Er windet sich auf seinem gedrechselten Stuhl. Er stemmt seine Hände in die Sitzfläche und presst die Knie zusammen, als müsse er aufs Klo. Ich spüre, wie es ihm in der Seele brennt. Er hat sich tapfer geschlagen. Hat alles richtig gemacht. Und jetzt erwartet er sein Urteil.

Ja, sagte ich. Ganze Flugzeugträger.

Ich bin feige. Ich kann ihm nicht sagen, dass ich seinen Vater jetzt, da ich mit ihm spreche, umso mehr für den Mörder halte. Ich möchte ihn anschreien: Los, Leo! Du weißt es! Du riechst es doch, du hast es immer gerochen! Es war dein Vater, raus damit … Nein, ich kann ihn nicht fertig machen. Ich fühle keinen Hass. Kein Mitleid. Ich empfinde gar nichts.

«Es wird wohl so sein. Sie sind alle ertrunken. Das Schiff ist auf ein Riff gelaufen. Oder es waren Piraten.»

«Ja», sagte Leo. «Die P-piraten!»

Und dann habe ich das Bedürfnis, ihm zu sagen, diesem stammelnden Vorstadtstenz auf seinem lackierten Rattanmüll zu sagen, dass er nichts für seinen Vater kann, dass ich es ihm nicht vorhalte, dass er vermutlich nicht mal was für seine Bude kann, und dann kann ich es nicht und komme selbst ins Stottern.

«Wir … wir sitzen im selben Boot», sage ich.

Leo senkt den Kopf. Seine kleinen Äuglein strahlen, als stehle er einen Triumph davon.

«Wir sitzen im selben Boot», plappert er fehlerfrei nach.

Warum wird man in diesem Rheinland nur den Eindruck nicht los, das ganze Jahr über sei Karneval? Durch die Fußgängerzone der Altstadt stolperten Betrunkene in eine neongrelle

McDonald's-Filiale. Von irgendwoher krächzte eine Tröte aus fernem Humbahumba. Die Pflastersteine waren übersät von leeren Bierdosen und Pommestüten. Eine Kneipentür reihte sich an die andere. Die längste Theke der Welt. Ich öffnete eine schwere Tür. Ich sah Menschen, die auf Tischen herumhüpften, und andere, die in einer Polonaise durch das enge Lokal tanzten. Lärm und Faschingsmusik untermalten die Szene. Ich ließ die Tür los und taumelte rücklings in einen knisternden Haufen Plastikbecher. Zwei Türen weiter versuchte ich es noch mal.

Der Raum war fast leer. Am Fenster zur Fußgängerzone vergewaltigten Halbstarke einen Madonna-Flipper. Am Tresen standen Männer, die enge Jeans, karierte Hemden und schwarze Lederjacken trugen. In ihren Gesäßtaschen steckten Kämme. Breite, schwielige Hände lagen auf einem ausladenden Hinterteil, das jemand in einen viel zu engen Tigerrock gezwängt hatte. Ich habe keine Lust, mir ein anderes Lokal zu suchen, und setze mich ans Fenster. Ich bestelle Bier. Jemand steht auf und geht an die Jukebox. Alles futsch. Das schöne Geld. Das schien Leo am meisten zu ärgern. Hätte ich ihn auch noch umarmen sollen? Ich bau dir ein Haus in Kanada. Nein. Da wäre er sich ja doof vorgekommen. Bei McDonald's geht das Licht aus. Jetzt sieht man nur noch die Reklame eines Friseurs. Maniküre, Pediküre, Gesicht.

«Was auch immer es war, es ist unangenehm», hatte Leo gesagt.

Ja, dachte ich. Das ist es. Unangenehm.

✧

Düsseldorf ist eine Stadt der Trinkhallen. Der Gegensatz zwischen arm und reich verläuft etwa so krass wie von der Upper East Side zu Spanish Harlem. Verlässt man die Königsallee, den Boulevard von Bulgari, Kenzo und Feinkost Käfer, und biegt über die Graf-Adolf-Straße in die Hüttenstraße, wird ihre Konzentration immer dichter. Von einer Ecke zur anderen. Bis einen das Wort die verdreckte Straße hinab alle hundert Meter anstarrt. Trinkhalle.

Es sind kleine Löcher in hässlichen Nachkriegshäusern. Sie besitzen keine Toilette und gerade Raum genug, um Betrunkene und solche, die sich noch betrinken müssen, mit Alkohol zu versorgen. Das ist ihr einziger Zweck. Alles ist darauf reduziert. Es gibt keine Tische. Keine Stühle. Keine Hocker. Es hängen keine Bilder an den Wänden. Es gibt keine Pflanzen, keine Musik, keine Gläser. Es gibt Bier. Bier aus Flaschen und billige Schnäpse. Das hat eine gewisse Reinheit.

Es war kalt geworden. Ich war schon seit dem nebligen Morgen mit hochgeschlagenem Kragen vor dem Haus mit der Nummer 152 herumgeschlichen. Ich hatte geklingelt. In einer Wohnung im dritten Stock war das Licht angegangen. Jemand war ans Fenster getreten, hat dann aber die Vorhänge nicht aufgezogen, als wolle er sich verstecken. Ich klingelte bei einem anderen Namen. Die Tür öffnete sich. Ich lief die Treppe hinauf. Ich hatte Angst. Wohnte vielleicht sein Vater bei ihm? Konnte das sein? Hier in Düsseldorf? Und niemand erinnerte sich an die Geschichte? Ich klopfte bei Manfred Lehmann. Neben dem Namensschild stand eine Warnung der Hausverwaltung: Vorsicht, Rattengift! Meine Lunge pfiff. Ich hielt den Atem an. Nichts geschah. Unten steckte ich eine Streichholzschachtel zwischen Tür und Rahmen, damit ich ohne zu klingeln hineinkonnte. Am Mittag versuchte ich es wieder. Diesmal ging niemand ans Fenster. Hatte ich mich getäuscht?

Ich höre die Stimme durchs Telefon. Sie singt:

Hier ist der Aussteiger. Hier ist der Aussteiger.

Ich ging in eine Trinkhalle. Es war ein schmaler, länglicher Raum, ähnlich wie Tom Milanos in NoHo. Es standen zwei Männer an einer Mauer, die als Tresen diente. In der Enge des Raumes hätten sie nach hinten gar nicht umfallen können. Ich stellte mich ans Fenster. Von dort konnte ich die Eingangstür des Hauses mit der Nummer 152 beobachten. Ich bestellte Kaffee und bekam eine bittere Brühe.

Die Menschen, die ich auf der Straße sah, kleideten sich nicht im Chic der Kö. Unter Regenmänteln und Anoraks trugen sie Trainingshosen und dreckige Schuhe mit Kreppsohlen. Jugendliche mit kahl geschorenen Köpfen und Bomberjacken lungerten in Hauseingängen. Ältere Frauen hielten kleine Hunde in den Armen. Im Zigarettenregal des Kiosks stand ein Radiowecker. Er war weiß im modernen Design der siebziger Jahre. Darin kippte die Zeit in weißen Ziffern auf schwarzen Blättern.

Ich dachte an die Trinkhalle Seiler. Das war ein Kiosk unten im Kongo, einem Arbeiterviertel, in dem Großvater aufgewachsen war. Eine Eckhütte mit einer braungelb gestreiften und von der Witterung schimmelig gewordenen Markise. Darunter stand er sogar im tiefsten Schnee und trank Bier und Korn. Großvater trank Fürst Bismarck. Ich kann mich noch gut an die kleinen grünen Flaschen erinnern. Der schwere Mann mit dem faltigen, von russischen Wintern gegerbten Gesicht leerte sie in einem Zug. Ich spielte mit den Flaschen. Es standen immer welche bei Seiler, ganz verschiedene. Ich weiß, dass

Großvater schon am Mittag von der Fabrik für eine halbe Stunde zu Seiler ging. Am Abend, wenn er mich abgeholt hatte, blieb er länger. Es war nicht das Tom Diecks. Niemand trank gemütlich ein Käffchen. Die Arbeiter bei Seiler waren laut. Sie erzählten Witze, die ich nicht verstand, und klopften mir verschwörerisch auf die Schulter. Manchmal sang Großvater. *Gelle, du hast misch gelle gern, gelle, du misch aach.* Am Sonntag war es voll. Dann drängten sie sich um die Hütte, als gäbe es ein Fußballfinale zu sehen. Sie tranken und redeten hitzig, dichten Rauch und Kältehauch vor den Mündern, und spielten Skat im Stehen. Einmal habe ich beobachtet, wie ein Mann eine große Flasche auf den Kopf bekam. Der Kongo war nicht die Leopoldstraße. Und die Flasche splitterte nicht wie in den Western, die ich mit Vater im Marmorpalast gesehen hatte. Sie blieb ganz. Der Kopf des Mannes blutete fürchterlich. Die kleinen grünen Flaschen rochen scharf, aber nicht unangenehm. *Gelle, du lässt misch ned im Stich.* Ich hörte das Fallen der Zahlenblätter.

Um zwei Uhr morgens lag Manfred Lehmanns Wohnung immer noch im Dunkeln. Ich überlegte, zu Merbach zurückzufahren und es am nächsten Tag zu versuchen. Vielleicht war er ja gar nicht in der Stadt?

Dann sah ich eine untersetzte Gestalt. Der Mann musste aus einer der beiden Eckkneipen am Ende der Straße gekommen sein. Er schwankte und nölte etwas, was ich nicht verstand. Er trug eine Plastiktüte. Schon von weitem war zu erkennen, dass er Flaschen darin hatte. Der Mann fiel ein Stück hinter seinen eigenen Schritt zurück und stolperte mit neuem Schwung den Gehsteig entlang. In einigen Minuten würde er das Haus mit der Nummer 152 erreichen. Das musste er sein. Leos Bruder. Ich wusste es. Ich lief über die Straße und fing ihn an der Haustür ab. Obwohl ich dicht neben ihm stand, bemerkte er mich nicht. Ein speckiger Anorak hing über seinen schlaffen Schultern. Die Sorte, die eine Kapuze hat, dunkelblau mit Streifen an den Armen. Sie mochten einmal weiß gewesen sein. Unterhemd und Pullover schlabberten über seinem dicken Bauch. Es war ein Pullover aus Perlon. Er stank. Der Mann trug eine abgewetzte Stoffhose, die ihm ausladend über dünnsohlige Turnschuhe fiel. Seine Füße standen im rechten Winkel zueinander. Er versuchte, mit dem Schlüssel das Schloss zu treffen. Dabei knickte er in den Knien ein.

«Manfred Lehmann?», fragte ich.

Der Mann sah auf.

«Ja?»

Er war nicht erschrocken. Er sah lediglich auf und suchte in der Richtung, aus der meine Stimme zu ihm gedrungen war. Ich gewahrte kleine, blaue Äuglein in einem aufgedunsenen, pausbäckigen Gesicht. Schielend versuchten sie, mein Gesicht zu fixieren. Speichel tropfte von schmalen Lippen. Der Mann rappelte sich auf. Er grinste dämlich.

«Du weißt, wer ich bin?», fragte ich.

Die Augen des Mannes trafen jetzt die meinen. Ich war verblüfft. Vor mir stand ein Sohn, der seinem Vater aufs Jota glich. Als wäre die Zeit in Drehers Fotoalben stehen geblieben. Die Augen, der Stiernacken, das dünne, lichte Haar über der Stirn – wie auf jenem Bild, auf dem sein Vater die zappelnde Languste in den Händen hält. Selbst eine faserige Fleischerröte auf den Wangen schien sich vom Vater auf den Sohn übertragen zu haben. Manfred Lehmann musste ziemlich genau das Alter erreicht haben, in dem der Metzger gewesen war, als er verschwand.

Aber etwas fehlte diesem Gesicht. Es fehlte ihm das Leben. Jene Vitalität in den Augen seines Vaters, die gespeist von Angst und Gier einen Menschen über seine Verzweiflung hinaus zum Äußersten treibt.

Das Gesicht des Mannes, der vor mir stand, war leer.

«Kommst du ... aus Berlin?», fragte Manfred Lehmann.

«Dein Bruder hat dich also erreicht.»

Wenn ich etwas aus eigener Erfahrung weiß, dann ist es die Tatsache, dass man in stark alkoholisiertem Zustand unzurechnungsfähig ist. Jegliche Vernunft ist ausgeschaltet. Das Gehirn funktioniert dennoch. Mit Betrunkenen hat man leichtes Spiel. Man kann sich den ganzen Quatsch sparen. Höflichkeit. Erklärungen. Zusammenhänge. Betrunkene verabscheuen so etwas. Man kann ihnen direkt und unvermittelt Fragen stellen. Ein Betrunkener wird dann ebenso direkt und brutal antworten. Er wird prahlen. Er wird provozieren. Er wird sich maßlos überschätzen. Auf jeden Fall wird er sich verraten. Gut, dachte ich. Ich werde ihn am besten wieder in seine Kneipe schleppen. Ich werde ihm so viel Bier und Korn spendieren, wie es nötig ist, und ihm meine Fragen stellen. Wenn er etwas von seinem Vater wusste, würde ich es herausfinden. Leos Bruder stammelte etwas, was ich nicht verstand. Er war kleiner als ich, und so beugte ich mich zu ihm hinab und hielt mein Ohr in die Nähe seines Mundes. Er fragte, ob wir zu ihm gehen sollen. Ich sagte ihm, ich würde mich lieber mit ihm in seiner Kneipe unterhalten. Er überlegte. Dann entschloss sich sein Gehirn offenbar zu einer Übersprungshandlung.

«BERLIN, DA FAHR MER IMMER HIN!», grölte er.

Ich schreckte zurück. Mein Ohr tat weh.

«MIT DREISSIGTAUSEND MANN SIMMER GEFAHRN!»

Er stellte die Tüte mit den Flaschen ab und zog sein Portemonnaie. Er fingerte eine Visitenkarte heraus. Darauf war ein Wappen zu sehen, ein roter Kreis. Darin stand: F 95. Ich hatte das Wappen schon einmal gesehen. Das war zu einer Zeit, als Fortuna Düsseldorf noch in der Bundesliga spielte. Ich war neu im Dorf meiner Großeltern, und die anderen Jungen mieden mich. Jeden Montag kaufte ich mir den Kicker und lernte im Schulbus die Seiten auswendig, auf denen Vereine und Spieler porträtiert wurden. Großvater hatte mich im Fußballverein angemeldet, aber ich konnte noch nicht mitreden. Während die anderen die Spielergebnisse bis hinunter in die Regionalliga kannten, saß ich abseits. Fortuna Düsseldorf. Ich sah Leos Bruder verwundert an. Die Namen Klaus Allofs und Reiner Geye fielen mir ein. Aber soviel ich wusste, spielte der Verein mittlerweile in der Amateurliga.

Leos Bruder schwankte.

«Ich bin Lemmy der Mob», lallte er. «Der letzte Mob ... und wer bist du?»

Seine Stammkneipe war so trist wie die Trinkhalle, in der ich den Tag und die halbe Nacht verbracht hatte. Es waren noch drei oder vier Gäste da. Illusionslose, hartgesottene Gestalten. Der Wirt war dick und hatte eine Glatze. Er schien wenig erstaunt, Leos Bruder wiederzusehen. Einer der Gäste zeigte mit dem Finger auf uns. Wir setzten uns an einen einfachen Holztisch. An der Wand über dem Tisch hingen das rote Wappen, ein Schal, einige Wimpel. Der Mob. So nennt sich die Fankurve im Stadion. Ich bestellte Bier. Der Wirt hatte eine glänzende Narbe im Gesicht. Der Mob. Das sind Hooligans. Reisende Schläger, dachte ich.

«A ... O ... E ...!»

«Was?»

«AOE? Kennste nich?»

«Nein», sagte ich. «Was ist das?»

«Hertha BSC ...»

«Wie bitte?»

Lemmy der Mob holte tief Luft. Er stand auf, sein Stuhl fiel polternd zu Boden. Er schwankte und brüllte:

«AAA OOO EEE ... HERTHA BSC.»

Ich hob seinen Stuhl auf, und er setzte sich wieder. Er musterte mich. Ich kenne die Gedankensprünge des Rausches. Und ich fragte mich, ob er mich jetzt verarschen wollte.

«Was willste wissen ...», sagte er plötzlich und grinste.

Wie es ihm ergangen sei. Ob er seinen Vater vermisse. An ihn denke. Beiläufig hängte ich die Frage an, ob er mal wieder was von ihm gehört habe. Lemmy der Mob sank in sich zusammen.

«Mutter is fertig. Wir sind alle fertig. Lauter Kaputte. AAO-OEE ... Scheiße.»

«Scheiße, weil er dich und deine Mutter im Stich gelassen hat?»

«Ja, Scheiße.»

«Der Leo scheint es einigermaßen geschafft zu haben», warf ich ein.

«Der Leo», grummelte Lemmy der Mob. «Ich hab meine Lehre nicht bestanden. DREISSIGTAUSEND MANN!»

«Halt's Maul», sagte der narbengesichtige Wirt.

Lemmy der Mob zuckte, als hätte ihm jemand eine Kopfnuss gegeben. Es wurde still. Nach einer Weile begannen die anderen Gäste wieder zu schwatzen. Ich entschied mich für eine direkte Frage.

«Glaubst du, dein Vater lebt noch?»

Er sah mich von unten herauf an und zwinkerte mit dem rechten Auge, als habe er einen nervösen Tick.

«Natürlich lebt der noch. Und is auch richtig so! Der is wie ich. Immer olé olé. Der letzte Mob. Wie ich. Lemmy, der letzte Mob», sagte er.

«AAOOEE!»

So viel Ehrlichkeit hatte ich doch nicht erwartet. Ich war erstaunt und unsicher zugleich. Wusste er nun, dass sein Vater noch lebte, oder glaubte er es nur? Lemmy der Mob grinste feist.

«Da hat er sich 'ne Blonde gekrallt ...»

«Regine Runge»

«... und richtig so! DREISSIGTAUSEND MANN!»

«Bist du sicher, dass er noch lebt?»

Lemmy der Mob grinste.

«Der lebt noch. Ich weiß es ned. Aber der lebt noch. Und richtig so. Der letzte Mob. Vadder Lehmann.»

«Feierabend», rief der Narbengesichtige.

«Fahr mer ins Mai Thai!», sagte Lemmy der Mob. «Haste Lust? SAMSTAG UM HALB VIER, FÜR FORTUNA STEHN MER HIER!»

Ich bestellte ein Taxi. Der Narbengesichtige wählte eine Nummer. Ich zahlte. Der Wirt nickte in Richtung des Tisches, an dem Leos Bruder saß.

«Der is blöd», sagte der Narbengesichtige.

Lemmy der Mob drehte sich nicht um.

«Ich bin der letzte Mob», nölte er, als wir das Lokal verließen.

Wir stiegen am Rande der Altstadt aus. Lemmy der Mob stützte sich gegen eine Laterne und pinkelte. Einige Passanten machten einen weiten Bogen um ihn. Urin lief ihm am Hosenbein herunter. Er widerte mich an. Ich stand abseits und sah in die andere Richtung. Als er fertig war, hing ihm der Penis aus dem Latz.

«Mach die Hose zu», fuhr ich ihn an.

Er folgte.

«Für Fortuna – stehn mer hier.»

Das Mai Thai war ein thailändisches Restaurant. Hohe Bambusstangen trennten die Tische in kleine Nischen. Über ihnen wucherte ein Himmel aus staubbedeckten Plastikpalmen. In der Mitte des Lokals stand ein runder Tresen. Bambus. Es gab kein Bier, nur Cocktails aus Kokosnussschalen. Lemmy der Mob bestellte Banana Daiquiri, mit extra viel Rum. Ich mochte Tequila Margarita, aber den gab es nicht. Nur Tequila Sunrise. Er war klebrig und schmeckte wie Kaugummi aus einem Automaten. Lemmy der Mob zwinkerte mit dem rechten Auge. Er versuchte mich zu umarmen. Ich stieß ihn von mir und drückte ihn auf seinen Hocker. Ich beschloss, wieder direkt zu fragen. Präziser.

«Glaubst du, dein Vater wäre fähig gewesen, einen Mord zu begehen, um abzuhauen?»

Lemmy der Mob war auf seinem Barhocker fast zwei Köpfe kleiner als ich. Er war völlig in sich zusammengefallen. Mit hilflosen Kinderaugen blickte er zu mir auf. Er zwinkerte, dann grinste er.

«Wenn du so fragst…? Ja. Das glaube ich», sagte er, und es klang, als wäre er darauf stolz.

Ich schwieg.

«Tausendmal darüber nachgedacht. Ja. Das glaub ich. Da hat er sich die Blonde gekrallt… und richtig so. 'ne Blonde. He, he, he…»

Im selben Moment sah er wieder elend drein, mit diesen leidenden Augen in seinem aufgedunsenen Gesicht. Es war ihm wohl noch nie gelungen, sich eine Blonde zu krallen, ohne dafür zu bezahlen. Seine Weinerlichkeit ging mir auf die Nerven. Ich überlegte, ob ich in dieses Gesicht hineinschlagen sollte. Er schien das zu riechen. Betrunkene wittern die Gefahr. Sie verhalten sich instinktiv richtig. Lemmy der Mob konterte.

«Bist du grantig?»

Gute Frage.

Der Mann, der vor mir auf einem lächerlichen Geflecht aus Bambusrohren und Sisal kauert, sieht aus wie Manni Lehmann, der Skipper der *Nordstern*. Äußerlich. Spricht er, denkt er, fühlt er auch wie der Schlächter? Ein Vater, der sich einen Dreck um seine Söhne scherte. Ein Mann, der seine Frau benutzte wie ein altes Ausbeinmesser. Ein Besessener, der auf die trübe Brühe einer Fahrrinne in Venlo stierte und von türkisfarbenen Lagunen, von Langusten und Daiquiris träumte. Ein mieses Schwein, das fähig war, für diesen Traum vier Menschen umzubringen. Richtig so! Der lebt jetzt unter Palmen! Der is wie ich. Immer olé olé. Der letzte Mob. Nein. Vor mir saß ein anderer. Ein 39-jähriger Junge, der in Trinkhallen und Trostlosigkeit lebt. Einer, der sich in der Fankurve eines Absteigers mit dumpfen Schlägern verbrüdert. Lemmy der Mob hob seine

Kokosnuss. Einer, der davon träumt, mit einer Rotte Säufer über Prostituierte in Pataia herzufallen. DREISSIGTAUSEND MANN. Vielleicht wäre er gern wie sein Vater. Vielleicht würde er dafür sogar vier Morde in Kauf nehmen. Aber dieser Mann ist kein Mörder. AOE. Er ist der siebte Tote, den der Metzgermeister auf seiner feigen Flucht hinterlassen hat. HERTHA BSC. Er ist eine arme Sau.

Lemmy der Mob führte die Kokosnuss an seine Lippen, kniff die kleinen Äuglein zusammen und trank. Er hatte die unterste Stufe der menschlichen Existenz erreicht. Freiwilliges Elend. Jeder Lebenslängliche besaß mehr Würde. Mir wurde schlecht.

War ich ... selbst schon so tief gesunken?

Brauner Bananensaft quoll ihm über Kinn und Anorak. Er wischte sich mit dem Handrücken über den Mund. Das Zeug verklebte seine Hände. Ich bin Lemmy der Mob. Der letzte Mob. So wie mein Vadder. Nein. Ich mochte nicht in dieses Gesicht hineinschlagen.

«Wenn dein Vater ein Mörder ist, schämst du dich?»

Lemmy der Mob sah weg. Er sagte eine Weile nichts.

«Samstag ... FÜR FORTUNA ...», hob er an.

Dann sah er mir in die Augen.

«Du bist grantig ...», sagte er.

«Nein», sagte ich grantig.

Ich packte ihn am Kragen und hob ihn vom Hocker. Er ließ sich hängen wie ein Mehlsack.

«Hat er sich bei dir gemeldet? Was weißt du! Rede!»

Sein wabbeliger Körper wand sich. Lemmy der Mob hielt die Arme vor sein Gesicht, als wolle er Schläge abwenden.

«Ich weiß nix. Ich hab nix gehört. Dem war'n wir doch scheißegal ...», jammerte er.

Ich schüttelte ihn.

«Los, raus damit!»

«Ich weiß nix...» – er schloss die Augen und wartete auf Schläge. Ich setzte ihn wieder auf seinen Hocker.

«Mörder. Ja...», sagte er.

Tränen standen in seinen Äuglein. Er litt wie ein Tier.

Ich zahle, zahle auch seinen Drink, ich denke, dass ich ihn nach Haus bringen müsste in seinem Zustand. Aber wozu? Er ist ohnehin verloren. Tausendmal darüber nachgedacht. Er war anders als Leo. Sensibler. Ich kann nicht mehr. Meine Beine zittern, und mir ist schwindelig. Ich fühle einen Brechreiz. Etwas passiert mit mir. Etwas Schweres. Ich bestelle Jack Daniel's, Mineralwasser und einen schwarzen Kaffee und stürze alles nacheinander.

«Fahr mer nach Berlin?»

Lemmy der Mob versucht hündisch, mich zu umarmen. Er stinkt widerwärtig. Ich stoße ihn zurück. Er taumelt, stolpert über seinen Bambushocker. Fern jeglicher Körperkontrolle fällt er polternd zu Boden. Einige der Gäste fahren erschrocken auf. Jemand will sich um den Mann am Boden kümmern. Lemmy der Mob windet sich. Er weint. Ich kann nicht mehr. Raus. Ich ertrage ihn nicht. Nur raus. Ich ertrage mich selbst nicht.

«Ich bin Lemmy, der letzte Mob», höre ich ihn noch.

Rausrausraus.

«Scheiße.»

Ziellos lief ich durch die Altstadt. Meine Knie zitterten. Ich betrachtete meine Hände. Sie zitterten. Ich lief schneller. Ich rannte in einen Passanten. Ich bekam Angst. War es ein Mann oder eine Frau? Panische Angst. Die Giebel der Fachwerkhäuser neigten sich herab. Sie kamen auf mich zu. Ich lief durch immer engere Gassen, bis ich an ein Flussufer gelangte. Endlich. Weite. Luft. Der Rhein. Ich lief entlang der Anlegestellen, langsamer jetzt. Ich lief auf eine Brücke. In der Mitte der Brücke blieb ich stehen. Ich holte Luft. Der Mond schien zum Greifen nah. Ein Schubschiff kämpfte stromaufwärts mit den dunklen Wellen. In der Ferne flackerte ein Schriftzug, der mich an Großvaters Fabrik erinnerte. *Mannesmann.*

Hier ist der Aufsteiger.

Hier ist der Aufsteiger.

Das war es, was die Stimme auf dem Anrufbeantworter gesungen hatte. Merbach und ich hatten die Stimme des Mörders hören wollen. Aber es war die Stimme von Leos Bruder. Das Schubschiff trieb eine Ladung Kies vor sich her. Lemmy der Mob hatte Recht. Dem sind wir doch scheißegal. Der Skipper der *Nordstern* würde sich niemals bei seinen Söhnen melden. Manfred Lehmann war ein Arschloch. Die Spur war tot. Ich wurde ruhiger. Die Flussluft tat gut. Vielleicht würde ich in der Schweiz bei den Kindern der Regine Runge mehr Glück haben. Blut ist dicker als Wasser. Kalter Wind schlug mir ins Gesicht. Ich vergrub meine Hände in den Jackentaschen. Hatte mir Leos Bruder einen Zerrspiegel vors Gesicht gehalten? Ich fühlte eine Visitenkarte in der Tasche und zog sie hervor. Ich sah das rote Wappen. F 95. Daneben stand in geschwungenen Lettern:

Lemmy

Der Mop

Er hatte «Mob» auch noch falsch drucken lassen. Der Idiot.

4 Schmetterling

Jeder Bezugspunkt des zweidimensionalen Schemas aus Einfluss und Kontrolle hat in der dritten Dimension der Auswirkung (oder des Verhaltens) zwei Bezugspunkte auf der geschwungenen Linie der Katastrophe.

Ich hatte von Merbach die Adresse der Witwe des Ingenieurs Egon Röbel bekommen. Sie lebte in der Nähe von Nürnberg. Ich rief sie an. Sie wirkte verstört. Sie wusste zunächst nichts zu sagen. Ich sagte ihr, sie solle sich Zeit lassen. Dann sagte sie, eines Tages seien Beamte der Kripo Düsseldorf aufgetaucht und hatten erklärt, Regine Runge habe ihren Mann und die anderen umgebracht. Vergiftet.

Ihre älteste Tochter sei daraufhin aus dem Haus gerannt und habe sich versteckt. Eine Woche lang habe sie das zwölfjährige Mädchen gesucht. Es hatte sich an einem Ort versteckt, den nur der Vater gekannt hatte. Als ihre Tochter wiederkam, habe sie nicht mehr über den Vater sprechen wollen. Nie mehr habe sie über den Vater sprechen wollen, sagte die Frau.

Sie schwieg einen Moment. Auf der Familie laste ein Fluch, sagte sie dann. Schon der Bruder ihres Mannes war auf See umgekommen. Das sei einige Jahre vor dem Verschwinden der *Nordstern* gewesen. Ein Schiffsunglück in der Nordsee, vor den Inseln. Und dann vernahm ich ein leises Schluchzen am Ende der Leitung.

Acht Tage nachdem ihr Mann in die Karibik geflogen war, habe sie einen Anruf vom Flughafen erhalten, sagte die Frau. Der Seesack war zurückgekommen. Sein Seesack. Falsch verladen, hieß es. Von da an habe sie gewusst, dass etwas nicht stimme. Der Seesack sei ein Omen gewesen. Sie wolle nicht wissen, was auf der *Nordstern* passiert ist, sagte die Frau.

«Bitte rufen Sie nicht mehr an. Wir sprechen nicht mehr von meinem Mann. Wir wollen nie wieder von der Sache hören», hatte die Frau gesagt und den Hörer aufgelegt.

Ich war zurück zu meinem kleinen Bruder gefahren. Nachdem ich mich in Berlin vom Zittern und vom Schwindel einigermaßen erholt hatte, sinnierte ich eine Menge dunkles Zeug. Ich dachte über den abstrakten Begriff des Schicksals nach und Vaters Theorie des Determinismus. Ich beschloss, methodisch vorzugehen. Gab es einen Forschungszweig, der sich mit Auftreten und Auswirkung von Katastrophen beschäftigte? Ich lieh mir ein Taschenbuch. Es trug den Titel «Katastrophentheorie». Ich setzte mich in Mathias' Küche und las darin.

Die Mathematik nimmt an, dass es im Universum eine bestimmte Art von Ordnung gibt. Ihre Experimente sind wiederholbar. Ihre Glaubenssätze sind Gleichungen, deren Sinn darin besteht, dass es nur eine einzige, immer gleich bleibende Lösung gibt. Gibt es aber im Leben und in der Natur immer nur eindeutige Lösungen? Die Mathematik kennt gleichförmige Systeme. Kontinuitäten. Numerische, quantitative Modelle oder Planetenumlaufbahnen, die sich exakt berechnen lassen. Aber was, wenn wir es mit Diskontinuitäten zu tun bekommen? Wenn plötzliche Sprünge auftreten? Risse, Deformationen? Wenn sich eine Welle bricht, eine Zelle teilt oder eine Brücke einstürzt? Wenn es zu Stürmen, Revolutionen, Regenbogen und Schiffskatastrophen kommt? Wenn kleine, unvorhersehbare Einflüsse katastrophale Folgen haben? Folgen diese Katastrophen auch Gesetzen? Wann ist der Punkt erreicht, an dem eine Murmel vom Tisch rollt, ein Hund zubeißt, ein Orkan entsteht und ein Mensch einen anderen erschlägt? Haben Katastrophen Vorboten? Wie der Todesfall, der sich an Bord des roten Schiffes ereignete, als es noch *Steelside* hieß und einem Engländer gehörte? War der Bruder des Ingenieurs, der auf See umgekommen war, ein Vorbote? Oder der falsch verladene Seesack? Falte.

Die Falte im Raum. Eine kleine Veränderung auf den Ebenen aus Einfluss und Kontrolle ruft einen plötzlichen, katastrophalen Sprung auf der Ebene der Auswirkung hervor.

Ich suchte im Internet nach der Nummer von Willy Runge. Es war anzunehmen, dass er die Villa in Biel-Benken behalten hatte. Es meldete sich eine Frau. Herr Dr. Runge sei in Österreich, den ganzen Monat. Die Frau verstand sofort, worum es ging. Sie erzählte mir, dass der Sohn damals gerade fünf Jahre alt war und die Ereignisse am besten verarbeitet habe. Am wenigsten die älteste Tochter. Es gebe da keinen Kontakt mehr, sehr bedauerlich. Der Sohn werde mich anrufen. Die Frau atmete schwer.

«Ich war damals mit der Sache auch betraut», sagte sie.

«Ich arbeitete als Sekretärin in dem Geschäft ihres Mannes. Ich hatte selbst oft Albträume. Die Frau, die konnte ja auch wiederkommen ...»

Ich flog nach Zürich. Dort nahm ich mir einen Wagen, fuhr nach Bern und mietete ein Zimmer. Dann wartete ich. Einen Tag. Zwei Tage. Drei Tage. Ich ging schwimmen in der Aare. Ich saß am Bärengraben und warf den Tieren Mohrrüben vor die Tatzen. Ich wollte ins Kino und durfte nicht rein, weil die Werbung schon lief. Ich wurde immer nervöser. Ich glaubte, ein Kribbeln in den Innenflächen meiner Hände zu spüren, und als ich mich wieder unterhalb des Rathauses von der Strömung ein Stück des eisigen Flusses mitreißen ließ, überfiel ein dumpfes Grollen meinen Kopf, das ich mir nicht erklären konnte. In der Nacht, wenn ich im polyglotten Treiben unter den Arkaden der Altstadt einige Gläser Fendant getrunken hatte, ging es. Am Morgen hatte ich Angst, verrückt zu werden. Gegen Mittag war ich noch zittrig. Um eins rief Bernhard Runge an. Eine halbe Stunde später saß ich im Wagen. Das Warten war wohl das Schlimmste, dachte ich.

Einige Kilometer hinter Therwil begann ein schweizerisches Idyll. Die Luft in Biel-Benken schmeckte nach frischem Heu. Bauernhöfe, Rosengärten und Reihenhäuser gingen eine seltsame Symbiose ein. Ich hatte das Frühstücksbild aus Henry Drehers Alben vor Augen. Kinder wie Milch und Honig. Das größte Gebäude in Biel-Benken war die Kantonalbank. Die Straßen waren von flüssigen Kuhfladen übersät. Ich erkannte das terracottafarbene Haus sofort. Es lag auf einer Anhöhe inmitten eines Villenviertels, am Fuße eines noch höher gelegenen Waldes.

Nichts hatte sich verändert. Der vom Regen verwaschene Frühstückstisch, vor dem die Aufnahme gemacht wurde, stand noch immer vor einem Bänkchen auf der Terrasse des flachen

Bungalows. Falte. **Die Falte im Raum.** Der Mann, seine Augen blitzen durch eine schmale, schwarze Hornbrille, trägt ein hellblaues Hemd. Es ist bis zum Bauch aufgeknöpft. Die Frau hat sich die Haare zu einem Zopf gebunden. Sie sieht rücklings über die Schulter in die Kamera. Der kleine Junge, der mit einem bekleckerten Lätzchen auf einem Kinderstuhl zwischen Fuchsien und Bonsaizypresse sitzt, sieht zu seiner Mutter. Die Töchter sehen zum Vater. Sie lachen, sie sind fröhlich. Nicht mal der Rhododendron schien gewachsen zu sein.

Ich stieg von Löwenzahn umrankte Schieferplatten hinauf. Eine Panoramascheibe warf den Blick auf die welsche Unendlichkeit. Dahinter sah ich in ein geräumiges Wohnzimmer. Karin und Bernhard Runge saßen auf einer elfenbeinfarbenen Ledercouch. Vor dem Kamin lagen zottige, weiße Felle. Die ehemalige Sekretärin hatte wohl das Feld geräumt. Karin sah ihrer Mutter nicht unähnlich, das fiel mir sofort auf. Sie hatte klare, wasserfarbene Augen. Dieselben blonden Haare. Denselben breiten Kopf. Nur lagen die Augen nicht so eng beieinander. Sie kam schnell, beinahe geschäftsmäßig zur Sache.

Manchmal sehe sie eine Frau, sagte Karin, deren Hände den Händen ihrer Mutter ähneln, und alles sei wieder da. Unglaublich sei das, verrückt. Aus der Distanz betrachtet. So etwas ist dir als Mädchen passiert? Sie sprach langsam, mit Bedacht. Ich gewann den Eindruck, in einen Monolog geplatzt zu sein. Da sei die Religionslehrerin gewesen. Die Pädagogin habe vor der gesamten Klasse, o Gott, das unglückliche Ding, das arme Mädchen, stammelte Karin, nein, sie habe den Raum verlassen müssen. Sie hatte das nicht ausgehalten, dieses ostentative Mitgefühl. Und dann habe es auch schon in der Dorfzeitung gestanden und tags darauf in der Basler Zytig. Karin Runge schluchzte. Ihre Augen waren glasig geworden.

«Also, ich weiß nur, Mama war segeln, und dann kam sie nicht wieder», sagte Bernhard.

Die Beine übereinander geschlagen, lümmelte Karins jüngerer Bruder auf der gesamten Breite der Couch. Er mochte an die zwei Meter messen. In seinem unfertigen Gesicht kräuselte sich ein Technobärtchen. Das Hemd des Jungen legte sich bis zu den Knien auf spitze Knochen, und seine Augen suchten entlang des fleischigen Körpers seiner Schwester nach einem Halt.

Karin schien ihren Bruder überhört zu haben. Wenn sie an ihre Mutter denke, wechsle ihre Stimmung zwischen Tränen in den Augen und Eis auf der Schulter, sagte sie. Jetzt sei es, als rede sie über eine Fremde. Aber sie erinnere sich nur zu gut daran, wie sie jahrelang auf die Rückkehr der Mutter gewartet habe. Manchmal habe sie schon gar nicht mehr weinen können. Noch immer frage sie die Mütter ihrer Umgebung: Wie könnt ihr nur ohne eure Kinder in Urlaub fahren? Karin Runge wirkte verträumt, verloren. Wieso ist sie überhaupt gefahren? Wenn sie doch wusste, dass es eine so gefährliche Region war? Zurück blieb eine gewisse Leere. Nirgends ein Grab. Kein Stichtag. Heute ist sie gestorben, oder so. Wir rauchten alle wie die Schlote. Normalerweise rauche sie überhaupt nicht, bemerkte Karin.

«Die Berechtigung, auch daran zu leiden, ist mir sehr lange abgesprochen worden», sagte Bernhard.

Karin nahm ihren Bruder wieder nicht wahr. Sie arbeite mit Tieren, sagte sie. Ihren Unterhalt verdiene sie als Reitlehrerin. Dieser Wunsch sei in ihr groß geworden, als die Mütter kamen und gingen. Sie blickte aus dem Fenster und war jetzt quietschvergnügt. Hunde, Katzen, Meerschweine, ganz egal, Tiere bräuchten sehr viel Liebe, und Pferden sei ein besonders langes Gemüt zu Eigen. Von einer Sekunde auf die andere aber verloren sich ihre Augen in sanfter Traurigkeit. Mein Gott, welche Macken musst du bloß haben, frage sie sich oft. Eine jedenfalls habe man ihr jetzt herausgeschnitten. Ihr Blick versteinerte, und ich fragte mich, ob das jetzt das Eis auf der Schulter ist.

Herausgeschnitten? Wie meinte sie das?

Karin lehnte sich zurück. Vor zwei Jahren habe sie ein Myom an der Gebärmutter gehabt. Zuerst dachten die Ärzte, es würde so weggehen. Aber dann sei es weiter gewachsen und riesig groß geworden. Die Ärzte meinten, dass sie es schon lange, sehr lange mit sich herumtrage. Seit der Kindheit vielleicht. Einer habe gesagt: «Du weißt ja, den Uterus, das verbindet man mit der Mutter.» Sie glaube an so etwas. Und seit der Operation sei es weg. Als wäre sie eine Altlast losgeworden. Sie habe sich die Gebärmutter herausnehmen lassen, obwohl das gar nicht nötig war. Das sei vor drei Monaten gewesen.

«Echt …? Krass …!», sagte Bernhard.

In sich gekehrt starrte Karin auf einen Punkt neben mir und stellte Fragen, auf die man nicht wirklich eine Antwort erwartet. Sind wir denn so wenig wert gewesen? Warum hat sie mich nur alleine gelassen?

Weil sie mit dem Metzger ein Verhältnis hatte, antwortete ich.

Bernhard war verblüfft. Karin wirkte entsetzt. Es waren ehrliche Reaktionen. Sie hatten beide nichts davon gewusst. Ihr Vater schien es in all den Jahren nicht für nötig gehalten zu haben, seine Kinder über diese Affäre ihrer Mutter, diesen Teil ihres Lebens aufzuklären. Ich zog Drehers Alben aus meinem Beutel und zeigte sie ihnen. Ich sprach über Annes Reisen in die Karibik und darüber, wie ich den alten Reporter in Kiel getroffen hatte. Wir blätterten in den Alben.

«Der hätte sich ja wenigstens den Hosenladen zumachen können», kommentierte Bernhard das Foto, auf dem Lehmann die Languste präsentiert.

Karin war schweigsam geworden. Still überblätterte sie Seite um Seite, die Bilder der Yacht, des Skippers, der Studentin, bis sie auf ein Porträt ihrer Mutter stieß. Sie fuhr mit den Fingerspitzen über das glatte Fotopapier. Lieb sehe sie aus. So lieb. Dieser Blick, das Lächeln. Karins Augen wurden wieder wässrig.

«Hm. Nicht lieb. Eher schlau ...», sagte Bernhard.

Karin sandte ihrem Bruder kühle Blitze. Sie blätterte weiter. Ob das mein Vater sei? Sie deutete auf eines der Strandfotos. Ich nickte. Ein schöner Mann, sagte Karin. Dann verschränkte sie die Arme vor der Brust und setzte eine Miene des Trotzes auf. *Ihr* Vater habe sie, als sie in die Pubertät kam, nicht mehr als seine Tochter angesehen. Warum, wisse sie nicht. Er habe sie, als sie vierzehn Jahre alt wurde, zurückgewiesen. Einfach so. Sie habe so sehr versucht, ihm zu gefallen, aber er habe sie nicht mehr gewollt. Beide Töchter nicht mehr, übrigens, sagte Karin. Heute noch könne sie ihn nicht umarmen, ohne zu frösteln.

«Ich glaube, dass er alles verdrängte, was ihn an unsere Mutter erinnerte. Er war nur zufrieden, wenn alles vorher gar nicht existierte, sondern nur noch das Neue», sagte Bernhard.

Karin schwieg.

«Ich habe eben ziemlich direkt in sein neues Bild gepasst. Und gelernt, Tabus zu meiden. Bestimmte Sachen nicht zu fragen. Auch mit dir habe ich ja über Mutter zum ersten Mal vor zwei Jahren gesprochen», sagte Bernhard zu seiner Schwester.

Das brauche er nicht weiter zu betonen, antwortete sie. Iris, ihre Schwester, sage eben, was sie denke, und raste sofort aus. Ihre Schwester sei unerträglich dominant. Sie, Karin, hingegen verkrieche sich lieber in ein schwarzes Loch. Und er, das Nesthäkchen, habe nie für seine Schwestern Partei ergriffen, fuhr sie ihren Bruder an.

«Ich würde mich hüten. Auch heute noch. Aber ich hatte immer Mitleid mir dir. Ich hab das Geschrei mitgekriegt, wenn die Tür dort in seinem Zimmer zugeknallt ist», sagte Bernhard.

Karin legte das Thema beiseite. Sie habe jetzt wieder einen Weg zum Vater gefunden.

«Aber die Iris und der Vater, das ist aus. Für immer. Ich habe lange versucht, den Botschafter zu spielen. Da ist nichts zu machen», sagte Bernhard.

Bruder und Schwester stritten sich noch eine Weile, ich hörte nur noch am Rande zu. Ob ich ihnen die Briefe geben sollte? *Lieber Willy. Es ist so heiß hier, wir kommen kaum zum Bumsen.* Ich hätte über die Zeugen reden können, die ihre Mutter noch gesehen hatten. Aber dann hätte ich auch darüber sprechen müssen, dass die Polizei sie im Verdacht hatte, eine Mörderin zu sein. Ich entschied, es bewenden zu lassen. Es fragte mich auch niemand danach. Regine Runge hatte sich bei ihren Kindern nicht gemeldet. Bei diesen beiden nicht, so viel stand fest. Zum Abschied tauschten wir E-Mail-Adressen. Die untergehende Sonne tauchte den Garten in ein orangefarbenes Glühen, passend zu den Hartschalensesseln des Esstisches. Sie hatten ihre Mutter gar nicht gekannt.

«Ich rufe die Iris für dich an», sagte Bernhard, draußen auf den Schieferplatten. Er senkte seine Stimme und bedeutete eine Geste der Zurückhaltung.

«Auch meine Schwestern reden kein Wort mehr miteinander.»

Er begleitete mich zum Wagen.

«Hast du jemals daran gedacht, eine Familie zu gründen?»

«Nein», sagte ich.

«Ich habe kein Vertrauen zu Frauen. Ich habe Angst, sie laufen mir jeden Augenblick davon.»

«Ich habe eher Angst, selbst zu versagen.»

«Das ist witzig. Da haben wir ja ganz unterschiedliche Ängste», sagte Bernhard und gab mir die Hand.

Gegen Abend erreichte ich das Hotel in Bern. Ich bestellte Wein beim Zimmerservice. Kinder wie Milch und Honig, dachte ich. Ich setzte mich aufs Bett und versank in der Akte.

«Washington, State Department, 2103 vom 21. 6. 77, 1915 OZ, Fernschreiben (verschlüsselt) an Bonn Auswärtiges Amt: The New York Coast Guard, which had been involved in the search of *Nordstern IV*, is, however, reported to have abandoned their search activities on or about May 28th. All Passengers still missing.» Der Text dieses Fernschreibens war an Beiläufigkeit kaum zu übertreffen. Ein Text rein zum Zwecke des Abheftens verfasst. Es folgte ein Telex der Kripo Saarbrücken an die Dienststelle in Düsseldorf. Es war eine ebenso sachliche Mitteilung.

«Ksss sinkpfr nr 883390-01 Saarbrücken, sta, kpja. Betr: Todesermittlungssache z. n. der Hausfrau Else-Maria Meyer, geb. Bremm, zul. whft 6635 Schiffweiler.

Zuletzt wurde die Meyer in der Nähe der alten Schachtanlage in Schiffweiler lebend gesehen. Bei den eingeleiteten Suchaktionen, an denen sich Beamte aus Schiffweiler-Landsweiler, Ottweiler, Neunkirchen sowie Hundeführer und eine Hundertschaft der bepo beteiligten, wurde am 23.03.1978 gegen 16.30 Uhr eine Mütze und ein Regenschirm in einem Feld beim Schlammweiher zwischen Neunkirchen und Ottweiler gefunden. Anschließend konnte die Leiche der Else Meyer aus dem Wasser geborgen und an Ort und Stelle von einem Schwager identifiziert werden. Als Todesursache wurde Ertrinken attestiert.»

Das war die Mutter der Medizinstudentin. Sie hatte sich ein Jahr nach dem Verschwinden des roten Schiffes ertränkt. In einem Abschiedsbrief schrieb sie, sie wolle sterben wie ihre Tochter. Sie hatte geglaubt, das Schiff sei untergegangen und ihre Tochter ertrunken. Das ist eine ungeheure Sache. Obwohl sie schwimmen kann, hört sie auf zu atmen. Ich versuchte, es mir vorzustellen. Man schwimmt in die Mitte eines Sees, verschränkt die Arme vor der Brust und versucht unterzugehen. Man sinkt, man hält die Luft an, bis die Lunge schmerzt. Aber dann pumpt das Zwerchfell, und der Atemreflex setzt ein, ob man will oder nicht, und irgendwann fängt man an zu strampeln und zu schwimmen und taucht wieder auf. Wie soll das gehen? Ich dachte an die lebende Tote in Düsseldorf-Heerdt. Ich dachte an Lemmy den Mob, an die Trinkhallen und klebrigen Daiquiris. Falte. **Die Falte im Raum.** Die Katastrophe der Vergangenheit gebar neue Katastrophen in der Gegenwart.

Die Zahl der qualitativ unterscheidbaren Konfigurationen, in denen Diskontinuitäten auftreten, hängt nicht von der Zahl der Zustandsvariablen ab, sondern von der Zahl der Kontrollvariablen.

Nimmt man ein Blatt Papier und faltet es, einer Schleife ähnlich, zweimal übereinander, so hat jeder Punkt auf der unteren Ebene zwei darüber liegende Bezugspunkte. Willy Runge verstößt seine Töchter, weil er es nicht erträgt, wie sehr sie mit fortschreitender Reife ihrer Mutter ähneln. Welches war der Einfluss, der zum katastrophalen Sprung in seinem Verhalten führte? Kam er über den Verlust nicht hinweg? Oder war es die Demütigung, die sie ihm zugefügt hatte? Karin Runge reißt sich die Gebärmutter aus dem Leib. Ihr Bruder passt sich geschmeidig an. Er hat Angst, im Stich gelassen zu werden. Habe ich Angst, im Stich gelassen zu werden?

Spitze. Wählen wir als eine der Kontrollvariablen die Zeit, so steht die Spitze für einen Trennungs- oder Vereinigungsvorgang.

Ich nahm ein Blatt aus der Akte und faltete einen Schwalbenschwanz, einen Flieger, wie wir sie in der Schule durchs Klassenzimmer warfen.

Schwalbenschwanz. Er teilt die Ebene in zwei Gebiete, eines mit stabilem Gleichgewicht, eines ohne Gleichgewicht. Er kann als Spalte oder Furche interpretiert werden, zeitlich als ein Riss.

Ich warf den Flieger an die Decke. Er kreiste im Raum, überschlug sich vor dem Schreibtisch und knallte gegen einen Heizkörper. Ich fand eine Postkarte aus Antigua in der Mappe.

«Ihr meine drei Liebsten, wir sind noch hier und werden morgen erst auslaufen. Herrliches Wetter, immer Wind und Sonne, und nachts frischt es doch ab. Wir baden in einer Bucht bei Fliegenden Fischen und wunderbar klarem und warmem Wasser, ich schätze 27 Grad Celsius. Herzlichst, euer Vater. PS: Habe zwei Flaschen Rum gekauft zu je 4,50 Mark.»

Diese Karte hatte der Mann mit dem Bommel an der Mütze geschrieben. Der Ingenieur, dessen Bruder auf See umgekommen war. Ein Zufall? Ein Unfall? Zwei Flaschen Rum zu je 4,50 Mark. Das schien ihm wichtig. Einen Tag später nahm Vater den Zug von Kassel nach Luxemburg. Am Abend bestieg er in Vaduz das Flugzeug. Am nächsten Morgen landete er auf Barbados. Am Mittag nahm er auf Antigua ein Taxi nach English Harbour. Um fünf Uhr rief er Anne an.

«Schiff und Mannschaft machen einen guten Eindruck.»

Niederreuther hat diesen Satz in Annes Aussage gefettet. Ich lag auf dem Bett und hörte das Brummen der Klimaanlage. Ja. So konnte es gewesen sein. Er war begeistert. Jede Faser seines Körpers beseelt vom Gedanken an das Abenteuer.

«Der Bursche macht einen guten Eindruck.»

Manni Lehmann trägt einen Panama. Auf seinem Bauch baumelt eine nackte Frau. Eine Frau, die ein Flaschenöffner ist. Whiskey? Cognac? Seine Bar ist gut sortiert. Überall Aschenbecher mit dummen Sprüchen darauf. Immer olé olé. Vater mag ihn, den einfachen Menschen. Ja, Düsseldorf. Dort war er einmal Metzger. Das ist lange her. Hier, seht doch, die Karibik, ne? Gine, komm doch mal! Giiine, der Kassler ist da! Du, die wirst du mögen! Ist also auch Akademikerin, ne? Der Metzger stupst Vater in die Seite. Ist also nich meine richtige Frau. Die erste hat immer nur genörgelt. Er kichert.

Der Bursche macht einen guten Eindruck.

Ich nahm ein neues Blatt und versuchte, einen Schmetterling zu falten. Es gelang mir nicht. War ich auch eine Ebene auf dem Blatt des großen Mathematikers?

Das Telefon klingelte kurz nach acht. Ich erwachte angezogen auf dem Bett und suchte nach einer Zigarette. Es war eine Frauenstimme.

«Mann, das find ich riesig toll, dass du uns alle besuchst. Das wollte ich schon immer machen, du bist mir halt zuvorgekommen. Vielleicht können wir mal ein Treffen zwischen allen Angehörigen der *Nordstern* organisieren? Wie findest du das? Ach wäre das herrlich! Du bist Wasser auf meine Mühlen», trällerte Iris Runge in einem leichten schweizerischen Tonfall. Heute habe sie Zeit. Heute um fünf Uhr, im Café Zähringer in Zürich.

Es klang wie ein Befehl.

Der Schweizer Rundfunk meldete einen Jahrhundertsommer. 36 Grad, und auch für den Nachmittag sagte der Moderator strahlende Sonne voraus. Dann zitierte er die Worte, mit denen Faulkner die Hundstage des August beschrieb, und malte die Schrecken des global warming an die Wand, von Missernten in Idaho bis zu den versinkenden Malediven. Von Bern bis nach Zürich war es etwas mehr als eine Stunde. Man solle Wasser auf der Straße mit sich führen und täglich vier Liter davon trinken, sagte der Moderator.

Ich parkte am Bellevue-Platz und ging hinunter zum See. Über dem Landungssteg kreischten Wasservögel. Die Fähre legte ab. Wie ein Dampfer aus der Zeit der Zuckerbäcker lag das Hotel Eden au Lac in seinen Grünanlagen. Weiß und ultramarin gestreifte Markisen glänzten in der Sonne. Ich lief entlang des Uto Quais und sah eine hölzerne Badeanstalt, einen Pfahlbau, der auf den See hinausragte. Kleine Wellen glucksten an seinen Pfeilern, und der Geruch des Holzes erinnerte mich an Vaters Studentenbad. Die Liegedecks waren nach Geschlechtern getrennt. Ich suchte mir einen Platz auf der gemischten Terrasse. Durch die Astlöcher der Planken schimmerte klar das Wasser. Ich hatte das Gefühl, der Boden begänne zu krängen. Ich verlor das Gleichgewicht. Ich fiel hin. Rot. Für kurze Zeit war ich bewusstlos.

Das Café Zähringer lag auf einem Platz oberhalb der Limmat, vor einer hohen Birke und zwischen zwei Geschäften, die Musik-Kuhn und Schlüssel-Angst hießen. Um fünf Uhr läutete die Kirchturmuhr in der Mitte des Platzes. Noch immer lief mir Schweiß den Nacken herunter. Nach allen Seiten sah ich mich um. Würde ich sie erkennen? Ich setzte mich an einen Gartentisch. Eine Menge Fahrräder lehnten ordentlich in den Ständern. Auf den Tischen lagen Undergroundzeitschriften aus. Iris kam auf Rollerblades. Sie war gertenschlank, drahtig. Mit einer eleganten Drehung hielt sie vor dem Tisch, stapfte umständlich über einen Stuhl und riss ihn um.

«Ich hab dich gleich erkannt», sagte sie triumphierend, als hätte sie meine Gedanken gelesen.

Sie schnallte sich die Rollerskates ab. Während sie sich noch im Stehen die Socken von den Füßen rollte, fiel mir auf, dass sie um den rechten Daumen einen silbernen Ring trug und ihre Fußnägel schwarz lackiert waren. Iris schien das genaue Gegenteil ihrer Schwester: feurig, angriffslustig, überbordend, schnell und voller Kraft.

«Ich hab erst seit kurzem schwarze Haare, weißt du? Aber ich hab diese Verwandlung sehr bewusst vollzogen. Seither fühle ich mich, als wäre ich eine andere Frau. So ist das. Dunkle Haare, dunkle Brille, dunkle Seiten.»

Sie lachte, und ihre Finger schnalzten und gestikulierten über dem Kopf, als vollführe sie einen Tanz.

«Das ist ungeheuer, was einem da begegnet! Ich hab das gar nicht gekannt. Meine Mutter war blond, und ich bin blond. Aber die dunkle Seite, das fasziniert mich. Immer mehr. Ich male auch sehr dunkle Bilder zurzeit. Gott sei Dank habe ich seit drei Wochen wieder einen Job und muss um sechs Uhr aufstehen. Ich bin Forscherin, wie meine Mutter. Mikrobiologin», sagte Iris.

Sie setzte sich, nahm die schmale, schwarze Brille ab und lächelte.

Da waren sie, die eng beieinander liegenden Augen. Der starre Blick hinter spitzen Backenknochen und eingefallenen Wangen. Falte. Eisblaues Licht in tiefen Höhlen. **Die Falte im Raum.** Ich sehe das Bild ihrer Mutter. Ihre schmalen Lippen lächeln. Es ist das Lächeln einer verträumten Frau. Sie ist verheiratet, aber das ist nicht ihr Wunsch gewesen. Sie ist Mutter, aber das ist nicht ihr Ziel. Sie ist die Gefangene eines Wünschelgartens, und am Ende dieses Lächelns lauert eine andere Frau. Dunkle Haare, dunkle Seiten. So ist das. Die Tochter der Mörderin lächelt. Ihre Augen schmeicheln mir. Eine Weile noch mustert sie mich, den Kopf in koketter Schieflage. Dann greift sie an.

«Los, her damit! Wo ist das Band?», sagte Iris.

«Band? Welches Band?»

«Ich hab nachgedacht. Du bist doch Journalist? Irgendwas

hast du vor. Du willst mir was wegnehmen! Meine Geschichte. Meine Phantasie. Meine Seele. Los, zeig dein Diktiergerät! Wo ist es? In deinem Rucksack?»

«Ich habe kein Band.»

«Dann deine Aufzeichnungen! Los, lass mich die mal lesen ...», sagte sie und forderte meinen Rucksack.

Ich wehrte ab.

«Ich will jetzt wissen, was meine Schwester über mich sagt ... Was? Nein? Das find ich jetzt aber komisch, dass du mich das nicht lesen lässt», sagte Iris.

Ich spielte nervös mit dem Feuerzeug. Ihre Angriffslust verwirrte mich. Sie schien das zu spüren.

«Du überfällst uns einfach! Du reist hier rum und mischst dich in unser Leben ein, in unseren Streit. Der geht dich gar nichts an. Unerhört überhaupt! Dass meine Schwester mit einem Wildfremden spricht anstatt mit mir. Du hättest dich mindestens vier Wochen vorher anmelden müssen!»

«Vielleicht bin ich nicht ganz ein Fremder. Und ich finde, du bist unnötig aggressiv.»

«Aggressiv? Das kommt aus dem Lateinischen. Das heißt auch anpacken, zugreifen», sagte Iris und bewegte die Daumen und Finger beider Hände, als wären sie die Scheren eines Krebses. Sie stand auf.

«Lass uns laufen. Ich will mich jetzt bewegen. Ich muss nachdenken.»

Sie war wütend.

Am anderen Ufer der Limmat liefen wir einen Berg hinauf. Gassen zweigten ab, bucklige Pflaster mit schiefen Häuschen und eleganten Auslagen, über denen sich ein weiter, kieselbedeckter Platz mit dicht bekronten Winterlinden erstreckte. Die Römer hatten auf dieser Anhöhe eine Zollstation errichtet, sagte Iris. Später habe man hier Hexen verbrannt. Ein Platz wie geschaffen für den Verdacht, denke ich. Fühlt sie sich ertappt? Hatte sie Kontakt zu ihrer Mutter gehabt und ist deshalb so abweisend zu mir? Schachspieler saßen auf Klappstühlen entlang einer hinabstürzenden Wehrwand. Iris blieb stehen. Sie riss die Arme in die Höhe und holte tief Luft.

«Die Linden blühen! Mann, riecht das wahnsinnig, das hältst du ja fast nicht aus!»

Sie hüpfte über den Platz und sprang auf die breiten Quader der Mauer, hinter deren Horizontlinie der blaue Strom ein rotes Ziegelgewirr durchschnitt. Ich folgte ihr. Unsicher stieg ich auf die Mauer und spähte hinab. Dreißig Meter, schätzte ich. Schroffe Felsen. Wieder zwanzig Meter. Dann erst kamen die ersten Dächer in Sicht. Iris stand mit den Füßen an der Kante. Eine Hand in die Hüfte gestemmt, guckte sie in die Ferne. Langsam, tastend, ging ich vorwärts, bis ich neben ihr stand. Ein Windstoß fegte Staub vorüber. Stößt sie mich jetzt in den Abgrund? Eine blassgelbe Blüte segelte zu den Felsen herab.

«Krieg!», explodierte Iris.

«Willst du Krieg?!»

In ihren Pupillen blitzte Hass auf. Iris fuhr mit beiden Armen herum und fasste mich am Revers.

«Da hast du Krieg. So! Jetzt hast du Krieg mit mir! Das sagt der zu einer Vierzehnjährigen! Und weißt du, warum? Weil ich so war wie sie. Ich hab ihn hinterfragt. Ich hab nicht zu allem Ja und Amen gesagt. Krieg!»

Ich starrte in die Tiefe.

«Und dann hat er mich aus dem Haus geprügelt. Richtig an

den Haaren gezogen und blutig geschlagen. Ich stand in Socken im Schnee vor dem Haus, vor der verschlossenen Tür, und ich hab mir geschworen: Nie wieder, nie wieder betrete ich dieses Haus! Nie wieder, hörst du?»

Iris ließ mich los. Ich hörte eine dumme Melodie.

«Der ist ein Schwein! Ein richtiger Krimineller!»

Es war das nahe Biepen eines Mobiltelefons. Iris nahm meine Hand. Das Handy spielte die Ballade Für Elise. Wir traten einen Schritt zurück.

«Ich habe meinen Vater nur noch einmal gesehen. Dieses eine, dieses einzige Mal … das war in Österreich.»

Wir setzten uns auf die Mauer und sahen auf die Limmat hinab. Iris sprach jetzt langsamer. Die Gleichförmigkeit des Flusses beruhigte mich.

«Weißt du? Der kann einen echt einlullen mit seiner Scheißfreundlichkeit. Ich habe doch nur ihre Sachen eingefordert. Die letzten Dinge meiner Mutter. Fotos, Briefe, alte Super-8-Filme. Ihre zelluloiden Überreste sozusagen. Er finde das nicht mehr, hat er gesagt. Dabei weiß er ganz genau, dass sie in seinem Keller sind, der Lügner.»

Iris weinte.

Ich wollte sie in die Arme nehmen und tat es nicht.

«Lass uns etwas essen gehen. Ich habe seit zwei Tagen nichts mehr den Magen runtergekriegt», sagte ich.

Wir hatten in der überfüllten Altstadt einen Tisch im Freien gesucht. In der flirrenden Leichtigkeit des Sommerabends fühlte ich mich niedergeschlagen. Iris hob das Glas zum Toast. Ich hörte beschwingtes Gelächter. Wir waren in eine Vertrautheit eingetreten. Es ist die wortlose Verbundenheit zweier Internatsschüler, deren Gedankengebäude aufgrund eines ähnlichen Elternfehlers oder einer geteilten Leiderfahrung kompatibel sind. In dieser Vertrautheit bedarf es keiner Einleitung, keines Endes. Sie habe sich stets als hässlich empfunden. Dabei sei sie sehr hübsch, sagte sie, und ich fragte mich, wie ich sie empfand. Lange habe sie gebraucht, bis sie das zu sich sagen konnte. Das erste Mal vor einigen Monaten. Ich bin hübsch, habe sie sich gesagt und es immer noch nicht geglaubt. Ich fand sie hübsch und sagte es ihr. Dann nahm ich das Klappern von Besteck auf Tellern wahr. Ich blickte mich um und sah raviolisatte Seligkeit.

Iris brach ein Stück Brot und kaute es. Die dunkle Seite, sagte sie. Auf der Straße sei sie in eine Polizeistreife gelaufen und ermahnt worden, wegen Skatens auf dem Bürgersteig. Sie hatte sich mit einem der Beamten gestritten und nicht ausweisen können. Auf der Wache habe sie sich die Rollschuhe ausziehen müssen und sei auf Socken dagestanden. Das habe sie in Rage gebracht. Dann schlug einer der Beamten zu, und plötzlich stand sie wieder in Socken vor dem Bungalow in Biel-Benken. Hilflos, blutend, verstoßen. Ihr wurde schwarz vor Augen. Sechs Monate habe sie ihr Zimmer am Tage nicht mehr verlassen. Es habe sich angefühlt, als hätte sie eine Hülle aus feuchtem Lehm über ihrer Haut getragen, die jedes Geräusch, jedes Gefühl nur gedämpft hindurchließ. Erst in der Dunkelheit habe sie sich auf die Straße gewagt. Sie lief in die Praxis eines Freundes, eines Psychiaters. Sieben Kilometer, in jeder Nacht. Jung, sagte sie. Jung lasse der Phantasie den notwendigen Raum.

Ich versuche, ihr von mir zu erzählen. Von Vater und von mir, von Leo und Lemmy, doch scheint sie alles, was sich nicht auf sie bezieht, zu ignorieren. Ich kenne das. Ich höre zu. Sie spricht leise. Von ihrem Schmerz und davon, wie sie ihn ertränkte, im Alkohol und in den Exzessen, schon damals, schon auf dem Internat, und wie uns die Dinge, die uns früher einmal das Leben retteten, dasselbe Leben heute schwer machten. Am meisten habe ihr die Anerkennung gefehlt. Ja, Anerkennung, vor allem anderen Anerkennung. Die junge Frau, die mir gegenübersitzt, hat jetzt jegliche Ähnlichkeit zu dem Gesicht ihrer Mutter verloren.

«Ich bin schon sehr liebenswürdig», sagte Iris mit brüchiger Stimme, und ich bedauerte sie.

Wir waren eine Weile ruhig.

Ob sie sich an ihre Mutter und die Beziehung zu ihrem Mann noch erinnern könne, fragte ich.

«Nein, Willy! Du bist nicht so, wie ich mir das wünsche. Nein, Willy, du bist anders. Du bist langweilig! Nein, Willy, ich mag dich nicht», sagte Iris in einem Ton, hinter dessen hoher Klangfarbe wieder Zerstörungswut wohnte.

«Ich glaube, so ist sie oft gewesen. Aber mir fehlte sie damals sehr. Mein Vater hat nicht mit mir über sie gesprochen. Nur einmal. Ich weiß noch, da lag diese Illustrierte in unserem Wohnzimmer herum, und ich habe den Artikel über die *Nordstern* darin gelesen. Da hat er mir gesagt, was in dem Artikel steht, stimmt nicht. Die Mutti ist ertrunken.»

Iris kniff die Augen zusammen.

«Und wenn es nicht so wäre, kannst du dir vorstellen, was das für uns bedeuten würde? Wie soll man denn um jemanden trauern, der vier Menschen getötet hat? Wenn du das glaubst, wenn du glaubst, was in diesem reißerischen, sensationsgeilen Artikel steht, dann bist du ein Arschloch! Wie meine Mutter da nackt auf dem Deck liegt! Unerhört! Glaubst du das?»

«Ich weiß es nicht. Ja. Ja, ich glaube das!»

«Also ehrlich: Ich glaube nicht, dass sie mit dem supertollen geilen Lehmanntypen abhauen wollte. Wenn ich bedenke, wen ich alles auf den Rücken gelegt hab! Da lässt man doch nicht drei Kinder im Stich? Aber ich glaube, sie wäre sowieso gegangen. Mit uns oder ohne uns. Dieses Schweizer Bündslitum, das war für sie zu eng. Dazu war sie zu intelligent. Sie war Forscherin, so wie ich, lebenslustig und hungrig. Sie wollte raus. Sie ist raus. Und es ist gut so. Ich bin froh, dass sie es getan hat. Ich wünsche es ihr.»

«Glaubst du, dass deine Mutter noch lebt?»

«Nein. Die ist tot. Aber sie hat schon noch gelebt...»

Mir fiel die Gabel auf den Tisch.

«Wie bitte?»

Iris sah nicht einmal von ihrem Teller auf.

«Sie hat schon noch gelebt. Ein paar Jahre. Dann ist sie gestorben», sagte sie, als wäre es eine Belanglosigkeit.

«Was? Wie meinst du das? Woher weißt du das?»

«Ich weiß nicht... aber irgendwie weiß ich das. Da war ein Unglück, und sie hat überlebt, und dann ist sie später gestorben.»

«Hast du dir das als Kind so zusammengereimt?»

«Ich weiß nicht. Das ist so. Das ist so gewesen.»

Wir waren still. Ich konnte kaum einen klaren Gedanken fassen. Ich rieb mir Augen und Stirn.

«Hat sie dich mal angerufen?», fragte ich.

«Nein. Aber das war so. Punkt», sagte Iris entschlossen.

Da war es wieder, das Versteckspiel. Das Verdachtspiel. Iris war nervös. Ihre Finger trommelten auf den Tisch. Takadam, takadam. Hatte ich sie in die Enge getrieben? Ich versuchte einen anderen Weg.

«Warst du schon mal in der Karibik?»

«Ja. Ich hab dort tauchen gelernt.»

Wir blieben wieder eine Weile still und kauten einen Bissen. Dann malte sie etwas auf die Papierserviette. Eine Art Karte.

«Cozumel. Das ist eine kleine Insel vor der Küste von Mexiko. Früher habe ich ein paarmal dort Urlaub gemacht.»

Ich hatte diese Karte im Kopf. Die Insel lag vor der Halbinsel Yucatán. Perfekt. Noch im Karibischen Meer, aber mindestens zwanzig Grad von den Kleinen Antillen entfernt. Beinahe tausend Seemeilen. Ein perfektes Versteck!

«Einmal, da war ich so dreiundzwanzig, habe ich dort sechs Monate als Tauchlehrerin gearbeitet.»

Niemals wäre jemand auf die Idee gekommen, ihre Mutter oder das Schiff in Mexiko zu suchen. Dabei lag die Insel auf dem Weg durch die Yucatán-Straße in den Golf von Mexiko. Direkt auf dem Drogenhighway nach Florida.

«Ich hab sie nicht gesucht. Ich wollte nur sehen, was sie gesehen hat. Die Gegend, die sie so sehr liebte. Erleben, was sie erlebt hat», sagte Iris.

Hatte Regine Runge ihre Tochter vielleicht dorthin bestellt und ihr irgendeine Geschichte aufgetischt? Hatte sich Iris jetzt verraten? Und versuchte sich herauszuwinden?

«Irgendwann möchte ich sie begraben. Ich möchte einen Baum für sie pflanzen. Vielleicht sollten wir uns dann alle treffen und zusammen einen Baum pflanzen?»

Ich würde es herausfinden.

Am Ende, wir standen wieder auf der anderen Seite der Limmat, war es Nacht geworden. Der Fluss glänzte im Licht der Straßenlaternen. Wir lehnten über der Quaimauer und sahen aufs Wasser hinab. Iris zog sich die Skates an. Zuerst die Socken, zwei Paar übereinander, dann die Rollschuhe. Ob sie nicht lieber mitfahren wolle? Nein danke. Sie wohne nicht allzu weit, sie wolle zur Straßenbahn rollen, ein paar Stationen fahren und dann weiterskaten. Sie war wieder sanft geworden. Wir plauderten. Sie sagte, mit ihrem Freund habe es nicht geklappt. Er sei lieb und nett und sehe sehr gut aus, auch habe er einen guten Job und sie heiraten wollen. Also quasi perfekt. Im letzten Jahr sei es dann so weit gewesen, gut, habe sie gesagt, ich werde heiraten und Kinder haben, aber dann kamen die Polizeiwache, die Gewalt und die Starre. Sie könne nicht, sagte sie. «Er versteht mich nicht. Er ist immer scheißgleich. Er versteht meine Schwankungen nicht.» Noch lebten sie zusammen, jeder in seinem Zimmer. «Vielleicht», sagte sie, «können wir Katastrophenkinder überhaupt keine Beziehung haben.» Noch in dieser Nacht werde sie ihm einen Zettel schreiben und unter der Tür durchstecken. «Wann ziehst du aus?» Ich musste lachen. Diese Kälte hatte ich oft schon verspürt, und ich fragte mich, warum sie mich immer noch anzog. Vielleicht können wir wirklich nur für den Augenblick sein, dachte ich. Wenn jeder in seinem eigenen Wahn lebt, ist er für uns nur noch ein Stück alltäglicher, autistischer. «Vielleicht braucht ein Katastrophenkind ein anderes, das es versteht?», sagte ich. Iris guckte auf die Limmat, schaute in die Wellen, in die Leere. Sie schien traurig. «Ich bin jetzt völlig fertig», sagte sie, und ich pflichtete bei.

Sie rollte noch ein Stück mit zu meinem Mietwagen, den ich nicht gleich fand. Als wir vor dem Wagen standen, wechselten wir noch ein paar Floskeln. Mir rauchte der Kopf. Mein ganzer Körper war wie ein Kreisel und meine Zunge schwer wie Blei. Ich wusste nicht, was ich zum Abschied sagen sollte. «So», durchbrach sie die Stille, «da wären wir. Gehst du noch woandershin? Schreibst du das jetzt auf?» Nein, sagte ich. Aber ich hätte mich gefreut, sie zu treffen. Das habe mir viel gebracht. Ich ging auf sie zu und umarmte sie. Auf den Rollerblades war sie jetzt so groß wie ich. Sie wehrte nicht ab. Sie stand regungslos, steif, und atmete schnell. Dann erwiderte sie meine Umarmung. «Mein ganzes Leben habe ich mir gewünscht, dass jemand das tut. Dass jemand einfach seine Arme um mich legt.» Ich streichelte ihr Haar. Sanft, zurückhaltend. Und dann bekam ich einen pochenden Steifen. Im selben Moment schoss es mir durch den Kopf: Ist das nicht pervers? Ich ließ sie los. Ich weiß nicht, ob sie etwas gespürt hatte, meine plötzliche Lust bemerkte oder meine Angst davor. Wir verabschiedeten uns ungelenk. Ich stieg ein und fuhr los. An der Tram-Haltestelle blickte ich mich noch einmal um und wartete. Iris kam in weiten Schwüngen den Berg hinab. Als sie mich sah, bremste sie und rollte langsam auf den Wagen zu. Ich öffnete die Beifahrertür.

«Wiedikon. Ich zeig's dir ...», sagte sie.

Ich erwache schweißgebadet. Ich habe geträumt, ich sei in tiefes Wasser gefallen. Ich sank, und ich sah einen Körper, der an mir vorübersank. Als ich sein Gesicht erkannte, erschrak ich: Es war meines. Doch etwas in diesem Gesicht stimmte nicht. Es war viel schöner als mein wirkliches Gesicht. Es hatte eine gerade Nase, ausgeprägte Wangenknochen, volle Lippen und ebenmäßige Zähne. Ich wollte danach greifen, doch der Körper sank, in dem Gesicht las ich Entsetzen. Ich wollte zu dem Körper hinschwimmen, aber etwas hielt mich zurück. Jemand hielt mich am Kragen und zog mich nach oben.

Eine Frau beugt sich über mich. Sie sieht mich an. Ich kann sie zunächst nicht erkennen. Sie spricht zu mir mit verzerrter Stimme, als hörte ich einen Dybbuk.

«Was ist mit dir?», fragt Iris.

«Ich war im Wasser», sage ich, völlig außer Atem.

«Ich bin immer tiefer gesunken, und plötzlich habe ich mein zweites Ich gesehen, da unten im Dunkeln. Wir sind beide fast ertrunken.»

Iris liegt in einem Bett, an das ich mich jetzt vage erinnern kann, und sie sieht mich mit verquollenen Augen fragend an. Ich packe sie an den Armen und schüttle sie.

«Schnell, wir müssen noch mal da runter und es retten. Du hast das falsche Ich herausgezogen, das hässliche. Das schöne ist noch da unten, und es ertrinkt!»

«Was redest du da?», fragt Iris.

Sie streift sich die Decke vom Leib und setzt sich auf. Sie ist nackt. Sie nimmt mich von hinten in die Arme, mein Kopf sinkt zwischen ihre Brüste, sie streichelt mich, und ich werde ruhiger.

«Komm, wir machen den Test», sagt Iris.

«Was für einen Test?»

«Setz dich mal richtig hin und mach so …»

Iris sitzt jetzt am Bettrand und trommelt mit ihren Fingernägeln auf die hölzerne Kante.

Takadam, takadam.

«Los, mach's nach!»

Ich richte mich auf, strecke meine Hand neben die ihre und

trommele mit den Nägeln auf die Kante. Ta-ka-dam. Meine Finger wollen mir nicht richtig gehorchen. Ta-ka … sie werden schwerfällig … dam … immer schwerfälliger. Haut rinnt von meinem Handrücken. Sie fließt an den Knöcheln hinab wie heißes Wachs. Meine Finger bleiben am Holz des Bettes kleben. Ich versuche, den Zeigefinger zu lösen. Er bricht ab.

«Du bist der Falsche», sagt Iris und klingt jetzt wieder wie der Dybbuk.

«Du bist es nicht wert», sagt sie und tritt mich in den Magen.

Ich falle.

Ich fiel ins Wasser und sank, ich sank immer tiefer und bekam keine Luft mehr, als müsste ich ertrinken.

Mit der Erinnerung kehrte die Angst zurück. Es war Mittag. Zwischen Aquarellen und halb fertigen Acrylbildern lagen Tennisschläger, Badeschuhe, Bücher, Kissen, Gläser, Weinflaschen, Kleider und McDonald's-Tüten. Am Fenster erkannte ich ein Thermometer. *Mein lieber Willy. Es ist so heiß hier. Wir kommen kaum zum Bumsen.* Der schreckliche Verdacht. Wenn du das glaubst, bist du ein Arschloch. Ich richtete mich auf. Das Thermometer maß 38 Grad.

Ich wandte den Kopf und betrachtete den Körper, der neben mir auf dem Bauch lag. Das Laken bedeckte nur noch die Füße, es war vollkommen um Fesseln und Ballen verheddert. Meine Augen folgten der Rückenlinie. Iris war schneeweiß. Mein Blick fuhr entlang ihrer Wirbelsäule, schlängelte über Steiß und Po. Ihr Körper schwitzte, und ich fühlte mit dem Handrücken, wie ihre Haut glühte. Und wenn ich jetzt einen Flaschenöffner in Form einer nackten Frau trüge? Dunkel. Es muss dunkel sein, hatte sie gesagt. Ich hatte ihren Busen mit der Erinnerung an das Foto ihrer Mutter auf dem Achterdeck der *Nordstern* verglichen.

«Und dein Freund?»

«Der schläft. Hinten, in seinem Zimmer.»

«Er könnte aufwachen ...»

«Ist mir egal. Der hat nichts zu melden ...»

«Er wollte dich heiraten ...»

«Scheißegal. Sein Problem.»

Ihre Mutter war größer.

Ich rieb mir die Augen. Würde ich sie mir jetzt auskratzen? Ich fühlte meine Zunge. Sie war pelzig und aufgerissen. Unentwegt hatte sie mich gebissen. In die Lippen, in Brust, Arme, sogar in den Penis. Unerfahren. Hatte sie irgendwo gelesen, das schmerzhafte Beißen gehöre dazu? Aber dann hatte ich verstanden, dass es zum Selbst ihrer Liebe gehörte. Ein Reflex des Aufbäumens? Mein Kopf tat weh. Merkwürdig. Alle Bilder zeigten dasselbe. Ein Gesicht, im Schmerz verzerrt. Linien, die mit groben, dunklen Pinselstrichen gearbeitet waren. Der Körper räkelte sich. *Mein lieber Willy. Es ist so heiß hier.* Ich hatte zwischen ihren Beinen gelegen und sie wie ein Kind betrachtet. Ihre Scham war riesig. Ich hatte ihre Lust zwischen den Zähnen gerieben, und sie war kirschgroß geschwollen. Als ich in sie eingedrungen war, fühlte ich mich klein. *Es ist so heiß hier.* Ich zog mich an. Ich wollte weg. Der Verdacht. Der quälende Verdacht. Wenn du das glaubst, bist du ein Arschloch.

Auf dem Flur nahm ich jetzt Geräusche wahr. Ein Schlurfen, gefolgt vom Gurgeln eines Wasserkessels. Ich hatte keine Lust, dem Bräutigam aus dem Hinterzimmer zu begegnen. Ich zog die Tür hinter mir zu. Auf der Straße blendete mich die Sonne. Ich hielt es nicht mehr aus in diesem Land. Der Rückflug war erst am nächsten Tag. Würde ich eben mit dem Mietwagen nach Berlin fahren. Flucht. Soll ihn dort abholen, wer will. Flucht ist gut.

Kurz hinter Rorschach spürte ich, wie das diffuse Gefühl der Angst nachließ. Hatte Iris sich wirklich verraten? Oder hatte sie sich das Überleben ihrer Mutter als Kind nur zusammengesponnen? Cozumel. So, wie ich Vater auf der Rolltreppe des Kaufhauses oder in der Menge auf dem Fußballplatz zu sehen geglaubt hatte? Cozumel. Aber warum konnte sie dann ihrer Mutter so leicht, so spielend leicht vergeben? Wo sie ihren Vater, der immerhin noch ihr Internat bezahlt hatte, in zwanzig Jahren nicht einmal angerufen hatte? Cozumel! Ich musste dieser Spur nachgehen. Ich öffnete alle Fenster. Bregenz. Als der Bodensee im Rückspiegel versank, klingelte das Handy. Es war Iris.

«Wie geht es dir heute?»

«Bin noch etwas verwirrt, aufgewühlt. Du ja auch … nehme ich an?»

«Ja, aber ich bin ein großer Verdränger», sagte Iris und lachte.

«Ich bin froh, dass ich dich getroffen habe», sagte ich.

«Ich dachte, wenn du noch allein in Zürich bist und vielleicht etwas machen möchtest? Ich bin am Abend auf einer Party eingeladen. Sommersonnenwende. Heute ist der längste Tag. Wir machen ein Feuer …»

«Schade. Ich bin schon unterwegs nach Hause», log ich.

Merkwürdig. Nach Hause. Das ist etwas, was ich gar nicht

habe, dachte ich. Der Fahrtwind. Er ist so heiß. Endlose Felder, gelb blühender Raps. Tief atmete ich die süßliche Luft. Ich dachte an Vater. An den Mann mit dem Bommel auf der Mütze. An die Ertrunkene im Schlammweiher. So viel Leid, dachte ich.

Gibt es nicht mehr als vier Kontrollvariablen, so ergeben sich die sieben elementaren Katastrophen der Mathematik: Falte, Spitze, Schwalbenschwanz, Schmetterling, Ellipse, Hyperbolischer Nabelpunkt und Parabol.

«So viel Leid», sagte ich laut, und dann brach es heraus. Ich begann zu weinen. Ich fuhr schneller. Heißer Wind wehte krachend durch den Wagen. Immer schneller. Der Wagen schlingerte. Ich hörte mich schreien.

«ICH LEBE NOCH ...», schrie ich, in voller Fahrt, und wusste nicht, warum.

«ICH LEBE NOCH!»

Ich schrie es wieder und wieder, schrie es noch mal, aus voller Brust, in voller Fahrt. Ich sah die Frau im Souterrain. Iris über dem Abgrund. Vater vor der Sporthalle. Der Sprung. Der katastrophale Sprung. Die Risse am Rande der Gleichförmigkeit. Und plötzlich fiel die Angst, dieses Würgehalsband, von mir ab. Ich fühlte mich frei.

«HÖRT IHR? ICH LEBE NOCH!!!»

Der Wagen raste über die gerade Autobahn, und ich weinte und lachte, und ich war glücklich, als wäre ich neugeboren. Falte. **Die Falte im Raum.**

Gab es irgendwo ... eine Urkatastrophe?

5 Ellipse

In einem Kreuzberger Kino sah ich einen alten Film, den ich schon oft gesehen habe. *Der Amerikanische Freund* von Wim Wenders, nach einem Roman von Patricia Highsmith, Ripley's Game. Der Film fasziniert mich. Vielleicht, weil der Schauspieler Bruno Ganz meinem Vater darin so ähnlich scheint. Seine bedächtigen Bewegungen, die sanfte Stimme. Vielleicht, weil die Bilder eine so lakonische Sprache sprechen, wie die Schwere der Erinnerung. Das allein stehende Haus am Hamburger Hafen. Die stille Geborgenheit der Wohnung, der kupferne Badeofen. Vielleicht, weil diese Bilder die Langsamkeit jener Zeit einfrieren, den leisen Atem des Vaters vor dem Kuss zur Nacht, den Duft des Kinderzimmers, die Abgeschiedenheit darin. Der Schauspieler trägt wieder den dicken, dunklen Schlips wie jener, den Vater zu meiner Konfirmation trug. Das Jackett mit dem breiten Revers und den schmalen Schultern. Ich habe den Film, ein Jahr nachdem ich mich von Vater vor der Sporthalle in Kassel verabschiedet hatte, zum ersten Mal gesehen. Ich identifizierte mich damals mit den Erwachsenen. Jetzt schlüpfte ich in die Haut des Jungen. Es ist eine Geschichte, die sich um den bevorstehenden Tod des Vaters rankt. Der Junge spielt darin keine Rolle. Die Geschichte nimmt ihren Lauf, ob er da ist oder nicht. Die Katastrophe kündigt sich für alle an, nur der Junge weiß nichts davon. Vielleicht spürt er etwas. Spürt eine Veränderung im Wesen des Vaters, seine Nervosität oder die wortlose Verzweiflung seiner Mutter. Das Kind jedoch bleibt stumm. Es spielt nur, auf einem Jahrmarkt, in einem Labyrinth aus Glas. Ich stelle mir vor, dass es später, sehr viel später versuchen wird herauszufinden, woher das Geld stammte, das ihm sein Vater hinterließ, und wer der amerikanische Freund ist, Ripley, der sich selbst fotografiert und auf Bändern zu sich spricht.

Ich weiß weniger und weniger, wer ich bin, und wer überhaupt jemand ist.

Ich hatte das Band in meiner Hosentasche, das Band mit Vaters Stimme. Mutter hatte es mir zu meinem dreißigsten Geburtstag nach New York geschickt. Sie hatte die Kassette von Christine, Vaters Schwester, geschenkt bekommen, schrieb sie. Sie fand, ich sei jetzt reif dafür. Es stammte aus der Weihnachtszeit 1975. Vaters Schwester tourte damals durch Amerika. Sie hatte einen Sänger und Entertainer aus Connecticut geheiratet. Weil sie nicht gerne Briefe schrieb, schenkte sie Omi Nicoline in München einen tragbaren Kassettenrecorder und besprach Bänder, die Vaters Mutter auf der Rückseite beantwortete und ihr in die jeweilige Stadt zurücksandte. Ich hatte als Junge auch einen solchen Recorder bekommen, eine Neuheit damals. Es war ein kleines, quaderförmiges Monogerät von Loewe-Opta. Ich packte die Kassette in eine Hülle zu allen anderen. Ich wusste immer, wo sie lag. Ich hatte nie den Mut gehabt, sie anzuhören.

Nach dem Kino war es noch sehr heiß gewesen. Vor den Cafés verströmten schwitzende Leiber Parfumwolken und Kiffgeruch. Die Boulevards vibrierten vor laszivem Leben, aber mir war nicht danach zumute. Ich hatte mir in einem türkischen Imbiss eine Flasche Bourbon gekauft, Medley's, und den Nachtbus genommen. Bei meinem kleinen Bruder trank ich einige Gläser. Mathias war übers Wochenende zu Anne gefahren. Ich öffnete das Fenster zum Innenhof. Darin hallten Gregorianische Gesänge wider, als performe dort unten ein Gefangenenchor. Ich stellte den Deckenventilator an und legte das Band in mein Diktiergerät. Ich hörte die trockene Stimme von Omi Nicoline.

Muschilein, mein Muschilein. Also jetzt habe ich es rausgekriegt, wie man das mit diesem aufregenden kleinen Apparat macht. Ich bin ganz glücklich. Der Anfang dieses Tonbands ist ein ganz phantastisch interessantes Gespräch mit dem Verkäufer, wo ich mir das neue Band gekauft habe. Er sagt, man dürfe die Bänder nicht ölen. Da ich auch noch nicht weiß, wie man löscht, lasse ich es mal drauf. Es entbehrt nicht der Komik, wenn man seine eigene Stimme plötzlich wieder hört. Ob nun dieses vertrackte Paket endlich angekommen ist? Ich mache mir ja Sorgen wegen dem Scheiß-Schinken. Der ist ganz bestimmt total hin.

Ich musste laut lachen. Vaters schöne, Vaters schlagfertige Mutter. Ich sah sie vor mir, so klar wie das letzte Mal. Sie war schon weit über siebzig und schlohweiß gewesen, aber noch immer das Bild einer Dame. Sie saß auf dem Schreibtisch, mit dem Hintern auf des verblichenen Opa Brettschneiders Hirschlederunterlage, und ließ ihre Füße baumeln. Sie steckten in italienischen Slippern. Ihre Hände hatte sie in den Taschen legerer Steghosen vergraben, und so erzählte sie aus ihrer Vergangenheit.

Muschilein, jetzt ist es zwei Tage später als vorgestern. Ich habe ein kleines Mittagspäuschen gemacht auf dem Sofa, weil es da so schön warm ist. Hier liegt übrigens kein Fatzel Schnee. Es ist aber trotzdem alles weiß, alles voller Reif draußen. Herrlich. Und nun schaut mich das Mikrofon wieder so einladend an. Dem kleinen Max haben wir auch ein schönes Paket geschickt. Unter anderem einen warmen Bademantel, weil ich weiß, dass er den braucht. Heute Abend will dein Bruder vorbeikommen. Ich weiß nicht, wie die Sache mit Anne ausgehen wird. Das schwebt alles, und Maximilian will keine Veränderungen in Richtung Scheidung, zurzeit …

Es raschelte. Während Omi redete, hörte ich Küchengeräusche und das Quietschen einer Tür, der blauen Tür. Ich sah die Schwabinger Wohnung. Sie lag am Rande des Englischen Gartens, im fünften Stock eines hufeisenförmigen Blocks, dessen Appartements Bundesbeamten vorbehalten gewesen waren. Die Wohnung hatte sieben Zimmer, zwei Bäder, Aufzug und Müllschlucker im Treppenhaus, einen kleinen Balkon zur Kaulbachstraße hin und einen großen zum Park. Von diesem blickte man auf eine Rasenfläche mit zwei steinernen Kühen hinab. Omi Nicolines Zimmer, in das sie sich am Nachmittag zurückzog, war voller Wandteppiche und Gobelins, Bilder, Bücher, tönerner Katzen und Eulen. Das Wohnzimmer im vorderen Trakt ging in ein Esszimmer über, das von der Küche durch eine halbhohe Schwingtür getrennt war. Die blaue Tür. Auf dem Band hörte ich das Klicken eines mehrmals an- und abgeschalteten Mikrofons.

Mu... – Muschilein? Hallohallo? Jetzt isses schon Abend, und nu kommt jemand, der dir ganz bestimmt viel Freude machen wird.

Und dann war ich sehr verwundert. Ich hatte Vater in Omi Nicolines Esszimmer vor Augen. Ich sah den vertrauten Walrossbart. Dunkle Augen, das karierte Jackett mit dem breiten Revers. Der Recorder lag auf dem Tisch, er sah auf die blaue Tür. Aber ich hatte seine Stimme ganz anders in Erinnerung gehabt. Tiefer. Langsamer. Die Stimme auf dem Band sprach hell und aufgeregt. Es war, als spräche Ripley zur mir.

Ahem. Ähm. Ja, ha, ha, da genier ich mich übrigens... Servus, Tinchen! Wie geht's? Da ist dein kleiner Bruder... die wollten unbedingt, dass ich da auch was reinsage. Also, ich schluck hier unentwegt Bier, um meine Anfangsschwierigkeiten irgendwie zu überstehen. Äh, Moment. Ich muss mir grade noch 'n Bier holen, ja...? So. Also. Dann kann's weitergehen. Ahhhh. Also mir geht's so weit so gut. Nicht schlecht jedenfalls. Man kann sagen, schon etwas besser...

Ich kannte den Mann auf diesem Band nicht. Ich spulte zurück und hörte mir die Sätze noch einmal an. Er war mir fremd. Wie ein Bruder, mit dem man nicht aufgewachsen ist. Wieder und wieder ließ ich Vater sprechen. Er sprach unbeholfen, unsicher. Erst nach einiger Zeit kehrte die Erinnerung zurück. Die Erinnerung an einen Tonfall, an einen bestimmten nasalen Klang. Mein Vater hatte eine Stimme bekommen.

... schon etwas besser. Beruflich ist alles in Ordnung, da mach ich ganz gute Fortschritte. Bin sehr zufrieden. War jetzt ein paar Tage mit meiner Frau in Fulda bei dem Kleinen, und das war mit wenigen Ausnahmen auch sehr schön. In dieser Hinsicht hat sich nicht viel geändert. Aber ich bin diesbezüglich doch schon zufriedener jetzt. Tja, den großen Teil meiner Zeit und meines Interesses bildet mein Beruf, den anderen wesentlichen Teil bilden halt die Weiber, nach wie vor. Na ja, kannst nix machen.

Die Stimme begann, mir besser zu gefallen.

– Teil bilden halt die Weiber, nach wie vor. Na ja, kannst nix machen.

Ich wusste, dass sich in der Nacht, als mich der Untote zeugte, der Gummiberg in Omi Nicolines Keller um einen weiteren, einen geplatzten Pariser getürmt hatte. Es musste sich ein ansehnlicher, wenn auch ekelerregend klebriger Haufen gebildet haben: in der Ecke einer Waschküchenkammer, die von den Mietern vergessen worden war, lag eine Matratze, die meine Eltern manchmal an den Nachmittagen benutzt hatten. Die gebrauchten Gummis, es mussten billige gewesen sein, denn Vater kaufte sie von seinem Taschengeld, warf er in die gegenüberliegende Ecke. In der Zeit, als das Baugerüst bis an das Fenster im fünften Stock reichte, hatte er sich in den Nächten über Bohlen und Gestänge gehangelt und Mutter an der Kaulbachstraße getroffen. Sie waren auf der Leopoldstraße ins Rialto gegangen. Sie hatten ein Eis gegessen und waren danach in den Park geschlendert. Vater war siebzehn, Mutter achtzehn Jahre alt. Es war die Zeit des gestrengen Stiefvaters, der am Tage seiner Pflicht nachging und am Abend Brahms hörte, Armagnac trank und mit einer Serviette zum Pinkeln ging, Opa Brettschneider. Es war die Zeit, als Großmutter Nicoline den Schneider kommen ließ, der mit viel Gnädige Frau Vater zum Abitur einen Anzug aus alten Vorhängen nähte. Es war die Zeit bigotter Prüderie und zerrubbelter Gummis im Englischen Garten, und ich stelle mir vor, wie Mutter aus einem gewissen Reinlichkeitssinn heraus auch diese aus dem Staub unter der Bank hervorfischte, in ihre Handtasche steckte und auf dem Nachhauseweg durch das Kellerfenster zu den anderen warf.

Es war das Jahr 1965.

Eine Hochzeit war undenkbar. Hätte die Leitung des Waldorf-Instituts von einer Heirat Wind bekommen, Vater wäre der Schule verwiesen worden. Es kam auch deshalb nicht infrage, weil Opa Brettschneider dagegen gewesen war. Eine Arbeitertochter heiratete man nicht. Auch dann nicht, wenn sie schwanger war. Nicht, wenn man dem Hause eines Akademikers entstammte. Dabei war Opa Brettschneider gar kein Akademiker. Bevor er studieren konnte, kam der Krieg, und Opa Brettschneider schrieb Berichte für Goebbels. Nach dem Krieg schrieb er Berichte für Springer. Und in der Zeit, als Adenauer mit der Hohen Kommission um Deutschlands Souveränität feilschte und leugnete, dass es in München längst wieder einen deutschen Geheimdienst gab, wurde Opa Brettschneider von General Gehlen berufen. Der Mann, der einst die Aufklärungsorganisation Fremde Heere Ost befehligt hatte, war praktisch nahtlos im Amt geblieben. Omi Nicoline hatte zwei Kinder und keinen Mann mehr. Und als er anklopfte, der hornbebrillte, ewig Rollkragenpullover tragende Galan, ließ sie sich nicht lange bitten und ist mit Opa Brettschneider nach München gegangen und nach Pullach gleich dazu. Der Mann war eine gute Partie. Mammu hat er sie genannt. Für den Bundesnachrichtendienst wertete sie Zeitungen aus.

Mammu liebte ihre Kinder, und sie liebte ihren Mann, den die Kinder Herr Brettschneider zu nennen hatten. Der verbat sich kategorisch die Anwesenheit der Halbwüchsigen bei Tisch. Auch den Kaffee nahm er am Nachmittag, ein festes Ritual, zu welchem er das Jackett anlegte, im Esszimmer vor dem Balkon alleine ein. Mammu fütterte die Kinder erst am Abend. In einem Zimmer des hinteren Trakts, am Ende des langen Ganges. Es gab die Reste des Tages. Ein Stück Huhn, eine halbe Bratwurst. Einen ausgetrockneten Gugelhupf. Im Wohnzimmer füllte sich Herrn Brettschneiders Mahagoniwand Meter um Meter mit Buchrücken, als wollte er sich eine Kathedrale aus Maroquin und handgeschöpftem Papier erbauen, eine ganz private Akademie. Niemals hätte er zugelassen, dass eine Arbeitertochter sie entweihte. Einen Monat nachdem Vater das Abitur bestanden hatte, heiratete er Mutter doch. Vier Wochen später kam ich auf die Welt.

Wir bezogen ein Wohnbett in der Schwabinger Frunsbergstraße. Vater tat, was er konnte. Er schleppte Zementsäcke auf dem Bau, er knipste Fahrkarten in der Straßenbahn, arbeitete auf einem Bauernhof und schraubte für die Stadtverwaltung Glühbirnen in Straßenlaternen. Er versuchte, seiner jungen Familie ein guter Ernährer zu sein. Aber im Schutt der Abrisshäuser holte er sich eine Milbenallergie. Auf dem Land überfiel ihn ein Heuschnupfen, dass ihm die Augen bis zur Blindheit zuquollen. In den Straßenlaternen nisteten Spinnen. Vater fiel von der Leiter und verstauchte sich den Knöchel. Bitter geschlagen kehrte er ins Wohnbett zurück. Dann ergriff Mutter die Initiative. Sie suchte sich eine Stelle als Sekretärin, weitab auf dem Land, wo die Wohnungen billiger waren, schickte Vater auf die Universität in München und gab mich bei ihren Eltern in Fulda ab.

... ja, und dass du mit dem Reiten angefangen hast, find ich ausgesprochen dufte, ich weiß nicht, ob du weißt, dass ich ja auch reite, ich war ja mal, äh, während meiner Arbeiterzeit, längere Zeit auf einem Gestüt tätig. Auch dem Kleinen hab ich da jetzt Spaß dran beigebracht, das letzte Mal, als ich bei ihm war. Zuerst hat er wahnsinnige Angst davor gehabt. Wollt er einfach nicht. Jedenfalls hab ich ihn dann ein bisschen auf die unterschwellige Tour doch zu so einem Reitdings hingebracht, und da sind wir in der Gegend rumgestromert, und das hat ihm dann so einen narrischen Spaß gemacht, dass wir im Sommer mal einen kleinen Reiturlaub machen wollen, vielleicht in Murnau ...

Murnau. Die Axt in Vaters Truhe. Ich erinnerte mich an den erdigen Geruch der Lederscheide, die den Metallkeil umgab. Ich wusste nicht viel über diese Zeit. Ich war manchmal mit meinen Großeltern nach Murnau gekommen, um Mutter und Vater zu besuchten. Nicht oft, es ist sehr weit weg gewesen.

Ich sehe ein Haus und einen großen Garten mit Obstbäumen, unter denen ich spiele. Ich weiß, dass meine Eltern dort oben unter dem First leben, aber ich habe kein Bild mehr von diesen Räumen, nur der Garten ist geblieben. Vater fährt morgens mit dem Zug in die Stadt und besucht die Vorlesungen. Er ist ein Einserstudent, einer, der brilliert. Wenn er zurückkehrt, durchstreift er mit mir die Wälder und das Moor. Wenn wir zu dem kleinen Flüsschen gelangen, hebt er mich auf den Arm und trägt mich. Es ist unheimlich dort. In dem großen Garten schenkt Vater mir mein erstes Taschenmesser. Ich schneide mich, als ich versuche, einen Apfel in der Hand zu zerteilen. Wenn ich mich von meinen Eltern verabschiede, weine ich.

Als die Sache mit Anne beginnt, lebe ich wieder bei Mutter und Vater. Das ist am Ende der Schwabinger Jahre, der Jahre des Studentenbades und der Campingurlaube an der Biskaya, die sich in mein Gedächtnis als so unbeschwert, so harmonisch eingegraben haben. Erst am Ende dieser Zeit, als ich auf dem Flur unserer Wohnung eine fremde, verzweifelt wirkende Frau sehe, die taumelt, mich mit einem Schlag auf die Brust rückwärts in mein Zimmer stößt und sich dem Vater vor Mutters Augen schluchzend um den Hals wirft, spüre ich, dass etwas nicht in Ordnung ist, dass sich alles verändern wird für mich. Als ich wieder auf den Flur trete, sehe ich noch einen anderen Mann. Er hat Pickel im Gesicht und kleine, verquollene Augen hinter dicken Brillengläsern. Später erst erfuhr ich, dass es Annes Mann war, ein Arzt, der sich vergiftete am Ende dieser Zeit.

Vater verließ uns. Doch im Grunde änderte sich nur wenig für mich. Denn sobald er wieder bei mir war, vergaß ich alles. Ich vergaß die vielen Male, an denen er nicht gekommen war, obwohl er es versprochen hatte. Ich vergaß die Tränen. Mamas Tränen und die, die ich auf dem Rücksitz in Großvaters Käfer vergossen habe, im ewigen Hin und Her. Ich dachte nicht mehr an die Tage und Wochen, die ich in einem Zimmer meiner Großeltern verbrachte, schweigend auf dem Teppich sitzend, mit dem Oberkörper auf und ab wippte und darauf wartete, dass die Nachbarin die Treppe heraufkam, klingelte, schließlich Omi an mein Zimmer klopfte, hereinlugte und freudestrahlend rief: «Der Papi ist am Telefon.»

Denn obwohl er nicht mehr bei uns wohnte, sah ich ihn wieder öfter. Er fuhr mit mir zum Reiten. Er nahm mich mit zum Fliegen, zum Fallschirmspringen, manchmal für mehrere Wochen. Mutter hatte nichts dagegen, solange Anne nicht dabei war. Männerurlaube waren das gewesen. Wir haben in Wyk auf Föhr unter den Tragflächen der Cessna geschlafen und in Österreich an der Dünung eines kleinen Donauarms, den wir vorher in der Luft ausgemacht und auf der Karte markiert hatten.

– Bin jetzt schon seit, na ja, knapp zwei Monaten nicht mehr geflogen, ganz einfach, weil ich keine Zeit gefunden habe, aber auch, weil das Wetter schlecht war. Ich fang aber jetzt wieder damit an und freu mich auch schon drauf. Dann hab ich mit dem Fallschirmspringen angefangen, will auch weitermachen. Das ist wirklich 'ne ganz extreme Sache, die einen schon gefangen nehmen kann. Da hab ich so einen Lehrer, ein richtig zerhauter Hund, ein Einbeiniger, und der hat keinen Knochen mehr im Leib, den er sich nicht schon mehrfach gebrochen hätte. Haha. Und zu den Flugtagen, wenn es Publikum gibt, jaha, dann springt er noch mit seinem einen Beinchen grad mal aus hundert oder zweihundert Metern, was besonders gefährlich ist, da kriegst allein vom Zuschaun einen Adrenalinstoß. Ja so ein Hund …

Ich hatte Vater für mich alleine in dieser Zeit – von den Kunstflugmeistern und seinem Einbeinigen einmal abgesehen. Ich war glücklich gewesen. Auch wenn sich die von oben so malerische Flußdünung als Brennnesselfeld entpuppte und der Stuhl, den wir tagsüber aus Weidenstöcken und einer Kordel flochten, jeden Abend um dieselbe Zeit wieder zusammenkrachte. Der Ausflug mit dem teuren Schlauchboot fand schon nach wenigen Metern ein Ende, weil sich ein wütender Schwan in unseren Weg gestellt hatte, der fauchend Kreise zog, mit den Flügeln aufs Wasser schlug und uns im Schilf am Ufer gefangen hielt. Trotzdem schaffte Vater es, über seine Missgeschicke zu wiehern. Und wenn er dann am Lagerfeuer seinen Bourbon in kleinen Schlucken aus der Feldflasche nippte und mir mit hoher Braue ein Hütchen davon zu trinken gab, «Bursche, in kleinen Mengen ist es Medizin, in rauen Mengen Gift», dann schien es mir in der Hitze des Feuers und des Alkohols, als zählte nur dieser Mann mit seinem unwiderstehlichen Lachen.

– Ja, also der Kleine, der liebt mich ganz narrisch, das seh ich immer besonders daran, wenn er so einsilbig ist bei Telefongesprächen, so ganz anders, wie er sonst ist, das weiß ich, dass er's sonst nicht ist, das erzählt mir seine Mutter. Und wenn ich dann mal dort bin, dann ist es halt natürlich … dann ist es schon … ähem … dann verstehn wir uns schon unheimlich gut. Na ja. Ich denke, dass wir auch so ganz gut zusammenbleiben können. Stell mir irgendwie vor, dass ich mit meinem Sohn … auch unter diesen Umständen … ein brauchbares Verhältnis haben kann … Tja, dann will ich mir noch 'n neues Auto kaufen, weiß noch nicht, welches, aber, haha, natürlich kein normales. Vielleicht alles hier etwas komisch. Also wenn mir jemand zuhören würde, haha, und mich plötzlich kichern hört und der – haha – wüsste also gar nicht, dass ich hier in so 'nen Karton reinspreche, der würde einen für verrückt halten. Ich hoffe nur, dass sich Mammu diesbezüglich hier zurückhält. Hahaha. Man gestikuliert hier und benimmt sich also im höchsten Maße ulkig. Ha, ha, ha …

Das Wiehern. Da war es wieder. Aber es klang anders, als ich es so viele Jahre erinnert hatte. Es klang verzerrt. Beinahe gequält, als kündige sich etwas an, ein Unheil oder eine Zäsur. Ich hörte noch eine Weile Vaters Stimme. Er sprach über eine neue Wohnung und Möbel, die er sich anschaffen wolle, und erzählte einen bayerischen Witz, über den er herzhaft lachte. Zum Schluss, er wirkte angetrunken, sprach er englisch für Christines Mann. So inbrünstig und dilettantisch, dass ich lachen musste. Der Mann auf diesem Band war mir fremd und so nah zugleich. Er verabschiedete sich sehr nett von seiner Schwester. Es knackste. Ich hörte Omi Nicoline.

Muschilein, mein Muschilein. Heute haben wir den letzten Tag im Jahr. Dein Bruder hat heute Nacht Bereitschaftsdienst und will dann mit Anne in die Berge fahren, Ski laufen. Seine Frau ist zurück in München, sie wollte noch mal vorbeikommen, weil sie mir 'ne Wurscht aus Fulda mitbringt, ist aber nicht gekommen. Ich kann sie nicht erreichen und bin sehr in Sorge.

Ihre Stimme hatte sich verändert. Die unbeschwerte Fröhlichkeit war dahin. Und plötzlich wusste ich wieder, was in dieser Nacht geschehen würde. Ich sah Mutter, wie sie die Bernsteinbrosche anlegte, die Vater ihr zu Weihnachten geschenkt hatte. Und ich glaube noch jetzt die Enttäuschung in ihren Augen zu erkennen und die Wut, wenn sie ihn berührte, ich sehe ihre Sehnsucht, noch immer ihre Sehnsucht. Aber da weiß Mutter noch nichts von dem Verrat in der letzten Nacht des Jahres 1975, als Vater Bereitschaftsdienst im Klinikum hatte und Anne bei ihm schlief. Sie weiß noch nicht, dass sie Vater anrufen wird in dieser Nacht.

Sprich mit mir, wird sie flehen in dieser Silvesternacht, ich bin so allein. Du störst uns beim Bumsen, wird Vater sagen und den Hörer auflegen. Noch einmal aber wird Mutter ihn stören, lallend schon, das Gift entfaltet seine Wirkung. Sprich mit mir, bettelt sie erneut, und dann wird er sich anziehen. Vater wird sich anziehen, sich unerlaubt absentieren und in unsere Wohnung fahren. Er wird die Tabletten auf seinem Schreibtisch finden, er hat sie ihr selbst gegeben. Er wird die leeren Tablettenschachteln auf dem Tisch finden und Mutters Kopf, der am linken unteren Ende der Nussbaumplatte aufgeschlagen ist. Das gerinnende Blut formt sieben ellipsenförmige Wellen. Vater wird sie sanft aufheben. Er wird sie aufheben und auf das Sofa legen, er weiß noch nicht, dass er das Gottesurteil über sich verhängt in dieser Nacht. Er wird Mutter sanft auf das Sofa legen, er wird ihr das Blut von der Wange wischen und sagen:

«Es ist für alle das Beste, wenn du gehst.»

Dann wird er sie küssen und die Wohnung verlassen.

Später wird er sich daran erinnern. Ich weiß jetzt, dass er sich daran erinnerte. Er erinnerte sich jedes Mal daran, wenn er in die Cessna oder die alte Piper stieg, um Loopings und Turns in den Himmel zu zeichnen. Ich weiß jetzt, dass er an Mutter dachte, wenn er aus dem Flugzeug sprang und in immer kürzeren Abständen zur heranrasenden Scholle die Reißleine zog. Wenn er immer tiefer in die Dunkelheit des Meeres hinabtauchte und immer höhere Felswände zu bezwingen suchte. Ich stelle mir vor, dass er sich an den Verrat in dieser Nacht erinnerte, wenn er nur die beschnitzte Truhe öffnete, wenn er den Neoprenanzug oder die Axt berührte. Verfolgte Mutter ihn, so wie er mich verfolgte? Suchte er, der Determinist, immer wieder das Gottesurteil, so wie ich seine Absolution gesucht hatte?

Bis alles Bestehende zur Nichtigkeit verblasste? War am Ende *sie* der Punkt des katastrophalen Sprungs gewesen, der Vater Jahre später auf der anderen Seite der Hemisphäre das Leben kosten würde? Ich sah einen Streifen grellen Tageslichtes, der entlang der Wand des Innenhofs tanzte. Ich drückte die Abspultaste und hörte die Stimme von Opa Brettschneider.

Ja, mein Kind, jetzt bin ich dran, dir was zu erzählen. Die Feiertage waren sehr schön. Wir haben ein kleines Bäumchen gehabt, das Mammu ausgesucht hat. Bald kehrt wieder der Alltag ein, und der ist ja immer noch der Schönste, weil man dann in seinem gewohnten Gleise läuft. Silvester haben wir ein Sektchen getrunken und ein Weinchen, und dann hatte es sich. Natürlich habe ich mir zu Weihnachten allerhand Bücher besorgt, so viel, dass ich vorläufig mal Schluss machen werde, außer den Büchern von Heine, da kommen noch vier, aber dann will ich mich erst mal durch all das hindurchwühlen, was ich hier zu Hause habe. Dein Bruder schien mir ein bisschen bedrückt zu sein, aber das kommt ja mal und geht auch wieder. Von seiner Frau hören wir nichts mehr. Habt's gut und seid, wenn es irgend geht, froh, das ist ja doch das Wichtigste, obwohl ich mir völlig darüber klar bin, dass das, was ich hier erzählt habe, nicht gerade außerordentlich interessant oder wertvoll war, aber mach's gut, mein Kindchen, mach's gut.

✧

Am Morgen rief Iris an. Sie war völlig aufgelöst. Sie hatte sich nach unserem Treffen ein Herz gefasst, war zu ihrem Vater nach Biel-Benken gefahren und hatte ihn um die Briefe und Unterlagen ihrer Mutter gebeten. Wider ihr Erwarten rückte er sie kampflos heraus. Mehrere Nächte habe sie gelesen und flimmernde Super-8-Filme gesehen. Sie könne nicht mehr schlafen. Ihre Augen seien ganz gerötet. Sie werde noch wahnsinnig, wahnsinnig vor Begeisterung. Ich erzählte ihr von der Kassette, die ich mir die ganze Nacht angehört hatte. Sie klang sehr ernst.

«Weißt du, ich habe nachgedacht. Was würdest du denn machen, wenn man dir das Messer an den Hals setzte und sagte: Willst du leben oder sterben? Natürlich willst du leben!», sagte Iris.

«Natürlich.»

Warum sagte sie das?

«Also wenn du mit eiskalter Brutalität konfrontiert wirst, dann drehst du doch durch und lebst mit dem Wahnsinn, oder? Dann lebst du mit der Scheiße. Oder? Das würdest du, das würde ich auch machen. Oder?»

«Klar. Natürlich. Wieso?»

«Dann lies mal, was sie geschrieben hat. Das ist unglaublich. Sie war eine Dichterin. Eine Philosophin. Wirklich! Hast du ein Fax, dort wo du jetzt bist?»

Ich gab Iris die Nummer.

«Wenn du immer noch glaubst, meine Mutter hätte das alles von langer Hand geplant, dann wird dir dieser Brief das Gegenteil beweisen. Sie hat ihn an meinen Großvater geschrieben, einen Tag bevor sie in die Karibik geflogen ist. Ich bin noch ganz benommen.»

Ich hatte Kopfschmerzen. Der Brief. Er sollte mir das Gegenteil beweisen. Ich dachte an Vater. Den Fremden. Ich nahm den Brief vom Fax. Der vertraute Fremde. Regine Runge hatte diesen Brief in der Villa geschrieben, die ich nun kannte. Er trug kein Datum. Orange. Ich dachte noch, sie musste auf einem der orangen Stühle gesessen haben, als sie den Brief schrieb.

Lieber Vater.
Das Leben ist schon eine komische Sache. Es ist nie so oder so, sondern immer so und so. Mir kommt es manchmal vor wie ein Traum, der sich hinter einem Spiegel abspielt. Und manchmal haben wir für einen kurzen Augenblick die unerhörte Chance, hinter diesen Spiegel, hinter die banale Oberfläche zu blicken.

Es führen viele Wege zur Seligkeit. Und wenn ich keine Familie, keine Kinder hätte, würde ich um die Welt segeln, das weiß ich heute. Denn dort draußen, in der Einsamkeit auf dem Meer, lernt man sich selbst am besten kennen. Ich bin dem Meer verfallen. Der Mond, die Sterne, du stehst einsam am Steuer in der Nacht und hörst das Flattern der Fliegenden Fische, die dich begleiten und dir sagen wollen: Du bist nicht allein ...

Es sind magische Momente, wenn das Meer freundlich aussieht wie der Passat, der ruhige, und du das Zittern in den Wanten spürst und das Knarzen des Leinens hörst. Man lernt, sich nicht gegen den Wind zu stemmen. Das letzte Mal war ich schon bei allen wichtigen Manövern am Steuer. Die Yacht ist 18 Meter lang und 5 Meter breit, der Mast reicht 15 Meter in die Höhe, und sie steht nicht gerade, sondern liegt gleich ganz schief.

In der Karibik ist es warm und feucht. Ich genieße das sehr. Tropische Regenwälder, grün, üppig und nass. Freundliche Schwarze schwimmen im Morgennebel auf dich zu und tauchen nach deinen Münzen. Das ist wahres Leben. Ja, es hat mich infiziert!

Aber ich weiß es auch zu schätzen, was ich zu Hause habe. Ich sitze am Fenster, es schneit, es ist grausam kalt. Aber es ist schön daheim. Schlafende Kinder, es riecht noch nach Zimt und Gebäck von Weihnachten. Das Feuer knistert wohlig im Kamin. Ich sehe hinaus in den Garten. Die ersten Schlüsselblumen brechen durch den matten Schnee, die Knospen sprießen schon, der Rhododendron ist noch im tiefen Schlaf zusammengerollt. Und da ist der Willy, er ist so stolz auf seine Kinderschar. Wir haben wieder das Kaminfeuer angezündet, es macht uns sehr viel Freude.

Ich habe mich entschlossen: Eine Weltumsegelung ist ausgeschlossen. Aber dennoch bleibt das Segeln eine Alternative. Es ist wie das Bergsteigen. Eine Herausforderung. Ein Spiel mit den Kräften der Natur. Es ist das Glück, wenn man nach langer Nebelfahrt, dem Tappen im Dunkeln, dem Navigieren, Rechnen und Rätseln plötzlich das Lichtermeer des Hafens erblickt und du weißt, dass die Insel nur für dich ihr Abendkleid angelegt hat. Da ist einerseits die Verlockung, das Meer wiederzusehen, es rauschen zu hören, in der Nacht nackend auf Deck zu stehen und die kühle Brise zu spüren, andererseits ist da das Ungewisse, die Gefahr. Ich habe herausgefunden: Was zählt, ist allein der Mensch.

Heute wird der kleine Bernhard seine ersten Ski-Versuche unternehmen. Ich liebe ihn so sehr. Morgen fliege ich nach Barbados und von dort nach Antigua. Am 22. April, so Gott will, werden wir in Lissabon ankommen. Sorgt euch nicht zu sehr, wir kommen schon durch.

Alles Gute, wir sehen uns nach meiner Rückkehr

Gine

Und dann habe ich rot gesehen. Ein Gefühl ohnmächtiger Wut überkam mich. Ich weiß nicht, was mich mehr störte, der Ton oder der grenzenlose Egoismus, der hinter diesen Zeilen steckte. Ich ließ das Blatt sinken. Ich sah Vater. Ich sah ihn an jenem kalten Februarmorgen im Wohnzimmer der Kasseler Villa. Er stocherte mit dem Schürhaken in den Scheiten seines Kamins und sagte, er sagte es in denselben Worten, die ich jetzt in Händen hielt: Ich freue mich ganz narrisch auf mein schmauchendes Pfeifchen, wenn ich in der kühlen Abendbrise an Deck sitze. Er sagte es leise, denn wir sollten Anne nicht wecken, Anne, die noch schlief und schwanger war mit meinem kleinen Bruder, der seinen Vater nicht kennen wird.

Falte. **Die Falte im Raum.**

Ich erkannte das Gefühl. Als wäre es schon immer da gewesen. Ich empfand Hass. Habt ihr denn geglaubt, ihr könntet euch alles herausnehmen? Euch stünde einfach alles zu?

Ich konnte Iris unmöglich darauf antworten. Hätte ich ihr sagen sollen, dass dieser Kitsch mehr als alles andere auf die Mittäterschaft ihrer Mutter hindeutete und Willy Runge vermutlich gewusst hatte, warum er diesen Brief der Kantonspolizei vorenthielt? Wer hätte seine Frau nicht im Verdacht gehabt?

Iris hatte einige Sätze unterstrichen.

Was zählt, ist allein der Mensch.

Ich fuhr mit den Fingern darüber. Der Nachtwind kühlt eure nackten Leiber. Freundliche Schwarze tauchen im Morgendunst nach euren Münzen. Heute der kleine Bernhard, morgen Barbados. Eure Töchter werden sich den Uterus aus dem Leibe reißen und eure Söhne im Alkohol ersaufen.

Das ist wahres Leben.

Die Gefahr, das Ungewisse. Fliegende Fische, das Knarzen des Leinens.

Du bist nicht allein.

Das Pfeifchen. In der kühlen Abendbrise.

Es ist für alle das Beste, wenn du gehst.

Ich faltete das Fax und steckte es in die Brusttasche. Ich hätte ja mitgehen sollen auf diese Reise.

Was zählt, ist allein der Mensch.

Aber das wusste ich damals noch nicht.

6 Hyperbolischer Nabelpunkt

Die hyperbolische Umbilik. Wir können erkennen, wie sich der Wellenrücken mehr und mehr zuspitzt, bis sich ein Scheitelpunkt bildet und die Welle bricht. Sie kann als Bogen interpretiert werden, als Kollaps oder Sturz in den Abgrund.

Zu den liebenswürdigen Anachronismen, die ich im Haus meiner Mutter bestaunte, gehört ein Bild, das Bild des Fünfzehnjährigen im Zug. Es hängt in ihrem Schlafzimmer, über dem Bett. Zwischen einer tibetischen Malerei, die Götter, Menschen, Tiere und Teufel im buddhistischen Rad des Lebens darstellt, und dem Wappen der Rosenkreuzer, einem Blatt, das sie einem Buch entnommen haben muss. Mutter hat die Fotografie auf Fernsehformat vergrößern lassen und sie in einen roten Rahmen gesteckt.

Es ist das Bild eines Fünfzehnjährigen, der am Ende der Sommerferien am Bahnhof aus dem Fenster eines Zuges lehnt. Großmutter hat diese Aufnahme mit ihrem alten Apparat gemacht. Seit ihrem Hochzeitstag trägt sie den einfachen Plastikkasten in Butterbrotpapier mit Einweckgummi in der Handtasche. Weder an den vielen Weihnachten noch bei den geselligen Geburtstagen Großvaters ist der Bildzähler mehr als ein einziges Feld vorgerückt. Auch an diesem Tag hat sie den Auslöser nur einmal betätigt. Sie hat den Sommer abgelichtet, den ich so lange aus meiner Erinnerung verbannt hatte.

Der Jugendliche trägt die graue Fliegerjacke mit dem roten Seidenfutter, die ihm sein Vater geschenkt hat, als er ihn zum letzten Mal sah. Er ist hineingewachsen in diese Jacke. Nach all den Eisentonnen, in die er sich in seinem zornigen Training gebissen hat, füllen seine Schultern die Jacke jetzt aus. Der Saum rutscht ihm nicht mehr über die Hüfte. Unter seinem Hals hängt ein in Silber gefasster Haizahn. Der Zug wird ihn in ein Internat bringen, einige hundert Kilometer entfernt. Sein Großvater hat ihm, wortkarg, brummend, vor dem Einsteigen noch einen gefalteten Geldschein zugesteckt, vergraben in der schwielenverkrusteten Innenfläche seiner Hand. Der Großmutter stehen Tränen in den Augen. Jedes Mal stehen ihr Tränen in den Augen. Wo es doch ein Abschied ist wie immer, nichts Besonderes. So wie immer?

Der Jugendliche sieht hinüber in Richtung der Gleise. Er blickt vorbei am Hexenturm in den Himmel über der Reifenfabrik, in der sein Großvater noch zwei Jahre arbeiten wird, bis das glühende Gummi den zahnlosen Mann um seine Rente bringt. Ein beißender Gestank schwelt noch über den Schienen. Doch das ist nicht wichtig. Der Moment, den Großmutter abgelichtet hat, ist ein Lächeln. Auf den Lippen und in den Augen des Jugendlichen liegt ein Lächeln, das nicht zu diesem Gesicht passt. Es ist ein altes Lächeln in einem jungen Gesicht. Es ist ein Bild jenseits der Angst.

Als ich es wiedersah, erschrak ich.

Dann betrachtete ich die graue Fliegerjacke und erinnerte mich daran, dass sie mir, nur wenige Wochen nachdem dieses Bild entstanden ist, im Internat gestohlen wurde. Ich war darüber sehr traurig gewesen und wütend. Wochenlang habe ich die Schränke der anderen Bereiche durchsucht. Bis hinunter in die fünfte Klasse, obwohl den Kleinen Vaters Jacke ja gar nicht passen konnte. Ich habe sie nicht wiedergefunden. Irgendwann dachte ich immer weniger daran, bis ich sie ganz vergaß. Zu diesem Zeitpunkt hatte ich die Geschehnisse des Sommers bereits aus meinem Gedächtnis gelöscht. Ich habe sie erst viele Jahre später, als ich schon lange in New York wohnte, David erzählen können. Vielleicht hat David diese Bilder auch aus mir herausgeholt.

Über sieben oder acht Monate besuchte ich David einmal in der Woche und in der bewegten Zeit mehrmals. Er hatte ein kleines Zimmer in einer Gemeinschaftspraxis an der Amsterdam Avenue, nahe dem Central Park. Es war sehr schlicht. Entlang der langen Wand standen einander zwei Rohrsessel gegenüber, getrennt durch einen runden Glastisch, über dem ein sehr schönes Gemälde von Chagall hing, Die russische Hochzeit. Der Rahmen war rot. David war nicht viel älter als ich, er mochte damals Anfang oder Mitte dreißig gewesen sein. Unsere Gespräche verliefen in einer freundschaftlichen Atmosphäre, obwohl ich privat niemals etwas mit ihm zu tun hatte und nicht einmal wusste, wo er eigentlich wohnte. Ich erschien pünktlich und ging pünktlich. Wir haben nie eine Minute überzogen. Am Ende der Dreiviertelstunde bezahlte ich ihn. Cash. Dafür war er ein paar Dollar von seinem Satz abgerückt. Vielleicht hat mir diese Kühle geholfen.

In jenem Sommer, als das Bild entstand, wohnten wir in einem kleinen Reihenhaus in der Vorstadt. Die Häuser unserer Straße glichen sich bis auf die Ziersträucher in den Vorgärten. Entlang einer Biegung fielen sie leicht ab, jedes etwas tiefer gelegen als das andere, wie aus einer wild gewordenen Kopiermaschine. Es waren enge, zweistöckige Häuser mit beinahe flachen Giebeln. Zwei Räume und das Bad oben, Esszimmer, Wohnzimmer und Küche unten, zum Garten hin. Ich war in den großen Ferien für sechs Wochen nach Hause gekommen.

Mutter hat sich sehr gefreut, und wie immer, wenn wir uns länger nicht gesehen hatten, blieben wir in der ersten Nacht bis zum Morgengrauen auf. Wir tranken sehr viel. Wir redeten. Über das Internat, über Opa Brettschneiders Pinkelserviette, über Vaters Hände, Vaters Wiehern, immer wieder über Vater und das, was er ihr angetan hatte. Es waren dies sehr weinerliche Nächte. Obwohl ich in Großvaters Gummifabrik jobben wollte, konnte Mutter nicht von den Vorwürfen lassen. Immer machte sie mir Vorwürfe.

«Du trinkst zu viel», sagte sie.

Wir öffneten eine weitere Flasche trockenen Weißwein.

«Du hast einfach nicht die Sensibilität deines Vaters geerbt», sagte sie.

Wir legten Leonard Cohen auf, eine von Vaters Platten, bei denen Mutter gern weinte.

«Wenn du nur mehr auf dein Äußeres achten könntest. Du warst so ein hübsches Kind. Als wir mit dir nach dem Urlaub am Atlantik durch Paris gingen, hat sich jeder auf den Champs-Élysées nach dir umgedreht. So weißblond und braun gebrannt warst du, mit deinem hübschen Gesichtchen. Achte doch bitte mehr auf dein Äußeres, Tschaperle», sagte sie und strich mir mit dem Finger über die Nasenspitze.

Dann verfinsterte sich ihr verliebter Blick.

«Du bist schon der zweite Kreuzberg, der sich auf meine Kosten durchfrisst.»

Ihre Augen schickten mir feindselige Blitze.

«Wie dein Vater. Dieser Akademiker!»

Dazwischen pries sie, nimmermüde, was sie «mein Genie» nannte.

«Ach, Junge», sagte sie und trank mit zusammengekniffenen Augen Wein aus einem Wasserglas, «wenn ich nur deine Talente, deine Möglichkeiten gehabt hätte. Mach was draus! Steh auf! Kämpfe!», sagte sie und packte mich am Kragen.

«Sei ein Mann!»

Manchmal fahre ich noch Rolltreppe, bei Karstadt. Dann beiße ich mir wieder auf die Wangen, damit mein kindliches Gesicht schmaler wirkt, kantiger. Ich bin 15 Jahre alt. Es wächst jetzt ein dunkler Flaum auf meiner Oberlippe und unter dem Kinn. Sehr licht, aus der Nähe betrachtet, aber von weitem sieht es schon ganz passabel aus. Mit dem goldfarbenen Vorhangring im Ohr geht es. Ich möchte den Bart sprießen lassen, aber ab und zu rasiere ich mich. Desto stärker wird der Wuchs.

Ein paarmal bin ich bei den Gewichthebern gewesen, bei Blaugelb. Ich bin außer Form. Das Internat liegt weitab vom Schuss, und auch in der nächsten Stadt gibt es keinen Verein, dem ich mich anschließen könnte. In der Schule haben wir nur eine Zehnerhantel ohne Kugellager, die sich beim Umsatz nicht dreht, und viel zu wenig Scheiben. Ich bin noch gut, aber nicht mehr ganz deutsche Spitze, und ich habe das Interesse an den Wettkämpfen verloren. Ich habe streichholzkurze Haare und einen schlanken Körper. In der Anspannung vor dem Spiegel kann man sogar die drei kleinen Sägemuskeln unterhalb der Rippen erkennen. Nur mein Gesicht ist zu jung. Jeden Abend bin ich in der Stadt unterwegs. Ich bin 15 Jahre alt.

In kenne jetzt alle Kneipen und Discos, in die ich mich früher nicht getraut habe. Ich bin viel allein. Manchmal ziehe ich mir auf der Toilette einen dunklen Kajalstrich unter die Augen. Dann lasse ich mich volllaufen. Frauen interessieren mich nicht. Obwohl ich sie beobachte und spüre, wie sie mich beobachten. Ab und zu treffe ich mich noch mit Peter. Er wohnt in der Pacelliallee. Das ist nicht weit von unserer Straße. Auf der Jagd nach Mädchen hatten wir einmal einen heiligen Pakt geschlossen. In der Mofazeit. Es erscheint mir jetzt, als liege eine Ewigkeit dazwischen. Damals habe ich das erste Mal mit einem Mädchen geschlafen. Seither waren Peter und ich ein Team. Wir fingerten sie, wo immer es ging. Gleich im Gebüsch hinter dem Chalet oder auf der Bank im Bushäuschen, ein paar hundert Meter die Straße hinauf. Das Leben ist existenziell in diesen Monaten. Auf den Matratzen in den Partykellern, im Zelt am See, hinter den Buden des Schützenplatzes oder in Peters Waschküche, wo die Bierkisten seines Vaters standen und wir uns große Freundschaft schworen. Wir waren unverwundbar. Einmal schleppten wir sieben auf einen Streich zu einer Party ab. Wir haben sie einfach nacheinander auf der Tanzfläche der Disco angesprochen und rausgeschickt. Peter ist drei Jahre älter als ich und muss jetzt zum Bund. Auf der Straße haben wir sie dann eingesammelt und vor uns hergetrieben. Wie eine Horde Esel.

Wenn wir uns jetzt treffen, ist es ein bisschen so wie früher. Er pocht auf Treue, mit viel Kraft. Aber ich bin nicht mehr wirklich anwesend. An einem Abend ist ihm dabei sogar ein Bierglas in der Hand geplatzt. Als wir später in der Disco waren, hat er eine Schlägerei mit den Rausschmeißern angezettelt. Draußen hat er sich schnell über die Straße verpisst, der Feigling. Ich hab die Prügel eingesteckt. Ich habe einfach das Gesicht hingehalten, ohne mich zu wehren. Irgendwann haben sie aufgehört. Mit Respekt. Ich bin noch gestanden.

«Warum hast'n net gewirbelt?», hat Peter mich gefragt, als er aus der Ecke zurückkam, in die er sich verkrochen hatte.

«Weil ich keine Lust hatte.»

Und das stimmte auch.

Wir sind dann noch woanders hingegangen, weitertrinken. Ich kann niemandem böse sein. Aber es ist nicht mehr wie früher. Auch die Jagd macht mir keinen Spaß mehr. Die Mädchen, die wir aufgegabelt hatten, haben mich nie interessiert. Es waren Hübsche darunter, und ich weiß, dass mich eines oder zwei wirklich mochten. Ich nahm sie kaum wahr. Ich habe Mädchen im Kopf, die älter sind als ich. Unerreichbar. Meine Liebe gehört denen, für die ich nicht mehr bin als ein kleiner Bruder. Früher hieß sie Monika. Jetzt bin ich noch in Andra verliebt. Sie ist in meiner Klasse gewesen, bis mich der Direktor während der Stunde geohrfeigt und der Schule verwiesen hat. Manchmal saß sie vor mir, in Chemie, wo ich zwischen Schwefel und Salpeter den Duft ihrer Haare in mir vergrub. Sie ist zwei Jahre älter als ich. Ich habe sie niemals angesprochen. In diesem Sommer ritze ich mir ihre Initialen in den Unterarm. Mit einer Nadel und Tinte. Später habe ich erfahren, dass Andra mit einem Typen ging, der schon Medizin studierte.

Manchmal gehe ich kurz vor Mitternacht, wenn ich das Alleinsein in den Altstadtkneipen satt habe, in die Hafenbar. Das ist eine Kneipe in unserem Viertel. Sie hat länger auf als erlaubt und einen schlechten Ruf. Mutter warnt mich ständig. Ich habe Freunde dort.

Ich mag die einfachen Leute mit ihren sinnlosen Festen. Ich mag es, wenn ihnen zu martialischen Schlagern das Blut in Wallung gerät, wenn sie sich gegenseitig zum Foxtrott auf grauem Linoleum auffordern, der mit Brandlöchern übersät ist. Ich habe es gern, wenn sie sich im Kreise drehen und auf Tische springen, dass die Gläser runterfallen. Es gibt immer Schnäpse und dumme Freundschaftsbekundungen, die neue Schnäpse gebären. Das Leben ist leicht, an solchen Abenden. Immer wieder ist die Polizei da, wegen der vielen Schlägereien. Die Asozialen aus der Pacelliallee suchen sich ihre Opfer. Vor allem die Tabaka-Brüder. Die wohnen gleich auf der Ecke, wo die Straße auf die Pacelliallee stößt, und alle in der Nachbarschaft haben Angst vor ihnen. Sogar die Kinder. Es sind vier. Den Jüngsten kenne ich gut. Er ist so alt wie ich und ein Meister im Taekwondo. So wie ich im Gewichtheben, das verbindet uns. Mit einem der Mittleren habe ich mich einmal geprügelt. Sie lassen mich jetzt in Ruhe. Nur dem Ältesten traue ich nicht. Es heißt, er trägt eine Waffe. Aber an diesem Abend sind nur noch der Wirt, eine alte Vettel und der Helmut und sein zurückgebliebener Sohn da. Über drei Cognacschwenker hinweg stieren sie in den Barspiegel.

Der Wirt putzt die letzten Gläser, er möchte schließen. Plötzlich nimmt der Mann den Jugendlichen wahr, der sich wortlos auf die leere Bank vor dem Panoramafenster setzt. Der Jugendliche bestellt Bier. Er trägt die graue Fliegerjacke seines Vaters. Er fühlt sich stark, sehr stark und der Pacelliallee und all ihrem Mittelmaß weit überlegen. Er ruft den Mann «Arno». Der Junge weiß, dass er diesen Namen nicht gern hört.

«'n Schissbier hab isch no», sagt Arno.

Der Mann hinter dem Tresen, er trägt spitze Cowboystiefel, schwarze Lederhosen und ein weites Rüschenhemd, zapft das Glas nur halb voll. Als er den Jungen anblickt, senkt er den Kopf und rollt seine Basedowaugen in kräftige Brauen hinein. Ein zotteliger Walrossbart verdeckt dann fast vollkommen seine Lippen und verleiht dem Gesicht im Spiel mit dem Leidensblick etwas Dümmliches. Eine Zigarette hängt ihm im Mundwinkel. Er stellt das Glas ab.

«Dä! Haste Bier.»

Der Junge nimmt rasche, tiefe Züge. Nur der Schaum bleibt im Glas. Die letzten Gäste bezahlen, und der Wirt zieht den Stecker aus der Jukebox.

«Kann ich noch was zu trinken haben?», fragt der Junge und hält das Glas in die Luft. Der Mann schlurft heran und zapft einen weiteren Spritzer Bier hinein. Dann schraubt er den Zapfhahn ab und legt ihn in ein mit Wasser gefülltes Glas. Der Junge blickt hinaus auf die leere Straße, an der ein Spielplatz liegt. Es ist noch nicht lange her, dass er auf einer der Stangenschaukeln saß, Overstolz in der Brusttasche seiner Fliegerjacke, und einsame Kringel in die Luft blies, die er beim Vorschwingen mit gestrecktem Arm wie mit einem Degen durchstieß. Jetzt besieht er sich den Mann mit dem Walrossbart hinter dem Tresen, der sich eine klimpernde Kellnertasche hinter den Rücken steckt und ihn mit traurigem Hundeblick anglotzt.

«Machstn jetz no?», fragt Arno verlegen.

«Was stellst du dir denn vor?», antwortet der Junge mit tiefer, sicherer Stimme.

«Weiß net …?», druckst der Mann und sieht an die Decke.

«Hast du vielleicht eine Idee? Schlag doch mal was vor …», reizt ihn der Junge.

Der Mann löscht schweigend das Licht, er legt die Schalter im Sicherungskasten einen nach dem anderen um, und dann folgt ihm der Junge auf die Straße hinaus, es ist eine stumme Absprache. Sie laufen einen schmalen Steig zwischen Reihenhäusern entlang bis zu einem kleinen Parkplatz, auf dem allein ein dunkles Ungetüm steht. Der Junge kennt den Wagen. Es ist ein schwarzer TransAm. Sie sitzen eine Weile in diesem Wagen, der Mann raucht eine Zigarette. Der Junge hört, wie sich der Filter von den Lippen des Mannes löst, wie er den Rauch tief hinabsaugt und in einer großen Wolke ausatmet. Der Mann wirkt verlegen.

«Auf hat hier nix mehr», sagt Arno.

Der Junge nickt.

«Oder fahrn mer zu mir. Da hab isch au no was zu trinke», sagt Arno.

«Was gibt es denn im Nobelhaushalt?», frotzelt der Junge.

«Na, Wein hab isch no.»

«Dann fahren wir zu dir. Worauf wartest du?», sagt der Junge, als gebe er einen Befehl.

Arno startet den Wagen und lässt ihn aufheulen, er lässt die Kupplung so schnell kommen, dass der Wagen mit einem Reifenquietschen auf die Straße springt.

Die Wohnungen in der Pacelliallee sind alle gleich. Drei Zimmer, schmaler Flur, Einbauküche. Die Eingangstür geht nach außen auf. Wie bei Peters Eltern. Es ist fies, wenn die Eingangstür nach außen aufgeht, denkt der Junge. Missmutig legt er seine Fliegerjacke über einen Sessel, der vor einem monströsen Fernsehapparat steht, und setzt sich auf das weiße Ledersofa, das sich von himmelblauen Tapeten abhebt. Arno ist in die Küche gegangen und kommt mit einer Flasche Wein zurück. Der Junge sieht, dass jemand Bildchen darauf geklebt hat.

«Das isn ganz geile Wein», sagt Arno. Seine Pausbacken glänzen.

Der Junge nimmt die Flasche vom Tisch und besieht sich die Bilder. Es sind pornographische Aufnahmen von Männern. Er dreht die Flasche, und sein Blick bleibt an einem Bild haften, auf dem ein Mann ein derart langes Glied hat, dass er im Stehen daran lecken kann wie an einem Eis.

«Das kann nicht sein! Niemand hat so etwas!», sagt der Junge.

«Doch, doch», sagt Arno. «Guck hald auf des Fodo.»

Dann lacht der Mann und winkt ab.

«Isch glaubs au ned. Bloß, wie mache die des in denne Magazine? Du gehst do auf die höhere Schul. Wie heißtn das, wenn die Fodos in denne Magazine ned stimme ...?»

«Fotomontage.»

«Jessas! Bist haldn ganz Schlaue», grinst Arno.

Der Junge möchte gern mit dem Mann reden, den er kühl als einen einfachen Menschen betrachtet. Aber er weiß nicht, über was. Arno hat eingeschenkt und sich zu ihm gesetzt. Wieder nimmt der Junge rasche Züge, er leert sein Glas in einem Zug.

«Trink nur, trink nur. Bei mir wirsde ned verdurschte ...»

Der Junge trinkt weiter, während Arno eine neue Flasche entkorkt. Der Junge trinkt auch davon. Ihm wird warm, und er fühlt sich stark. Seine Muskeln spannen sich unter dem verschwitzten Hemd. Er ist betrunken, aber er hat noch nicht genug, genug für das, was kommen wird. Der Mann mit dem schwarzen Walrossbart bringt eine weitere Flasche, einen Likör. Dem Jungen wird schwindelig. Eine seiner letzten Wahrnehmungen ist das Etikett dieser Flasche, auf dem ein schwarzer Wildschweinkopf prangt. Persico. Er riecht den schweren Atem des Mannes und hört ihn schnaufen. Das lederne Sofa knarzt. Der Junge schließt die Augen. Er schließt die Augen und versucht sie geschlossen zu halten, bis seine großartige Überlegenheit der Stille gewichen ist, bis er sich wieder fühlt wie ein Kind und traurig ist.

Später, sehr viel später erst wird mir David in der Nüchternheit seines Behandlungszimmers mit weicher Stimme sagen, dass ich mich der homosexuellen Erfahrungen nicht schämen solle. Dass ich den Alkohol brauchte, brauchte wie eine Medizin, dass ich die Aufmerksamkeit suchte, ja vor allem die Aufmerksamkeit, die vor allem. Wir werden eine Weile still sein. Wir werden es vermeiden, uns anzusehen. Das Rauschen der Amsterdam Avenue wird in den Raum kriechen und drohen unerträglich zu werden. Dann wird David tief Luft holen. Er wird sich, vor Scham oder vor Erregung, mit hoher Stimme räuspern und mich ansehen, als wolle er sich für etwas entschuldigen. Er wird mir sagen, dass ich versucht habe, meinen Vater zu lieben.

Ich werde ihm erwidern, dass ich sie riechen konnte, wenn sie mir auf der Straße mit gierigen Augen folgten. Alte Blicke hinter grünen Pilotenbrillen. Alte Blicke in kantigen Gesichtern mit Bärten. Dass ich sie roch, diese Typen, lange bevor sie sich entschlossen, mir nachzuschleichen. Ich werde ihm sagen, dass ich diesen Geruch genossen habe. Ich werde noch einige Male tief ein- und ausatmen. Und dann werde ich David sagen, dass sich dieses Mal, dieses oder ein anderes Mal die Schande für immer in mir vergraben hat, in diesem oder einem anderen verfluchten Zimmer.

Von draußen schimmert Licht durch Rollladenritzen hinter Nylonvorhängen. In dem stickigen Raum liegt noch die Schwere des Likörs und etwas unbegreiflich Unanständiges. Der Junge hat einen schalen Geschmack im Mund. Seine Zunge ist dick und pelzig. Vor seinem Gesicht klafft ein Brandloch im Kopfkissen. Er ist noch benommen, lange kann er nicht geschlafen haben. Er dreht sich zum Nachttisch und sieht auf seine Uhr. Es ist kurz vor sieben. Arno schnarcht. Der Junge stößt ihn in die Seite.

«Ich muss weg», sagt der Junge.

Arno kratzt sich und gähnt. Er kann kaum aus seinen verquollenen Augen sehen und tastet mit der Hand über den Nachttisch. Dann steckt er sich eine Zigarette an. Nach einigen Zügen sitzt er auf dem Bettrand. Er steht auf und geht ins Bad. Von dort kommt er in einen langen Hausmantel gekleidet zurück und schwenkt in seiner Rechten die klimpernde Kellnertasche. Die gutmütige Tapsigkeit ist aus den Augen des Mannes gewichen.

«Hast dir zwanzisch Mack verdient», sagt Arno.

Er zieht einen Schein aus der prall gefüllten Börse und hält ihn zwischen Daumen und Zeigefinger in der Luft wie ein Stück Abfallfleisch für einen Hund. Der Junge ist angezogen. Wortlos läuft er auf den Mann zu, greift nach dem Schein und steckt ihn in seine Hemdtasche. Dann geht er, er hat sich nicht einmal die Hände und das Gesicht gewaschen.

«War do ned so gemeint», ruft ihm Arno aus dem Schlafzimmer hinterher.

Die Tür fällt ins Schloss, von außen.

Viertel nach sieben.

Um halb acht steht die Mutter auf. Dann trinkt sie Kaffee

und isst Brot. Um acht Uhr, oder kurz nach acht, muss sie aus dem Haus. Um acht Uhr dreißig ist Frühbesprechung. Da muss sie pünktlich sein. Egal, wie lange sie noch im Wohnzimmer gesessen ist. Egal, wie viel sie getrunken hat, ob sie geweint hat oder nicht und auf dem Sessel eingeschlafen ist. Das sehen die Kollegen eng bei der Kripo. Sie kann es sich nicht leisten, zu spät zu kommen.

In der Pacelliallee gehen die Leute zur Arbeit. Niemand beachtet den zerknirscht dreinblickenden Jugendlichen, der sich aus einem der Häusereingänge stiehlt und in der Sonne die Augen reibt. Der Junge will seiner Mutter nicht begegnen. Im Hof nimmt er eine Teppichstange im Unterschwung und setzt sich auf den steinernen Rand einer Sandgrube. Er hat Kopfweh und er schwitzt. Nein, er will ihr auf keinen Fall begegnen. Er hat Angst, sie könnte ihm Fragen stellen. Ihn fragen, wo er die ganze Nacht gewesen ist und woher er das Geld hat, so lange wegzubleiben. Er hat Angst, sie könne es riechen. Riechen, woher er kommt. Die kleinsten Spuren liest sie, darauf ist sie gedrillt. Es ist der Beruf der Mutter. Er betrachtet seine Arme, seine Hände. Dann haut er sich auf die Oberschenkel, als wolle er Staub abklopfen. Er schnüffelt an seinem Hemd. Es stinkt. Niemand darf das erfahren. Dem Jungen ist schlecht. Niemand. Sein Kopf sticht, und die Sonne schmerzt seine Augen. Der Laden. Der Laden an der Ecke müsste schon aufhaben. Zigaretten und eine Cola. Kalt. Ja. Der Junge sieht auf seine Uhr.

Halb acht. Jetzt müsste sie frühstücken.

An diesem Morgen ist der Jugendliche der erste Kunde im Laden am Ende seiner Straße. Er schlurft den schmalen Gang entlang und greift im Kühlregal nach einer Büchse. Es ist ein kleiner Laden mit nur einer Kasse. Das Mädchen dahinter mag nicht sehr viel älter sein als er. Ob sie es riecht? Verlegen verlangt er nach einer Packung Overstolz. Das Mädchen lächelt. Sein Blick weicht dem ihren aus. Er murmelt etwas, was er selbst nicht versteht, und verlässt den Laden. Draußen öffnet er die Büchse. In gierigen Schlucken verschlingt er das kalte Getränk. Danach raucht er eine Zigarette.

Kurz nach acht.

Er setzt sich in Bewegung.

Es sind nur noch wenige Meter bis zum Reihenhaus der Mutter. Aber warum ist ihr Auto noch da? Der Junge flucht. Er duckt sich und springt instinktiv hinter einen Wagen. Hat die Mutter verschlafen? Aber da stimmt etwas nicht. Da ist doch Blaulicht. Wieso kommen die sie abholen? Großfahndung? Davon hat sie ihm gar nichts erzählt? Und warum schalten sie das Martinshorn hier schon an? Wieder spürt er ein Stechen in seinem Kopf. Vorsichtig schleicht sich der Junge einige Wagen weiter in Richtung des Hauses, immer noch geduckt, es hat etwas von einem Indianerspiel. Die Mutter wird ihn doch nicht mit der ganzen Meute jagen? Mit Blaulicht? Um einen Fünfzehnjährigen zu stellen? Das sieht ihr ähnlich! Nein, sie werden ihn nicht kriegen. Er ist auf der Hut. Sie wissen nicht, wie nah er ihnen schon ist. Das ist sein Vorteil. Zwei Wagen vor und einen wieder zurück. Ducken. Flach auf den Boden legen. Mit einem Ohr auf dem Asphalt lugt der Junge unter einem Lieferwagen hindurch. Doch da stimmt wieder etwas nicht. Da sind gar keine Streifenwagen. Da steht ein Sanker. Und jemand hat das Gartentor aus den Angeln gehoben. Die Haustür steht offen. Sanitäter?

Viertel nach acht.

Der Fahrer des roten Rettungswagens bemerkt den Jugendlichen jetzt. Er spricht ihn an, doch der Junge reagiert nicht. Wie in Trance lässt er das schiefe Gartentürchen hinter sich. Ruhig, aufrecht, schreitet er durch die offene Tür ins Haus. Auf dem Absatz der Treppe, die von der Haustür zum Wohnzimmer hinabführt, bleibt er stehen. Steif, die Hände an die Seitennähte seiner Jeans gepresst. Wie ein Soldat. Er sieht hinunter.

Dort liegt die Mutter auf einer Bahre. Zwei weiß gekleidete Ärzte oder Pfleger knien neben ihr. Einer hält die Hand der Mutter. Er redet mit ihr, als wäre sie ein kleines Mädchen oder nicht ganz bei Trost. Der andere drückt, übergebeugt, mit beiden Händen auf den Brustkorb oder den Bauch des massig hingestreckten Körpers. Ruckartig, mehrmals. Seine Arme verdecken das Gesicht der Mutter, der Junge kann es nicht sehen. Er sieht nur die wabernden Wülste des Bauches und ihre dünnen Beine unter dem Nachthemd. Auf einem der zierlichen Füße steckt ein roter Hausschuh. Rot ist die Farbe der Mutter. Der andere ist nackt. Der Junge taumelt. Rot ist die Farbe.

Plötzlich kommt jemand auf ihn zu. Es ist eine Frau, er hat sie nicht gesehen. Die Frau schießt die Treppe empor, zu ihm hinauf, ihr Gesicht ist wutverzerrt. Rot. Der Junge erkennt sie jetzt. Es ist Doris. Die beste Freundin der Mutter. Sie stürzt auf ihn zu, sie schreit, der Junge versteht nicht, was sie sagen will. Sie packt ihn am Kragen. Er spürt, wie sich scharfe Nägel in seinen Hals graben. Sie drückt ihn rückwärts hinaus, zur Tür hinaus in den Vorgarten.

«Sie hat sich umgebracht!», schreit die Frau.

Der Junge stolpert in einen Rosenbusch. Mutters Rosen. Sie sind rot.

«Wegen dir!», schreit die Frau und drückt ihn tiefer in die stechenden Blumen hinein. Sie sind rot.

«Du bist schuld!», schreit die Freundin.

Die Farbe der Mutter.

«Saujung!», schreit die Frau und schlägt hysterisch in das Gesicht des Jungen.

«Saujung! Rumtreiber! Du hast sie umgebracht», brüllt sie auf die leere Straße hinaus.

Rot.

Ist die Farbe.

«Wooow!»

David saß so gerade auf dem Rand seines Stuhls, als hätte er ein Rohr verschluckt. Sein Mund klaffte weit offen.

«Was für ein Trauma! Du bist in Ohnmacht gefallen», sagte David.

«Keine Ahnung. An den Rest kann ich mich nicht erinnern.»

«Pfuhh», stöhnte David und sank schlaff in seinen Sessel.

«Aber deine Mutter lebt ja noch», sagte er erleichtert.

«Ja, Gott sei Dank. Die folgende Zeit lag sie im Krankenhaus. Vier Wochen, glaub ich. Meine Großmutter hat es mir erzählt. Ich ging sie jeden Tag besuchen. Sie lag nicht im Städtischen, sondern im kleinen Heilig Geist in der Altstadt. Ich kenne das Gebäude. Ich weiß genau, wie es aussieht. Es ist ein schöner barocker Bau, mit vielen Giebeln und Efeu. Aber das Merkwürdige ist: Ich habe keinerlei Erinnerung daran, jemals hineingegangen zu sein. Ich habe davon kein Bild. Nichts. Ich habe meine Mutter niemals in einem Krankenhaus liegen sehen.»

«Wooow!»

«Sie hatten ihr wohl gleich den Magen ausgepumpt, noch im

Wohnzimmer, denke ich, aber die Vergiftung muss sehr hartnäckig gewesen sein.»

«Du wärst beinahe Vollwaise gewesen. Es ist kein Wunder, dass du das verdrängt hast», sagte David.

«Kann sein.»

«Du hast noch nie mit jemandem darüber gesprochen?», fragte David.

«Nein.»

«Auch nicht mit deiner Freundin? Wie heißt sie noch?»

«Masha? Nein. Nie. Wie denn? ... Ich hab mich ja gar nicht daran erinnert ...»

Wir sagten eine Weile nichts. David sah auf den Boden und überlegte. Es war seinem Gesichtsausdruck zu entnehmen, dass ihn das Gesagte bewegt hatte. Seine Augen verrieten jetzt Sorge.

«Es war nicht richtig», sagte er.

«Was war nicht richtig?»

«Dass sie das gemacht hat», sagte David.

«Was ... sich umzubringen? Ich meine, es zu versuchen?»

«Das war völlig unverantwortlich von deiner Mutter. Total. Dich so hängen zu lassen und derart unter Druck zu setzen.» David sah traurig aus. Er dachte nach.

«Ich weiß nicht. Ich glaube, sie war einfach nur müde. Sie wollte schlafen. Das hat sie mir mal gesagt. Einfach nur schlafen», antwortete ich.

«Das war nicht richtig. Sie war schon länger von deinem Vater geschieden und hätte leichter darüber hinwegkommen können. Ich meine, für sie war der Verlust wesentlich geringer als für dich.»

«Ich glaube, sie war überfordert. Der Job bei der Kripo, das war ein harter Männerjob, mit allem Drum und Dran. Nachts raus zum Brand in die verschneite Rhön, ganz allein zu irgendwelchen Einödhöfen. Wo sie doch vor Hunden so eine Angst hat. Ständig musste sie Leibwachen schieben, wenn Politiker in der Stadt waren, da hat niemand gefragt: Hast du geschlafen? Hat dein Kind schon gegessen? Oder ist es vielleicht krank? Manchmal hatte sie Dienst rund um die Uhr. Es war die Zeit der RAF. Wie oft kam das, Terroristen, Ringfahndungen, KaWes filzen und mit entsicherter MPi …»

«… was filzen?»

«… KaWes? Konspirative Wohnungen. Wo sich die Terroristen versteckten. Meistens in anonymen Massensiedlungen. Wie die Projects unten auf Avenue B oder in der Bronx.»

David nickte.

«Und die Baader-Meinhof-Gang, sagt dir das was?»

«Ich hab mal was im New Yorker darüber gelesen.»

«Das bedeutete die ganze Nacht im Regen an der Straße stehen, MPi im Anschlag, und immer auch Angst. Die haben ja sofort geschossen, damals. Das war Krieg. Oder die Oetker-Entführung …»

David stutzte wieder.

«… na, eine spektakuläre Entführung in unserer Gegend eben. Da hab ich noch zu Hause gewohnt und sie wochenlang kaum gesehen. Und dazu machte sie noch die Sitte. Hatte mit Zuhältern und miesen Typen zu tun. Es gab nur zwei Frauen in der Dienststelle. Die haben sie auch noch fertig gemacht. Dazu hatte sie mich. Ich hab's ihr nicht leicht gemacht.»

David sah mich eine Weile an, kühl.

«Sie hat dich erpresst», sagte er. Seine Wort klangen, als habe er sie sich abgerungen.

«Was? Erpresst? Mich? Wieso denn?»

«So wie sie deinen Vater schon mit Selbstmord erpresst hat. Der ihr ja angeblich auch beinahe geglückt wäre, wenn ich das mal so sagen darf.»

«Was? Das ist doch nicht dasselbe! Und außerdem: Das war ein Mordversuch. Ganz klar. Sie hatte keine Chance. Er hat ihr die Pillen auf den Tisch geknallt und gesagt: Bring dich doch um! Das ist das Beste für alle.»

«Sagt deine Mutter. Niemand sonst war dabei.»

«Es war Mord!»

David faltete die Hände vor seinem Kinn und überlegte. Dann wurde er wieder betont ruhig und setzte seine verständnisvolle Miene auf.

«Menschen sagen so etwas, wenn man sie in eine Ecke treibt. Und Mord kann es schon deshalb nicht gewesen sein, weil sie noch lebt», sagte er mit dieser weichen Stimme.

«Egal. Trotzdem. Ich glaube ihr.»

«Warum?»

«Weil ...»

«Weil sie deine Mutter ist?»

«Ja, zum Teufel, wenn du's so willst! Weil sie meine Mutter ist!»

«Nicht weil ich es so will. Du willst es so.»

«Fick dich!»

...

Ich verließ David im Streit an diesem Nachmittag. Auf der Amsterdam Avenue stauten sich die Hitze und der Verkehr. Es waren die Hundstage des August. Kaum hatte ich das kühle Zimmer verlassen, lief mir Schweiß über Gesicht und Rücken.

Die Sonne brannte in meinem Nacken. Ich lief den Park hinunter, lief am Gitter des Reservoirs entlang, an der großen Wiese vorbei, durchquerte den Park an der 72nd. Auf der Fifth Avenue mischte ich mich unter die Yuppies, ließ mich von ihrem Energiesog forttragen, bis ich erschöpft am Union Square Halt machte. Die Schande. In meinem Hals spürte ich das bedrohliche Pochen der Schlagader. Ich lief hinüber zur Second Avenue, bis zum Stuyvesant Square nahm ich nichts mehr wahr. Die Schande. Noch vierzehn Blocks. Schemen vergitterter Schnapsläden, Silhouetten von Bettlern und Passanten zogen an mir vorüber. Mutters Füße. Meine Beine wurden bleiern. Ich schwankte ins Treppenhaus. Masha war schon zu Hause. Ich lief ins Bad und musste mich übergeben. Vielleicht wegen der Hitze. Masha sah mich an, voller Entsetzen und Zärtlichkeit. Sie sank neben mir auf die Knie. Ihre Hände strichen über mein verheultes Gesicht, in ihren Augen las ich Liebe. Masha hätte mich sicher verstanden. Ganz bestimmt hätte Masha mich verstanden.

«Du hast versucht, deinen Vater zurückzuholen», hätte sie gesagt, voll kaltem Mitgefühl, so wie der Seelendoktor.

Dann hätte sie mich umarmt und kleine Küsse über die Tränen gehaucht.

«Na und?», hätte sie gesagt.

«Ist das nicht einfach tierisch geil, an einem dicken Schwanz zu lutschen?», hätte sie gesagt, voll provozierender Lüsternheit, und dann wäre sie mir an die Wäsche gegangen, gleich noch im Bad, Erbrochenes hin oder her. Nein, so etwas darf ein Mann nicht. Nicht im Angesicht der sterbenden Mutter. Ich erbrach mich erneut und brachte kein Wort über die Lippen. Niemand darf das je erfahren. Peter nicht. Hermann nicht. Mutter nicht.

Das war verdammt meine letzte Sitzung bei David. Nein, auch Masha nicht, schwor ich an diesem Tag, in meiner Lache.

Ich weiß nicht, warum Mutter das Bild vergrößert und über ihr Bett gehängt hat. Vielleicht konnte sie die Spuren doch nicht lesen. Ich glaube, ich habe sie überschätzt, damals. Sie hat die Männer mit den Schnauzbärten und den grünen Pilotenbrillen nicht gerochen. Sie hat die Schande, die für mich so übermächtig war und so unbegreiflich, nicht gesehen. Ich habe von der Vatermilch getrunken, sie hat mich vergiftet mit ihrer Traurigkeit, und der bittere Geschmack ließ mich nicht mehr los. Mutter hat das gar nicht wahrgenommen. Sie muss sehr mit sich selbst beschäftigt gewesen sein. Sie war so müde. Einfach nur müde. Und gerade vierunddreißig.

Ich glaube, sie mag das Bild, weil ich darauf so erwachsen wirke.

7 Parabol

Vulkane in Wolken. Nebel liegt über Talschneisen, deren Wälder eine bleierne Nässe suggerieren, die den Körper noch in der Ferne zu Boden drückt. Vom Wasser aus gesehen gleichen die Inseln Westindiens schroffen Brocken von erdhaltigem Dunkel wie die Silhouetten auf dem Faksimile einer Seekarte, die ich einmal bei einem Trödler gekauft habe. Sie zeigte neben der geographischen Draufsicht chirurgische Querschnitte der Kleinen Antillen, an denen sich die Seefahrer orientierten, ehe sie den Längengrad bestimmen konnten. In der Schraffur des Gegenlichts ähneln sich die Bergkegel der Inseln wie Zitzen auf dem haarlosen Bauch einer alten Hündin.

Cocosepp hisst das Genuasegel. Leblos schlackert das Tuch gegen den Baum. Achtern muss er beide Motoren des Katamarans einsetzen, damit wir Fahrt machen.

Es ist die Zeit, in der die Schiffe nach Süden ziehen, um in den tiefen Buchten von Trinidad und Tobago Schutz vor den Hurricanes zu suchen. Ich will nach Norden. Ich möchte Antigua, die Insel meines kindlichen Mystizismus, erreichen, so, wie Vater sie verlassen hatte. An Bord eines Schiffes, im Treiben des Meeres.

«A paar Tage wer ma schon brauchen. Vielleicht vier, vielleicht acht», hatte der alte Wiener in Le Marin gesagt. Wir saßen in der Mango Bay, der Hafenkneipe der Segler, und tranken Wein. Cocosepp war der letzte unter den Einhandseglern

Martiniques, der noch nach Norden fuhr, und er war froh, dass ich ihm zur Hand gehen würde.

«Wann mer an Wind haben, geht's schneller. Unterwegs bring ich dir des alles bei. Das Wichtigste sind der Kühlschrank und der Autopilot», hatte er gesagt und gelacht.

Und dann entfuhr ihm dieses greise Geräusch. Das Asthma hatte ihm seine Brust zur Beule geschwellt, aus deren Tiefe er in schleimigem Ton beständig gurrte, um das Jucken in seinen Bronchien zu besänftigen.

«Ehee, ehee.»

Bei Sonnenaufgang fassten wir Proviant, füllten die Wassertanks und verließen Le Marin. Wir segelten entlang der Westküste Martiniques. Gegen Mittag ragte der Rocher du Diamant wie ein spitzer Schädel aus dem Wasser. Am Abend verschluckte Dunst den Mont Pelée an der Nordspitze der Insel, und wir fuhren aufs offene Meer hinaus. Anderntags zog Dominica vorüber. In der Gleichförmigkeit der Wellen sog ich die Welt ein, die ich mir als Junge in meinen Tagträumen gemalt hatte. Regenwälder durchzogen von Wasserfällen, die Kaskaden gleich graphitfarbene Felsen herabfallen und in morastigen Deltas versickern. Schwarze Ufer, schwarzer Sand. Menschenleer. Vor den Isles des Saintes spaltet sich das Vulkanmassiv. Die Brocken werden struppig und dann kahl, wie die Vorboten einer alles vertrocknenden Sonnenzeit. Am Fuß des Gesteins: quadratische, rote und gelbe Dächer in geschnittenem Gestrüpp. Ausladende Veranden. Windräder. Yachten in blauen Lagunen.

«Lauter Insele, schöne Büchtle», sagt Cocosepp.

Das Haar des kleinen, dünnen Mannes ist weiß. Seine Haut

hat die Farbe der Einheimischen. Wenn er sich bewegt, legt sie sich in dünne, lederne Falten. Er trägt ein Hawaiihemd und eine Badehose. Cocosepp atmet die feuchte Luft in tiefen Zügen.

«Das Klima. Hat mer der Arzt verschrieben. Als ich noch in der Stadt gewohnt hab und Ingenieur gewesen bin. Entweder die Berge oder das Meer, hat er gsagt.»

Cocosepp tätschelt die Beule auf seiner Brust.

Ich stelle mir den Mann, der einmal Joseph hieß, im Wiener Kaffee Museum vor. Ein feingliedriger Invalidenpensionist, der ein Tuch im Hemdkragen trägt und hüstelnd den Morgen wie den Abend am selben Tisch verbringt. Stattdessen war er zum Seenomaden geworden. Er pendelte zwischen Carriacou im Süden und St. Thomas am nördlichen Ende der Virgin Islands und überdauerte die Zeit in der tagheißen Schiffsbauchhölle seines Katamarans, dessen Kunststoffhaut einmal weiß gewesen war und nun fahlgrau und voller feiner Risse ist. Aus den Schwimmtanks dringt der Geruch von toten Ratten. In den Schränken kriecht Ungeziefer.

«Frei wie a Vogerl im Käfig», sagt Cocosepp und versucht Reusen auszuweichen, die mit Plastikflaschen und Kanistern gekennzeichnet sind.

«Da fischen die Yachties», flucht er. «Die san die Pest auf Seelenverkäufern. Heruntergekommene Abenteurer, denen ihre Schiffe die Haare vom Kopf gefressen haben. Auf tausend Seemeilen kennen s' an jeden Wasserhahn und öffentliche Dusche. Die schnorren Bier und Zigaretten, klauen Seife, Servietten und Toilettenpapier, und die waschen ihre Segel nachts in den Swimming Pools der Hotels. Yachtie is a Schimpfwort.»

Kaiserfische. Blau und gelb. Drückerfische und längliche, gelbe Pinzettenfische. Sie schimmern unter der Wasseroberfläche wie auf den Bildern in Vaters Villa. Ein Schwarm silbriger Barrakudas folgt uns. Point-à-Pitre. Ansteigende Stadt an der Südspitze Guadeloupes. In den Berghöhen haben sich Spektralfarben festgesetzt. Wir nähern uns dem Ufer. Ich erkenne Treibholz. Colabüchsen und Kokosnüsse, die sich im Mangrovengeflecht verfangen haben. Die Sonne drischt auf flache Betonhütten. Siedlungen, an deren Rändern karibische Friedhöfe in die Vegetation wachsen. Seidenblumen. Rot und violett. Sie leuchten auf weiß gekachelten Gräbern.

«Manchmal is mer's schon einsam», krächzt Cocosepp.

Seine Stimme ist in der zunehmenden Feuchtigkeit brüchig geworden.

«Früher war meine Frau dabei. Fünf Jahre simmer zusammen gesegelt, und an einem Morgen war s' einfach weg. Dann hatt ich a schwarze Freundin. Die war von St. Lucia. Kein Geld haben sie da nicht, und so hab ich s' mitgenommen samt ihrem kleinen Kind. Aber dann is mer des Kind krank worden, Fieber hat s' kriegt, und als mer in Martinique in der Klinik gewesen sind, is gestorben. Durchdraht is mer des Mädchen. Hat alles zerdeppert, wann's nix zum Trinken hat kriegt. Jetzt annoncier ich halt in Polen. Vielleicht kummt amal eine.»

Wir bleiben eine Weile still.

«cocosepp@caribsurf.com», kräht er in das Knattern des Segels hinein.

Vor einer verwaisten Slipanlage liegen die Skelette havarierter Tanker. Schwefelgeruch liegt in der Luft, er zieht von den Vulkanen Montserrats herüber. Die Rottöne eines zirruszerfetzten Himmels stemmen sich gegen das Glühen des Meeres, und dann weiß ich nicht mehr, wo das Land aufhört und die Wolken beginnen. Im Süden der Wendekreis. Dunkelheit bricht ein, binnen Minuten. Die Lichter Guadeloupes verschwimmen achtern mit dem ersten Regen. Voraus liegt Antigua. Hinter diesem Schleier aus Wasser und Wind, der Nordost heißt und vor dem mich die Segler in Le Marin gewarnt hatten. Ich hatte ihre Worte mit Wein heruntergespült.

Der Nordost. Weiß ist er. Plastisch. Ein milchiger Schleier in der Finsternis.

«Endlich a bissl Seegang», freut sich Cocosepp. Er gurrt.

Nachtfahrt.

Wasserklar.

Ich sitze neben dem alten Mann und horche in den Wind. Wasser schlägt gegen den Rumpf. Der Bug des Katamarans prescht in die Höhe wie ein steigendes Pferd. Cocosepp steuert in die weißen Schleier hinein. Er ist zuversichtlich. Das Boot werde trotz der Haarrisse halten. Dann blickt er mich an, als wolle er Beichte ablegen. Mit heiserer Stimme spricht er von einem Sohn, der starb, während er vor den Bahamas Charter fuhr. Er habe es nicht mehr zur Beerdigung nach Wien geschafft. Gäste. Man kann sie ja nicht mitten im Törn absetzen, wo sie doch vorausgezahlt haben. Seither spreche seine Tochter nicht mehr mit ihm.

Ehee. Ehee.

Wellengewitter. Wie eine Murmel am Scheidepunkt einer Schmetterlingskatastrophe balanciert das Schiff auf den Wasserbergen, unentschlossen, welchen Weg ins Tal es wählen soll. Mir wird schlecht. Hat Vater diese Gewalt noch gespürt? Wäre er seekrank geworden? Oder hätte ihn die Begeisterung gepackt, fortgerissen?

Ehee, ehee.

Es ist die gleiche Jahreszeit, derselbe Ort. Ich muss mich

zusammenreißen. Der Nordost. Wellen schwappen an Deck. Sieben. Sieben Stunden noch, vielleicht acht. Es ist kalt. Ich lehne mich zurück. Ich schließe die Augen und erinnere mich an etwas, das sehr lange zurückliegt. Eine Reise nach Kuba. Ich sehe einen Voodoo-Priester. Ich erinnere mich an den Babalao von Havanna.

Er war ein Kreole, der Spanisch sprach und über San Juan nach Havanna gekommen war. Den karibischen Voodoo hatte er bei den Priestern Puerto Ricos gelernt, und ich dachte daran, wie der Santeriakult in meinem New Yorker Stadtteil so manchem Puertoricaner auf mysteriöse Weise ins Jenseits verholfen hatte. Der Babalao genoss in seinem Viertel Ansehen, aber er war nicht viel wohlhabender als seine Nachbarn gewesen. Er lebte mit seiner Frau und zwei Töchtern in den engen Gassen am Rande von Vieja, wo die Sonne kein Licht mehr spendet, nur noch Hitze. Die Außenmauer seines Hauses war bei einem Hurricane auf das Nachbarhaus gefallen, und so konnte man die engen Räume schon von der Gasse her einsehen. In dem Labyrinth roch es nach Mauerfraß und Schimmel. Dreck und eine zähe, gelbliche Flüssigkeit krochen aus allen Ritzen. Die Hitze kochte umso höher, als die meisten Familien ihre Gasherde und Küchen ausgelagert hatten. In den Töpfen blubberten Kaffee und dunkles Bohnenmus. Auf Regalen, dort, wo einmal Fenster gewesen sein mussten, sah ich schwarze Puppen. Die Luft stand still. Eine knarzende Holztreppe führte in die Räume des Priesters hinauf.

Eine ausgemergelte, grauhaarige Gestalt empfing mich mit entblößtem Oberkörper. Die Haut das Mannes erinnerte an die Rinde einer Kastanie. Er trug ein rotes Tuch um die Hüften und wies mich an, eine kleine Flasche Rum und zwei Zigarren zu kaufen. Als ich wiederkehrte, nahmen wir in seinem Wohnzimmer Platz. Seine Tochter brachte mir einen Becher zähen Kaffees. Das Kind trug eine lila Schleife im kurzen Haar und küsste mich auf die Wange. Ich blickte mich um und sah katholische Votivbilder an den Wänden, einen Ventilator und ein verstaubtes Radio der Marke Caribe. Der Babalao verlangte zwei Dollar. Er faltete die Scheine zusammen und legte sie zu seinen hornverformten Füßen unter einen Stein, der auf einem mit Sand gefüllten Teller lag. Darin staken weiße Blüten. Der Babalao malte Pfeile und Zeichen in den Sand, zog einen Beutel aus seiner Hosentasche und streute etwas Pulver über den Teller. Dann führte er mich in sein Behandlungszimmer, einen schwammfeuchten Raum, der ein Jahrhundert alt sein mochte und gerade vier Quadratmeter maß.

Auf dem Boden lagen Knochen, dörre Äste und eine blutverkrustete Machete. Von der Decke hing ein altes Holzschwert. Über den Ästen wuchsen Stromkabel aus der Wand, an deren Enden eine Neonröhre summte. Er prustete Rum über Knochen und Zweigwerk im Staub und blies den Rauch einer Zigarre darüber, deren Glut er im Mund behielt. Dann drehte der Alte die Augen nach innen, bis nur noch das Weiße aus den Höhlen stach, wippte hin und her und lallte eine zahnlose Litanei. Er sammelte kleine Knochenstücke und Muscheln aus dem Staub, spuckte darauf und sagte:

«Papa.»

Er schüttelte die Knochen wie ein Würfelspieler neben seinem Kopf und warf sie zu Boden.

«Das Wasser!», raunte er.

«Hüte dich vor dem Wasser!»

Er klaubte die Knochenstücke auf, schüttelte und warf sie erneut. Er sah mich so verschwörerisch wie mitleidig an. Die Konstellation schien seine These zu untermauern.

«Dein Vater ist im Wasser, im Meer, und er will dich zu sich hinabziehen.»

Das Kind küsste mich auf die Wange, bevor ich ging.

Wie Prankenschläge von ungeheurer Kraft stieben die Wellen gegen den Rumpf zwischen den Kufen des Katamarans. Bei jedem Schlag erzittert das Schiff. Ich habe das Gefühl, mein Gehirn schwimmt in seiner Schale wie eine Libelle im Schnapskompass. Der Nordost. Er saugt die Energie eines Kraftwerks aus der See. *Mer agitée, mer agitée*, krächzt eine Stimme aus dem Funkgerät. Es knarzt, als zerberste der Rumpf, als zerre das Wasser an Bug und Heck und wringe das Schiff wie einen Lappen. *Forte tempête tropicale, forte tempête tropicale*, dringt die Warnung aus der Messe. Das Schiff springt. Wie eine Gabel sticht das dreigezackte Heck ins Wasser. Gläser klirren, sie zerbrechen im Schlagen der Wellen. Der schwarze Kasten mit Vaters Schädel kullert über den Boden. Ich höre das Klappern der Genua. Im Rigg schnalzen Stahldrähte. Das Wasser. Hüte dich vor dem Wasser. Im Dunkel sehe ich einen Frachter. Er ist so nah, dass ich seine Aufbauten erkenne. Der alte Mann steuert hart backbord. Ich glaube sein Gurren zu vernehmen, es gleicht jetzt einem rohen Grollen, und versuche auf sein Geheiß die Genua einzuholen. Sie verheddert sich am Spill. Ich sehe, wie den Invaliden der Mut verlässt. Erschöpft sinkt er im Regen am Steuer zusammen, das Hawaiihemd schmiegt sich wie eine zweite Haut an den verwachsenen Körper. Cocosepp hakt sich unter den Heckkorb. Er kauert. Wir bleiben achtern im Schutz der Seereling, um nicht vom Wind oder von den Wellen über Bord gefegt zu werden. Wieder knarzt der Rumpf. Es klingt, als biege sich Metall. Das Wasser.

Parabolische Umbilik. Die Konfigurationen lassen erkennen, dass sie räumlich als ein Mund und zeitlich als das Öffnen oder Schließen eines Mundes sowie als Durchbohren, Herausstoßen oder Werfen interpretiert werden kann.

Am Tag des Abflugs nach Martinique hätte Vater Geburtstag gehabt. Es fiel mir erst auf, als ich am Schalter auf das Ticket sah. Nicodemus wollte, dass ich ihn abholte und an die Hand nahm. Ich erwartete ihn in Orly am Gate. Er trug eine dunkle Pilotenbrille und schleppte zwei Koffer und eine Fototasche.

«Als junger Kripobeamter bin ich mal nach Virginia geflogen. Da hab ich mir also ’nen silbernen Pontiac Firebird abgeholt, denselben, den Burt Reynolds in *Bandits* fuhr. Kennste? In der wilden Zeit, ne.»

Er strich mit Daumen und Zeigefinger über den reisefertig gestutzten Schnauzer und blickte sich verloren in der weiten Halle um.

«Die Gundi und ich, also Ausland, das is so ’ne Sache.»

Kurz zuvor hatte er sehr aufgeregt angerufen. Er hatte Post aus der Karibik bekommen und mir den Brief zu meiner Mutter gefaxt. Der Brief war handschriftlich und auf Französisch abgefasst. Am Kopf des Schreibens war ein Colonel LeMestre, 22310 Plestin Les Greves, vermerkt. Ich hatte den Text noch am Faxgerät gelesen und für Merbach übersetzt, der ungeduldig am Telefon drängelte.

«Und? Und?»

«Note à l'attention de Monsieur l'inspecteur de police Nicodemus Merbach», begann der Mann umständlich. Er gab sich als pensionierter Gendarm zu erkennen, der auf der Antilleninsel Martinique Urlaub machte.

«In Vauclin auf Martinique residiert ein deutsches Paar. Der Mann trägt den Namen Siegfried Leonard Langer. Die Ähnlichkeit der Fotografie des Skippers Manfred Lehmann in ihrem Aufruf in der Zeitschrift Caribbean Compass mit Letztgenanntem hat – selbst unter Berücksichtigung der verstrichenen Zeit von 25 Jahren – die Aufmerksamkeit seiner Nachbarn aufs Heftigste erregt.»

«Siehste! Siehste! Was hab ich dir gesagt! Unser Steckbrief in der Seglerzeitschrift! Hat funktioniert! Wir müssen uns nur der tausend Augen der Touristen bedienen. Hab ich von Anfang an gesagt», hatte Nicodemus brilliert.

Er freute sich wie ein Junge.

Der Deutsche habe in diesem Ort ein Grundstück erworben, schrieb der Gendarm, und ein Haus darauf gebaut. Er lebe sehr zurückgezogen, und man gewinne den Eindruck, das Paar wolle sich verstecken. Er, LeMestre, kenne den Mann und die Frau nicht, sei aber von den Nachbarn über die Sache verständigt worden und halte es für seine Pflicht, der Gerechtigkeit zu dienen. Er schloss mit kollegialer Hochachtung.

«Braver Mann», hatte Merbach gesagt.

Eine echte Spur. Nach so vielen Jahren. Vielleicht lebte der Schlächter doch noch. So wie die Chemikerin sich auf Cozumel verstecken mochte. Wir mussten nur noch hinfliegen und uns den Mann ansehen. Ihn stellen. Ich fühlte mich euphorisch. Berauscht. Am Ziel.

«Glaubst du wirklich, der lebt auf Martinique? Ausgerechnet in der Karibik, wo er die Morde begangen hat?», fragte ich.

«Warum denn nich? Es sucht ihn doch seit zwanzig Jahren niemand mehr. Und schon gar nicht unter diesem Namen.»

Ich überprüfte den Namen im Internet. Siegfried Leonard Langer war im Telefonbuch des französischen Departements Outre-Mer Martinique verzeichnet. Dort fand ich die Adresse: *Quai Dunoyer, Vauclin*. Europa in der Karibik. Das schien einfach. Wir würden in diesem Touristenort ein Café in der Nähe des Hauses suchen und den Mann aus der Ferne beobachten. Merbach wollte mit dem Teleobjektiv arbeiten. Die Fotos benötigten wir, um die Behörden in Düsseldorf zu überzeugen, den Fall neu aufzurollen. Wenn sich niemand vor dem Haus zeigte, konnte Nicodemus unter einem Vorwand klingeln. Lehmann durfte nicht misstrauisch werden. Ich habe trotz allem eine gewisse Ähnlichkeit mit Vater.

«Wir müssen verdeckt bleiben, bis wir den Haftbefehl erwirken. Sobald der Lunte riecht, haut er ab. Und wir können nix dagegen machen. Ich werde ihm also eine belanglose Frage stellen. Sollte der Mann Manfred Lehmann ähneln, haben wir Zeit, Maßnahmen in die Wege zu leiten», hatte Merbach gesagt.

Jetzt saßen wir in Halle C, vor einem Café gegenüber der Auslage von Dolce & Gabbana, und besahen uns die Sommermode, sie hatte karibisches Flair. Der Kommissar kramte ein Reisewörterbuch hervor. Er suchte nach dem französischen Begriff für «Auslieferung».

«Das is also nich so einfach. Nehmen wir an, er isses. Der Staatsanwalt will aber Beweise, dass er das auch wirklich is. Nur weil du glaubst, du hast Lehmann gesehen? Das war doch damals schon so. Es gab keinen Haftbefehl, und wenn der Niederreuther sich noch so sicher war.»

«Wie können wir ihn dann vor ein deutsches Gericht bekommen?»

«Wenn wir beide bezeugen, wir haben ihn an seinem Knübbelchen am Kinn erkannt, dann würde man in Frankreich die Polizei anschreiben, dass die in Martinique 'ne Speichelprobe von Langer nehmen. Damit müsste er aber auch einverstanden sein. Dann könnte man eine Speichelprobe von seinen Söhnen in Düsseldorf nehmen, vorausgesetzt, die sind einverstanden, und dann den DNA-Test machen. Und dann müsste man einen internationalen Haftbefehl beantragen, und das kann also Monate dauern ...»

«Aber inzwischen wäre er doch längst weg ...?»

Merbach blätterte in seinem Dictionnaire.

«Haft ... haftbar ... Haftbefehl: mandat d'arrêt. Aha. Das Einfachste wäre also: registrieren. Wenn wir ihm nämlich sagen: Du bist Lehmann, sagt er uns: Ich bin Langer. Blaue Augen und lichtes Haar, ne, das haben in Deutschland Millionen. Da wird der Staatsanwalt sagen: Und wenn wir den Falschen wegschnappen? Und der kriegt 'nen Herzinfarkt? Wenn Langer mit der Speichelprobe nich einverstanden is, brauchen wir einen richterlichen Beschluss, der dann auf Martinique bestätigt werden müsste ...»

Ich sah ihn ungläubig an.

«Na stell dir vor, der geht auf der Bananeninsel zur Polizei und sagt: Die haben mich bedroht. Rat mal, wo wir dann die Nacht verbringen ...»

Ich sagte nichts.

«Die Polizei, das is wie 'ne Eisenbahn. Die fährt genau auf

dem Gleis. Die kann nich mal rechts oder links ausscheren. Das is alles genau festgeschrieben. Ich kann da also privat nix ausrichten.»

«Warum kommst du dann mit?»

«Was glaubst du, woran die lieben Kollegen alle zerbrechen? Die zerbrechen, weil gar nix geht. Weil man ein halbes Jahr braucht, bis man so einen Speicheltest machen darf.»

Merbach zog etwas aus seiner Hosentasche.

«Das is also 'ne Bakteriette. Hier machste auf, und da kommt se dann rein», sagte er, deutete auf ein Plastiksäckchen und etwas, das aussah wie ein Wattestäbchen.

«Ich hab also heut Morgen noch schnell zwei Stück aus'm Büro geholt.»

Nicodemus lachte.

«Irgendwie kriegen wir's hin. Und wenn wir 'ne Kippe oder 'n Scheißpapier von dem Ganoven auflesen.»

Vater wäre sechsundfünfzig Jahre alt geworden, dachte ich, als der Airbus in Orly abhob. Ich war jetzt so alt wie er, als er starb.

Vauclin ist ein nach Abwässern riechender Ort. Das Salz und die Feuchtigkeit hatten Löcher in die Wände der Häuser gefressen. Hier und da stemmte sich ein neongrelles Postkartengeschäft, ein neu errichteter Souvenirladen dem Verfall entgegen. Beidseits der schmalen Straßen fielen steinerne Gräben ab. Es war fünf Uhr. Wir erreichten den Hafen in der anbrechenden Dunkelheit. In der Bucht des weitläufigen Ortes lagen einige Nachen und etwas weiter draußen die Schiffe der Yachties. In einer Kaschemme hatten sich Männer zu Rum und Zuckerrohrsirup niedergelassen. Von dort aus führten Gassen sternförmig durch das Dorf. Hunde. Ich sah, dass manchen das Fell ausgefallen war. Die Neonreklame eines Krämerladens warf rotes Licht über das holperige Pflaster. Nackte Hunde. Das muss die Räude sein, dachte ich. Hier sollte der Schlächter wohnen? Nicodemus kurbelte das Fenster hoch. Er verriegelte von innen die Tür des verbeulten Mietwagens.

«Die führn hier nix Gutes im Schilde. Ich sag's dir. Ich kenn also Farbige nur als Kriminelle.»

Das einzige Hotel in Vauclin war ein Bunker, dessen Balkone auf eine Brandmauer blickten. In der Tür zur Bar kauerte ein Betrunkener. Aus dem Innern drang der Geruch schwarzen Tabaks. An der Mauer standen Jugendliche. Sie warfen sich einen Basketball zu. Merbach versank in seinem Sitz.

«Die sehn aus wie unsere Asylanten. Als wollen se dir die Kehle aufschlitzen, weil du nich genug Sozialhilfe zahlst.»

Ich hatte keine Lust, darauf einzugehen oder eine andere Bleibe zu suchen. In der Nacht hörte ich Pfeifen, Flattern, Klirren, Klappern. Hafenmusik. Ich konnte nicht schlafen.

Am Morgen war ich sehr nervös. Nicodemus machte Witze. Wir sollten dem dicken Lehmann seinen Prospekt von damals mitbringen. Ne? Er stupste mich. Ne, ne? Ich konnte diesen Humor nicht aufbringen. Im Wagen redete er ohne Unterlass.

«Ich hab also immer das Thema gewechselt. Dauernd. Und immer ins Detail gehen. Das hat se im Verhör alle mürbe gemacht. Guck ma. Da stehen welche einfach so am Straßenrand rum. Oder die, die da drüben. Was machen die da?»

Ich sah einige Typen, die die Köpfe zusammensteckten.

«Ich weiß es nicht.» Ich versuchte mich auf einen Kreisverkehr zu konzentrieren.

«Da! Schon wieder! Ob die Drogen nehmen?»

Vom Ufer aus wuchsen ärmliche Betonhütten einen Hügel hinauf, an dessen Spitze im Garten einer weißen Wache die Tricolore wehte. In einer offenen Markthalle boten Fischer Makrelen und Tranchen roten Haifischfleisches feil. Frauen, die safrangelbe, indigofarbene und lindgrüne Kleider und Strohhüte mit ausladenden Krempen trugen, schwatzten vor Bäckereien und Krämerläden. Von der Anhöhe sah man einen Strand, der steinig und von Tang grünfleckig war. Quai Dunoyer. Die Straße, die wir suchten, musste am Wasser liegen. Entlang des Meeres reihten sich kleine, quaderförmige Häuser, deren Wände wie von Ruß geschwärzt waren. Über den Dächern wucherten Stromkabel. Die Asphaltwege waren von Rissen durchzogen. Wir fuhren Schritt. Immer wieder stieg ich aus, um einen alten Mann, eine Gruppe Schüler nach dem Weg zu fragen. Selbst in der einzigen Tankstelle hatte es keine Karte des Ortes gegeben. Niemand kannte die Straße. In einer Hütte am Strand sahen Fischer fern. Jemand schwitzte über brodelnden Kesseln. Mittag. Merbach deutete auf einen beleibten Mann, den ein Khakihemd mit Klappen im Kolonialstil als Polizisten auswies. Quai Dunoyer? Eine solche Straße gebe es in Vauclin nicht. Fischer und Koch schüttelten die Köpfe. Télé Martinique berichtete, dass die Luft feucht und der Tag heiß bleiben würden. Ziellos fuhren wir am Wasser entlang. Merbach notierte etwas.

«Guck mal. Ein deutsches Nummernschild. Und der da vorne, der hat auch eins. Ein rotes sogar. Scheint viele hier zu geben. Ich vermute mal: alle gestohlen, ne? Ob sich das lohnt, die Autos hier rüberzuholen?»

Er notierte eine weitere Nummer.

«Zu Haus überprüf ich die. Nur so zum Spaß.»

Ein Müllaster versperrte den Weg. Wir hielten.

«Frag mal die Müllmänner da vorne. Die müssen das Inselabitur haben», sagte Merbach.

«Müllmänner wissen immer was.»

Er behielt Recht.

Der Weißhaarige, der am Steuer saß, kannte die Gegend gut. Quai Dunoyer war keine Straße im Ort Vauclin, Dunoyer war ein Ort in den Bergen der Region Vauclin. Immer die Landstraße entlang. Sechs oder sieben Orte, dann komme eine Tankstelle, eine Bushaltestelle mit einem Unterstand – er deutete mit dem Finger auf die sengende Sonne – und dann die Abzweigung. Hoch oben am Berg liege der Ort. Im Dschungel, sagte der Fahrer. Auf der Landstraße fuhren wir durch Zuckerrohrfelder und Bananenplantagen.

«Wie kommen wohl die blauen Plastiksäcke da um die Bananen?»

«Ich kann es dir nicht sagen.»

«Ob se die schon vorher um die Stauden packen, wenn die noch ganz klein sind? Damit se sich die Arme nich aufreißen beim Abmachen?»

«Nico ...»

«Ja, ja, ich denke immer, warum, warum. So kann ich besser kombinieren, wenn ich immer denke, warum, warum.»

Ich sah den Unterstand. Die Abzweigung. Das Dickicht begann.

Wir fuhren durch Dörfer ohne Namen. Farnbewachsene Hänge säumten den Weg, bis sich der Regenwald beidseits der Serpentine zu einer Wand verdichtete. Muskatfarbene Stämme,

Wurzeln wuchsen aus schwarzem Stein. Sie hingen wie Stangen herab. Der verbeulte Renault ächzte den Hang hinauf. Der Wald ist fremdartig. In der Höhe wird es kühl. Wasser fließt den Fels in einem Sturzbach hinab. Lähmende, beklemmende Nässe. Sie dringt in den Wagen, in die Glieder. Von allen Seiten lautes Flügelschlagen. Weiter. Höher. Am Ende jeden Anstiegs kündigt das Gesumm der Mücken eine neue Siedlung an. Terrassen, hangabfallend. Wellblechverschläge und Neubauten. Bunte Holzhütten, Kolonialhäuser, einander abwechselnd.

Ich fragte nach dem Weg. Weiter. Höher. Tiefer in diesen schwarzen Berg hinein. Nebel liegt auf dem Pflanzengeflecht. Die Bremsbacken schmoren. Alles fließt.

Der Ort ist der letzte unter dem Vulkankegel. Er verschmilzt mit dem Wald, mit dem Dunkel der Vegetation. Er unterscheidet sich von den anderen Orten. Er ist den Menschen noch ferner, den Fragen, ihren Regeln. Wir stiegen aus und blickten uns um. Die Besonderheit des Ortes: Man sieht jetzt das Meer. Durch eine keilförmige Schneise in der Wand, der Wand aus Wald, wie mit einem Beil oder einer Machete geschlagen. Blau leuchtet das Meer in der Tiefe. Man sieht Schiffe. Flüssigkeit rinnt den Körper herab. Schiffe vor Inseln und Buchten. Alles ist fern. Das Ziel nahe.

Ich lief durch die Siedlung. Hühner kreuzten gackernd meinen Weg. Ich sah einen Schuppen. Zweige knackten im Unterholz. Ich sah einen hoch gewachsenen Kreolen. Er beugte sich über einen kleinen Wagen, dessen Achsen auf Steinen ruhten. Die Träger einer blauen Werkhose hingen ihm von den nackten Schultern. Ich trat neben den Schuppen und bemerkte einen zweiten Mann, der unter dem Wagen lag. Er hatte keine Beine und nur einen Arm. Ich zeigte dem Hünen das Bild des

Metzgers. Der Mann müsse heute zwanzig Jahre älter sein, sagte ich. Er nahm das Bild und sah es an.

Ja, sagte der Hüne. Das sei er. Der Weiße. Langer.

Der Behinderte kroch durch den Staub heran und verlangte das Bild. Woher ich das Foto habe? Warum ich ihn suchte? Ich wusste nichts zu sagen. Misstrauisch sah der Kerl zu mir auf. Dann drehte er sich, seine letzte Gliedmaße als Stütze nutzend, um die eigene Achse und deutete auf einen Giebel aus fabrikneu wirkenden Ziegeln, die etwa hundert Meter unter uns aus dem Dickicht ragten.

«Das ist das Haus des Mannes, den Sie suchen», sagte er. Den Rücken zu mir gewandt, hielt er das Foto über seinen Kopf.

Zitternd nahm ich es. Der Schlächter. Ich hatte keine Angst. Dort unten wohnte er? Ich fühlte Erregung. Ekel. War das mein Ziel? Wollte ich diesen Mann wirklich finden? Was würde ich tun?

Ich bedankte mich und bekam keine Antwort.

Das Haus versteckte sich hinter einem weißen Zaun und fleischigen Pflanzen. Palmen, deren Blätter sich wie Fächer spreizten, säumten die Auffahrt eines Tores, in das ein Anker geschmiedet war. Dahinter lag ein zweistöckiger Bau, der sich von den kleineren Häusern der Umgebung durch seine makellose Tünche und viktorianische Rundungen an der Veranda abhob. Auf dem Dach drehte sich ein Windrad. Wie jene an Bord der Schiffe, mit denen die Einhandsegler Strom für den Kühlschrank oder ein Radio erzeugten. Im Hof lagen Tampen vor einer Klampe. Auf der Veranda patrouillierte ein Hund.

Als er unsere Witterung aufnahm, bellte er.

Das Haus. Schleichen. Pirschen. Flüstern. Zähe Spinnweben

zwischen Milch schwitzenden Stämmen. Nichts. Nur Moskitos und dieser Kläffer, einem Collie ähnlich.

«Mensch! Wenn der 'ne Knarre hat, und die hat er sicher, ne, dann kann er uns doch einfach über den Haufen schießen und hinterher behaupten, wir wären Einbrecher gewesen? Wer weiß? Vielleicht schmiert der hier die Bullen?»

Merbach fasste sich an die Hüften. Die schwarze Python. Er hatte sie in Düsseldorf lassen müssen. Und auch die Walther und die verchromte Magnum.

«Am Ende bittet der uns noch rein, ne, zu Kaffee mit Rum und Kuchen, wie damals die Mannschaft auf'm Schiff, als er mit denen in Antigua rausgefahren is, und wenn wir uns dann in Sicherheit wiegen, peng, peng, peng!»

Rückzug. Verstecken. Im hohen Gras, hinter fetten Farnen, es hat etwas von einem Indianerspiel. Unmöglich, in Deckung zu bleiben. In diesem Wald, in dieser Abgeschiedenheit sind wir Fremdkörper. Wir steigen in den Wagen, fahren ein Stück den Weg hinab. Man kann uns sehen. Hören. Riechen. Der Hund auf der Veranda hörte nicht auf zu bellen.

«Dadrin is er also im Vorteil. Wir müssen gucken, dass der ans Tor kommt. Da kann er nich einfach rumballern vor den Nachbarn. Also, ich sag mal, wir sind aus Deutschland, und wir überlegen uns, hier 'ne Immobilie zu kaufen ...»

Merbach blickte sich um und wurde wieder leise, als hätte uns jemand hören können.

«... wir hätten also unten in der Stadt gehört, hier oben lebt 'n Deutscher mit seiner Frau, den wollt ich mal fragen. Wegen der Grundstückspreise und was man so beim Hausbau alles beachten muss. Von einem Hausbauer zum andern, da hab ich also Erfahrung, das kauft der mir auch ab. Ne?»

Ich fand das eine gute Idee. Wir näherten uns der Auffahrt zur Villa. Dieses Mal aufrecht.

Ein hagerer weißer Mann, der Mitte vierzig sein mochte und hektisch rauchte, kam ans Tor. An der Wand der Veranda nahm ich das hölzerne Namensschild eines Schiffes wahr. Ich hatte so etwas am Spiegel der *Nordstern* gesehen. *Seewind* stand darauf. Und darunter: *Düsseldorf*. Der Mann hatte gelbe Finger.

Langer sei mit seiner Frau nach Fort de France gefahren, sagte er.

Wir rauchten eine Weile wortlos. Dann begann ich mit unserer Legende. Der Mann gab sich als Untermieter aus, Franzose. Er wohne erst seit kurzem in diesem Erdgeschoss, lebe aber schon lange auf der Insel. Sein bleiches Gesicht verriet, dass er sich nicht viel im Freien aufhielt. Seine Zähne waren braun und pelzig, und über den Schneideflächen lichtete sich das Fleisch. Langer treffe Freunde in der Hauptstadt. Das könne dauern. Manchmal kämen sie erst gegen Mitternacht.

«Vielleicht kommen sie heute noch später», sagte der Untermieter.

«Was für ein Auto fahren sie denn?», wollte Merbach wissen.

«Einen silbergrauen Opel Kadett.»

Merbach hob eine Hand zum Mund, als wollte er husten.

«Wir observieren», sagte er leise.

Ich atmete durch.

Wir hatten Zeit gewonnen.

Von einer Biegung unterhalb des Hauses aus konnten wir den Weg einsehen, der sich den Berg hinaufschlängelte. Hier musste der silberne Kadett vorbeikommen. Wir warteten im Wagen. Merbach legte Fotografien auf seine Knie. Er hatte sie aus Lehmanns Prospekt kopiert. Sie waren dunkel und verzerrt wie Verbrecherfotos.

«Wird schwierig. Der Arsch hat ein Allerweltsgesicht.»

Ich sah in den Wald. Über uns wölbten sich die Blätter eines mächtigen Affenbrotbaumes.

«Zwanzig Jahre. Geht nur über DNA», sagte Merbach. Er hielt sich eines der Fotos dicht vor die Augen.

Eine monotone Stimme drang aus der Wohnung des Untermieters. Nachrichten. Haben sie eine Bedeutung auf diesem Berg? Ich sah einen Anwohner mit geschulterter Machete. Er grüßte. Ich beobachtete einen Kolibri. Er schien in der Luft zu stehen. Wie mit einer Pipette saugte er mit seinem dünnen Schnabel Nektar aus Blüten, die größer waren als der Vogel. Merbach nahm ein Baguette vom Rücksitz. Er schnitt es auf und schmierte Käse hinein.

«Erinnert mich daran, wie wir mal Musilat in Neuss observiert haben. Gegenüber 'ner Imbissbude. Mensch, ich hatt so 'n Hunger, und immer guckste auf die Imbissbude und kannst nich raus.»

Echsen saßen auf Steinen am Wegrand. Bougainvillen und Magnolien wucherten über schmalen Wegen. Der Regenwald brach in Zäune und Gärten ein. Orange leuchtende Flamboyants nagten an den Häusern wie Feuer. Lakonischer Rhythmus. Er drang durch den Busch. Reggae. Das Chassis roch nach verschmortem Gummi.

«Musilat. Schnitt seinen Opfern also immer die Genitalien

ab. Daran haben wir ihn erkannt. In der Zelle hab ich sein Vertrauen gewonnen. Du musst einen Täter ja gut kennen, um ihn zu verhören. Später hat er seine Opfer dann richtig zerlegt. Wie 'n Kumpel bin ich mit ihm gewesen. Hat mir also noch Karten aus'm Knast geschrieben, obwohl ich ihn gelinkt hatte.»

Ich öffnete das Fenster. Aus einer der Hütten hörte ich Kindergeschrei. Ich atmete süßlichen Duft. Seife. Frangipani.

«Ganz netter Typ eigentlich. Mir hat er dann das fünfte und sechste Opfer gestanden, obwohl's nich mein Fall gewesen war. Ich möchte also nich aussehen wie der. Brachte Männer wie Frauen um. Schien da nicht viel Unterschied zu machen», sagte Merbach.

Ein Kleinbus bog um die letzte Kurve der Serpentine. Er quälte sich den Hang hinauf und hielt einige Meter oberhalb unseres Wagens. Eine Gruppe Frauen stieg aus. Sie trugen Tüten und Einkaufskörbe. Merbach beobachtete sie im Rückspiegel. Der Weg belebte sich. Kinder tobten in den Gärten. Männer mit geschulterten Macheten grüßten einander im Vorübergehen.

«Doller Observationspunkt. Ich hab also schon herausgefunden: Bei den Einheimischen, da gibt's zwei Sorten. Einmal hoch gewachsen und feingliedrig und dann klein und pyknisch. Ach, und dann gibt's noch 'ne dritte Sorte. Die Rastas», sagte Merbach.

Ein Mann kam zu mir an die Scheibe. Ich erklärte, dass wir auf jemanden warteten. Auf den Weißen. Er lächelte.

«Ich muss also mein Menschenbild korrigieren. Die machen einen sehr netten Eindruck hier ...», sagte Merbach.

Plötzlich schnalzte er mit den Fingern.

«Weißt du was? Die Macheten! Das sind also Gartengeräte!

Wächst ja alles wie Zunder hier, und die haben keine Heckenscheren!»

Und dann war alles sehr schnell gegangen.

Ich hatte den Mond über der Schneise gesehen, und der Himmel hatte sich verdunkelt. Ein silberner Wagen fuhr den Weg hinauf. Merbach warf die Scheinwerfer an. Es war ein Opel. Ein älteres, eckiges Modell, und seine Kotflügel wiesen Dellen auf. Am Steuer saß eine Frau. Ich hörte die Stimme des alten Reporters. «Wenn Sie auch nur irgendwie in die Nähe dieses Mannes geraten, er wird nicht zögern ...»

Ich sehe den Wagen. Er fährt vorüber. Ich sehe ein Fenster. Es senkt sich. Ich sehe das Gesicht. Alles darin stimmt.

Es war ein breites Gesicht mit einem grauen Vollbart. Das Haar war licht. Blaue, verschmitzte Äuglein blitzten daraus hervor, wie sie mir von Lemmy dem Mob in Erinnerung waren. Sie sahen mich an. Abschätzig. Dumm. Gerissen. Der silbergraue Wagen hielt an, er hielt direkt neben uns. Wir stiegen aus. Gleichzeitig. Langer, Merbach, ich, als hätte es eine Absprache zwischen uns gegeben. Langer kam auf mich zu. Ich blickte auf ihn herab. Er streckte mir die Hand entgegen.

«Langer.»

Er war kleiner. Einen ganzen Kopf kleiner als der Metzger aus Düsseldorf. Er war nicht Manfred Lehmann. Alles umsonst.

«Was kann ich für Sie tun?»

Ich sehe ein Schiff.

Das Schiff ist rot.

Es ist wie in meinem Traum.

Was wird mit mir geschehen?

Der Katamaran rollt. Ist es Einbildung? Bin ich noch immer seekrank? Der Tag ist angebrochen, es ist ein friedlicher Tag. Die Wellen sind tief und breit, aber nicht mehr bedrohlich. Der Himmel ist klar. Der Regen hat aufgehört. Voraus liegt Antigua. Cocosepp wird in English Harbour vor Anker gehen. Die Insel liegt noch eine Seemeile voraus. Cocosepp lehnt erschöpft am Steuer. In der Genua klafft ein Loch.

Ich sehe Zinnen und Mauern einer alten Befestigungsanlage. Sie liegt auf einem überhängenden Fels, Wellen brechen sich darunter. Ich sehe ein rotes Schiff. Ich kann nicht sagen, ob es weit entfernt ist oder nah. Es rollt wie der Katamaran. Was an Bord des Schiffes geschieht, erkenne ich nicht.

Plötzlich taucht ein Flugzeug am Himmel auf. Es ist eine Cessna 172. Wie jene, mit der Vater und ich geflogen sind. Diese Maschine aber hat Kufen. Sie scheint in eine Kurve einzuschwenken.

Das Flugzeug trägt keine Kennung. Es fliegt kaum höher als unsere Mastspitze, als es auf uns zukommt, die Kufen zum Greifen nahe. Das Merkwürdige: Ich kann das Flugzeug nicht hören. Ich höre keinen Motor. Keinen Propellerschlag. Nicht einmal das Zischeln eines Gleitflugs. Ich höre Wind. Krachende Winde. Als stürmten sie aus allen Richtungen heran und prallten ineinander.

«Der Wind», brüllt Cocosepp. Ich stehe neben ihm und verstehe ihn kaum. «Der Wind vor Antigua schluckt an jeden Schall.»

Die Cessna umrundet stumm das Rigg. Sie dreht ab und entfernt sich in dieselbe Richtung, aus der sie gekommen war. Ich sehe ihr noch eine Weile nach. Und dann weiß ich es. Deshalb höre ich die Schüsse in meinem Traum so gedämpft. Als erstickten sie, als hätte ich Watte in den Ohren. Hier muss es gewesen sein: hier, keine Meile vor der Einfahrt zu English Harbour und noch in Sichtweite des Forts. Vor uns segelt die rote Yacht. Sie nähert sich der vorgelagerten Felsformation aus hellem Sandstein, auf dem ein Trockengestrüpp wächst. Ein kleiner Strand liegt dort. An seinem Gestade ist weißes Holz angeschwemmt. Was an Deck des Schiffes geschieht, höre ich nicht. Weißes Holz wie Knochen.

Dort unten.

Dort unten in der Dunkelheit liegen sie.

Ich höre den Wind.

Nichts geschieht.

Als Cocosepp die Klippe umfährt, kehren allmählich die Geräusche zurück. Das Meer gluckst. Wir passieren das Fort. Motoren tuckern. Zwischen den Zinnen glänzen Kanonenrohre in der Sonne, als hätte sie jemand gewienert. Ferne Stimmen. Die rote Yacht hat die Einfahrt einige hundert Fuß vor uns passiert. Möwengeschrei. Es ist eine Ketsch unter australischer Flagge. Die Wogen glätten sich.

In der Bucht kommen Gaffelschoner in Sicht. Trimarane. Motoryachten, schwimmende Hotels, Millionenschiffe. Ein Wald aus Mastbäumen und Fahnen, Palmen vor weißen Spitzzäunen und Backsteinhäuschen mit Butzenscheiben. English Harbour. Hinter den Schiffen liegt ein lang gestreckter Bau mit einer andalusischen Veranda. Admiral Nelsons Werft. Es sind ehemalige Lagerhäuser und Seemannsquartiere. Cocosepp hisst Rot-Weiß-Rot. Etwas stört mich an diesem Anblick, an diesem Postkartenkolonialismus. Sind es die putzigen Shops? Der Maniküre-Salon? Die Galionsfigur über der Veranda? Hatte ich mir Vaters Insel, die Insel seines geheimnisvollen Verschwindens anders vorgestellt? Cocosepp flucht. Er scheut die Formalitäten der Eastern Caribbean States. Stundenlanges Einklarieren. Wir gehen vor Anker. Das Telefonhäuschen. Es ist das rote Telefonhäuschen am Ende des Landungsstegs.

Rodney Nicholson rutscht auf seinem Sessel herum. Der Direktor des kleinen Hafenmuseums tippt auf seinem Keyboard, und auf dem Bildschirm erscheinen Schiffe. Gesunkene Schiffe. Als man sie barg, hätten die Gläser noch auf den Tischen gestanden, sagt der irische Gentleman. Niemand habe diese Schiffe vermisst, und niemand habe nach ihren Besatzungen gesucht. Er blickt über den Rand seiner Lesebrille zu mir auf. Ein feiner alter Herr, der englische Lederschuhe, kurze Hosen und ein Khakihemd trägt. Jedes Jahr gebe es diese rätselhaften Fälle. 1977? Das Jahr, in dem Elizabeth mit der *Britannia* unseren Hafen besucht hat? Rodney Nicholson nimmt Haltung an. Er tippt die Zahl in den Computer ein.

1977, im Januar, sank die Bark *Rizonante*. Ihr Skipper war auf den Felsen vor Fort Berkeley gelaufen. Ferner strandeten an derselben Stelle die Ketsch *Rallou IV* und der Bananendampfer *Tomboy*, der von Dominica gekommen war. Der Schoner *Freelance*, der Antigua im März verließ, strandete vor San Blas Island und sei binnen drei Stunden von Indianern bis auf die nackten Masten leer geräubert worden, sagt der Ire. Und dann erscheint ein Foto der *Nordstern* auf dem Schirm.

Es ist eines aus Lehmanns Prospekt, Anne musste es hier gelassen haben. «Reported Missing», lese ich auf dem Bildschirm. Lediglich ein paar Schiffsdaten, Namen, auch Vaters Name. Der Museumsdirektor scheint enttäuscht. Ich solle es bei seinem Bruder versuchen. Der kenne die Gewässer seit mehr als fünfzig Jahren, sagt er, seit die Familie an Bord der *Endeavour* Irland verlassen hatte. Damals sei English Harbour verwaist gewesen. Die Familie habe alles aufgebaut und auch die erste Chartergesellschaft der Kleinen Antillen gegründet, Nicholson & Sons.

Das Büro liegt außerhalb des Hafenkomplexes zwischen Souvenirläden und einer Wäscherei. Anders als seinem Bruder sieht man Desmond Nicholson die See an. Er ist braun gebrannt, rau, ledern. Der alte Ire erinnert sich nicht mehr so recht an das, was er gerade sagt, aber umso besser an Dinge, die fünfundzwanzig Jahre zurückliegen. *Nordstern*? Ja. Ja. Ja.... Rot! Rot mit einem weißen Streifen! Oder war es ein gelber Streifen? Er erinnere sich genau. Weil ein Freund auf einem Boot mit demselben Namen gefahren sei. Netter Mann übrigens, Ihr Skipper, sagte der alte Ire, bisschen grob vielleicht, aber nett. Die Yacht lag in Freeman's Bay. Das ist das vordere Hafenbecken.

Er bringt mich mit seinem Wagen zu einem Haus auf dem Hügel. Es ist Admiral Nelsons ehemaliges Pulverlager. Zu der Zeit, als die *Nordstern* in English Harbour lag, sei es das einzig intakte Haus im ganzen Hafen gewesen. Die Familie wohnte im hinteren Teil, und vorne habe sich das Büro der Charteragentur seines Vaters befunden.

Das Haus ist verwaist. Der Garten liegt brach. Eine Kette versperrt uns den Weg. Es sei verpachtet, entschuldigt sich der breitschultrige Alte und spuckt in die Hände. Als er schon halb über den Zaun geklettert ist, helfe ich nach. Im Garten springen uns zwei Hunde entgegen. Die Wände des Hauses sind dick wie Felsen. Durch einen Spalt in der Tür luge ich hinein. Es ist dunkel, leer. Wir gehen um das Haus herum. Hier lag das Büro, sagt der Alte. Darin befand sich das einzige Telefon der ganzen Gegend. Das nächste gab es erst in St. John, bei Cable & Wire in der Long Street, auf der anderen Seite der Insel.

Hier hat er also telefoniert.

«Mannschaft und Schiff machen einen guten Eindruck.»

Er stand am Fenster. Er sprach mit Anne und sah über den Hafen. Ich lehne an der Wand neben diesem Fenster. Er sah die Rückfront der Offiziersquartiere. Die Dächer wurden gerade repariert. Die Gesellschaft der Freunde von English Harbour ließ 1977 die Dächer reparieren, sagt der Alte. Ich schlage mich durch Kakteen, wucherndes Gestrüpp. Ich stehe am Hang. Vater sah das Fort, es wirkt wie die Kulisse eines Seeräuberfilms. Er sah die Freeman's Bay, darin lag das Schiff. Es war das längste im Hafen, sagt der Alte. An Deck des roten Schiffes stand der Metzger.

Manni, der King. Bisschen grob vielleicht. Aber Vater ist voller Begeisterung.

«Der Bursche macht einen guten Eindruck.»

Er freut sich auf das Abenteuer. Begierig saugt er die Umgebung auf. Es ist fünf Uhr. Vater verabschiedet sich, er hängt ein. Er zahlt den Anruf bei Desmond Nicholsons Vater, dem letzten Königstreuen der Kolonie. Er beginnt ein Gespräch mit diesem Mann. Ich weiß es. Er wird mit dem verrückten Alten den Hügel hinuntergehen und im Admiral's Inn auf Jürgen Klein treffen, den Richter, der als erster Chartergast in St. John gelandet war und schon eine Woche in diesem Hotel gewohnt hatte.

Es ist auch der einzige Pub im Hafen zu dieser Zeit, und Vater wird die Dreimaster an den Wänden studieren und sich die Zeichnung einer Brigg besehen, die über den Flaschen hängt. Dann wird er Ruedi Wagner begrüßen, «Slow-Hand-Ruedi», den Schweizer Einhandsegler, der schon seit Jahren mit dem Katamaran *Eiland Hopper* in Freeman's Bay liegt und ihnen Geschichten erzählt, Geschichten von der See und von den Inseln. Und dann werden sie in die alten Pitchpine-Sessel im Garten sinken und auf das Wasser sehen. Darin spiegeln sich litfaßgroße Poller, um welche die Taue liefen, mit denen die schwarzen Sklaven die Kriegsschiffe ihrer Herren an Land zogen. Vater wird still sein. Er wird die anderen reden lassen und still sein.

Wird er dann an Mutter denken? Falte. **Die Falte im Raum.** Dachte er an Anne? Denkt er auch an mich, an seinem letzten Abend?

Vater und der Richter werden Whiskey trinken. Sie werden sich gut verstehen, der Richter ist Vater so ähnlich. Ein Kindskopf, der in der Badewanne mit einem Legodampfer spielt und wie Vater in die Seekriegswelt des englischen Admirals eintaucht. Sie glühen beide vor Begeisterung. Vater zückt ein ledernes Etui. Die schwere Nachtluft liegt auf ihren Gliedern. Von Shirley Heights klingt der Calypso einer Steelband herab.

Benannt nach Shirley von der Royal Artillery, sagt Desmond Nicholsons Vater. An dem kam kein Franzos und Käseknilch vorbei. So ein Hund, sagt Vater. Wohlig lehnt er sich zurück. Er stopft sein Pfeifchen. Auf diesen Moment hat er sich gefreut, lange gefreut.

Ob ich noch Whiskey wolle? Ein grauhaariger Farbiger steht mit einem leeren Tablett vor mir. Ich frage ihn, wie lange er schon im Admiral's Inn arbeitet. Fünfundzwanzig Jahre, sagt er. Seit fünfundzwanzig Jahren stehe er hinter der Bar und bediene die Gäste. Ob er sich an die Gruppe in den Pitchpine-Sesseln erinnert? Ich bestelle Bourbon und frage ihn nicht.

Später werden sich Vater und der Richter von Slow-Hand-Ruedi und Desmond Nicholsons Vater verabschieden. Sie werden das Dingi nehmen und zum roten Schiff rudern. In der Messe sitzt noch der Schlächter aus Düsseldorf. Whiskey? Cognac? Seine Bar ist gut sortiert. Überall Aschenbecher mit dummen Sprüchen darauf. Immer olé olé. Hatten der Metzger und die Chemikerin gerade das Komplott geschmiedet? Also die Gine, ne, die hat auch promiert, sagt der Metzger. Scotch. Man einigt sich auf Scotch. Hatte zuvor, unbemerkt, noch ein anderes Dingi angelegt? Das eines Drogenkuriers?

Am nächsten Morgen wird Slow-Hand-Ruedi mit seinem Dingi zu dem roten Schiff fahren. Er wird den Skipper und die Schweizerin an Deck treffen und nach seinen neuen Freunden fragen. Sie schlafen noch, sagt der Schlächter. Als der Einhandsegler am Nachmittag wiederkehrt, liegt die *Nordstern* nicht mehr an ihrem Platz.

Slow-Hand-Ruedi geht an Land. Er macht sich Sorgen. Um diese Zeit läuft man nicht mehr aus, nicht in diesen Gewässern. Er läuft hinauf zu den Zinnen des Forts. Er sieht das rote Schiff, weit draußen vor den Felsen. Was an Bord des Schiffes geschieht, sieht er nicht. Er hört ein Krachen. Es ist fünf Uhr. Das Krachen des Windes?

Eine Stunde später klettert er wieder zu den Zinnen empor. Die Sonne geht unter. Das rote Schiff ist verschwunden.

✧

Es ist immer ein Detail, das aus der Summe alles Zwiespältigen herausragt und ein Dasein ins Bizarre kehrt. Wie die Frau auf der Brust des Schlächters, eine Frau, die ein Flaschenöffner ist. Im Haus des Mannes, der im Dschungel von Martinique unsere Zielperson gewesen war, ist es eine Rumflasche. Eine Flasche, in der eine tote Schlange steckt, eine Kobra mit aufgerissenem Maul wie im Moment des Zuschnappens.

Langer hatte uns in sein Haus gebeten. Er hatte unsere Legende geschluckt und keine Fragen gestellt. Er bewirtete uns. Er schmeichelte uns. Er umtänzelte uns. Wie Leo, dachte ich. Und dann hatte es nicht lange gedauert. Langer und Merbach entdeckten Gemeinsamkeiten. Sie waren in derselben Vorstadt aufgewachsen. Sie kannten dieselben Eisdielen, dasselbe Schwimmbad, sie hatten auf denselben Flippern gespielt und in derselben Tanzschule geflirtet. Als Nicodemus zur Polizei ging, wurde Langer Maschinist und Taucher auf der *Emden*. Langer saß in seiner Hollywoodschaukel im Wohnzimmer und hielt das Relief der Fregatte in Händen, das er in einsamen Stunden aus Metall gefräst hatte. Damals habe ihn die See gepackt. Er hatte sich ein Schiff gekauft und war um die Welt gesegelt. Zwanzig Jahre hauste er auf der *Seewind* in karibischen Häfen und gehörte zu den Einhändern, die auf der Suche nach der Freiheit die freiwillige Einzelhaft wählen und sich jeden Montag zum deutschen Stammtisch treffen. Jeden Montag um fünf Uhr.

Dann ist Happy Hour in der Mango Bay, auf St. Lucia, Grenada und Carriacou. Es gibt Rum und Bier zum halben Preis, und die Einhandsegler legen mit ihren Dingis an und den jungen farbigen Mädchen. Männer, die einmal Söldner gewesen waren und Steuerflüchtige, Träumer, Makler, Mörder, Invalidenpensionisten. Sie heißen Kaktus-Günther, Keule, Cocosepp oder Knieschuss-Sigi. Es ist eine kleine Gemeinde auf großem Raum. Eine Gemeinde, in der jeder jeden kennt und weiß, welchen Motor der andere hat, wann sein Schiff eine neue Antifoulingfarbe braucht, wann einer nicht mehr kann und wann er Heroin und Gras von Venezuela nach Florida bringt. Der Superhighway, die Kartelle. In jedem Hafen von Puerto Rico bis nach Trinidad wird man von den Kurieren der Kartelle angesprochen, sagte Langer. Sie kommen mit dem Dingi. Sie fragen, was man brauche. Petroleum oder Bohnen oder Pornohefte? Sie kommen an Bord. Sie loben dein Schiff. Und dann machen sie dir ein Angebot. Er habe es selbst einmal versucht, sagte Langer.

Ich fragte ihn, wo man ihn angesprochen habe.

In English Harbour, Antigua, sagte Langer. Die Tour sei lohnend, aber nicht ungefährlich. Eine Kugel habe ihn in Carracas fast das Bein gekostet. Langer ließ die Hosen runter und zeigte uns eine lange Narbe. Das habe ihm den Namen eingetragen. Knieschuss-Sigi. Jetzt sei er sesshaft geworden.

Er hob sein Glas und stürzte es.

Und während Nicodemus und Knieschuss-Sigi immer mehr Schlangenrum mit Zuckerrübensirup und Limettenrinden mischten, atmete der Dschungel vor der Veranda Wolken fiebrig schwirrender Moskitos. Von fern hörte man das schrille Kreischen der Mungos und von nah das Pfeifen der karibischen Frösche, les cricris. Ich blickte in den Himmel und erkannte den Nordstern. Würde der Metzger auch so leben? Hier oder auf einem anderen Vulkan, auf einer anderen Insel? Ein Mann, dessen Hund ihm um die Beine strich, während er Rum trank, pfiff, an der Überdachung seiner Außentreppe arbeitete und durch eine Schneise im Regenwald auf das Meer hinabsah? Vielleicht war er heute ein netter, graubärtiger Mann wie dieser? Ein Schild hinge über seiner Veranda: *Happy Sailing Club Düsseldorf.* Niemand würde den Schlächter hier oben belangen für das Böse, das er der Welt hinterlassen hat. Kein Staatsanwalt würde die Namen der Toten führen. Kein Richter für die Hinterbliebenen sprechen. Was immer aus ihm geworden war – Manni, der Schlächter, war der Justiz entkommen.

Wird ihn die Gerechtigkeit auf eine andere Weise einholen? Gibt es diese Gerechtigkeit? Und ist es überhaupt noch wichtig? Die Fragen. Das ewig bohrende Wer, Wann, Wo und Warum. Teuflische Details. Waren sie noch wichtig, die Fragen? Wusste ich es nicht längst?

Mitternachtsblues. Aus dem Haus drang Gelächter.

Eine Geschichte reihte sich an eine andere, Seemannsgarn an Schießverein. Hätte sich der Kommissar mit dem Metzger auch so gut verstanden? Wo sie doch aus demselben Ort, derselben Zeit stammten? Nicodemus war bester Laune. Auf dem Weg hinab zur Küste leuchteten seine Augen. Alles hätte gestimmt, sagte er.

«Alles! Das Alter, der Bart, die Statur, ne, sogar der Knubbel unter dem Kinn! Haste nich gesehn? Der hatte tatsächlich ’n Knubbel unterm Kinn. Glaubt mir im Verein wieder keiner. Und dann kommt der auch noch aus Neuss! Nur die Größe stimmte nich, ne. Da hätte uns also auch die Bakteriette nix genutzt ...», sagte Nicodemus. Und dann schien er bedrückt.

Seine Mission war beendet.

Es tue ihm Leid. Zu Hause werde er einen Vermerk schreiben. Über Langer. Für die Akte, sagte er.

«Man muss die Akten ab und zu füttern. Sonst sterben sie.»

Ich nickte, gedankenverloren.

Ich hörte Vaters Stimme.

Auf, auf, Bursche!

Weiter. Höher. Tiefer. In das Herz der Katastrophe.

✧

Wir segeln über Nevis, St. Kitts, Santa Cruz und Crab Island nach Puerto Rico. Dort will Cocosepp eine Weile bleiben. Im Hafen von San Juan gehen wir vor Anker. Vielleicht fände er in den Barrios ein Mädchen? Schwarz oder braun oder a Melange? Vielleicht fände er in den Hotels Chartergäste, die ihm genug Geld geben, damit er nach Süden gehen kann? Ich packe meine Sachen und gehe von Bord. Nach Süden, sagt er, als wir uns verabschieden. Die Grenadinen. Der alte Österreicher lächelt.

Schöne Insele, kleine Büchtle.

Ich fahre zum Flughafen von San Juan und nehme die Mittagsmaschine nach Miami. Am amerikanischen Zoll muss ich mein Cranium aus dem Kasten nehmen. Es hat im Sturm vor Antigua einen Riss bekommen. Von dort fliege ich nach Cancun. Mit der letzten Fähre des Tages erreiche ich San Miguel de Cozumel, die Stadt auf der Insel vor Yucatáns Küste.

Schon am Pier kämpft eine Schar kleinwüchsiger Majas darum, Taschen und Koffer der Ankommenden auf einen Gepäckträger zu verladen. An den Ecken verteilen sie Bonusmarken, Werbezettel und schreien, man soll Schwertfische fangen auf Trawlern, mit Haien tauchen vor dem Außenriff oder irgendeine Happy Hour nicht verpassen. Die Uferpromenade quillt über von Menschen. Internetcafés reihen sich an Tauchschulen und Souvenirläden. An kleinen Stegen legen Barken an. Triefende Gestalten in Neoprenanzügen klettern an Land. Die Majas tragen ihnen Batterien leerer Pressluftflaschen hinterher.

Am Ende der Promenade liegen Kreuzfahrtschiffe vor Anker. Von fern sieht man fremdartige Wesen, die wie Ameisen aus einem der Dampferbäuche marschieren. Es entsteht Gedränge. Menschen mit geölten Gesichtern rempeln ineinander, zwängen sich in einem Nippes-Supermarkt nach dem anderen. Ältere Frauen mit Sonnenbrillen, üppig duftenden Tüchern, ausladenden Hutkrempen, Männer mit Basecaps, roten Nasen und Sandalen.

Als es langsam dunkel wird, übernehmen Rotten amerikanischer Schulkinder den Malecon. «Spring Breakers Welcome», hissen die Macher der Tacoläden und Tanzlokale ihre Banner wie Fliegenfänger ins Farbgewitter der Neonreklamen. Von hier aus dringen grölende Gruppen in das rechtwinklige Raster aus Straßen und Avenidas vor und durchkämmen es systematisch auf der Suche nach der großen Party. Ich suche ein Zimmer.

Ist das die karibische Welt, von der Iris geschwärmt hatte? Hier war sie Tauchlehrerin gewesen? Es muss Hunderte solcher Schulen und Ausrüster in diesen Straßen geben. Wie soll ich nur diejenige finden, in der sie gearbeitet hatte? Wie soll ich in diesem endlosen Gewirr aus Fratzen und Gesichtern jemals das ihrer Mutter herausfinden? Mit nichts als einer Aufnahme, die vor mehr als zwanzig Jahren gemacht wurde?

Am Abend suche ich mir ein Restaurant. Ich weiß nicht, warum ich dieses auswähle. Vielleicht, weil es das einzig menschenleere in der Straße ist? Vielleicht, weil mich sein Name an New York und einen alten Krimi erinnert oder weil ein rotes Wahlplakat darin hängt, das jemand vor mehr als zwanzig Jahren aufgehängt haben muss?

Tony Rome's Karaoke & Ribs

Ich habe das Bild in der Tasche. Das Bild der Augen, die man nicht vergessen kann. Ich werde es jedem, den ich treffe, zeigen. Jedem Ausländer, der in der Inselstadt lebt. Ich werde mit diesem beginnen. Mit diesem grotesk dicken Mann, der auf einem Plastikstuhl sitzt und etwas in sich hineinschlingt, der mit Goldketten und billigen Diamanten behängt ist und nur ein Italiener aus Brooklyn sein kann.

Er unterbricht sein Mahl. Er blickt auf. Freundlich zuerst, und dann blickt er euphorisch.

«Ich kenne diese Frau. Ich habe sie schon öfter gesehen. Sie lebt auf dieser Insel. Ich weiß nicht, wo, aber sie lebt schon sehr lange hier.»

Ein anderer Mann, der ihm gegenübersitzt, nimmt das Bild und betrachtet es.

«Ja. Ich bin sicher.»

Ich bleibe ohne Worte.

Warum wählte ich diesen Tisch?

Er spricht Englisch mit einem spanischen, vielleicht katalanischen Akzent.

«Diese Frau lebt hier. Ich habe sie erst vor ein paar Tagen gesehen. Sie ging in ein Café in der Nähe der Tauchschule. Ich arbeite dort. Ich bin Tauchlehrer. Roxy Café heißt es ...»

«Rock n' Java!», verbessert ihn der Mann mit dem Brooklyn-Akzent.

«Genau. Rock n' Java. Ich bin sicher. Das ist sie!»

Er legt das Foto auf den Tisch und pocht mit dem Finger drauf.

«Diese Augen, weißt du?»

Ich setze mich. Der Spanier bläst mir Rauch ins Gesicht.

«Ich sehe sie oft. Sie ist hässlich. Sie hat graue Haare und viele Falten, aber das ist sie.»

Der Spanier trinkt sein Glas aus.

«Sie kommt mit einem Fahrrad. Morgens zwischen sieben und acht. Hintendrauf hat sie einen Korb. In dem Korb ist ein kleiner Hund.»

In dieser Nacht schlafe ich nicht.

Um fünf Uhr verlasse ich mein Zimmer.

Ich finde das Café am Ende der Uferpromenade. Zwischen einem Hotel und einer Militärschule. Aus dem Hof hallen Kommandos. Wachwechsel. Oder ein Frühappell. Eine halbe Stunde später sperrt ein Typ den Laden auf. Danach hält ein Wagen, und ein zweiter Typ lädt Kisten aus. Ich sitze auf einem Sims, sehe über die Straße auf das Café und rauche sehr viel. Ich warte.

Ich warte noch zwei Stunden. Einige übermüdet wirkende Spring Breaker sind in das Café gegangen. Eine alte Frau nähert sich auf einem Fahrrad. Sie hält, sie steigt ab, schiebt das Fahrrad bis zur Eingangstür. Sie hat lange blonde Haare. Wie Iris' Mutter auf dem Foto. Sie geht hinein. Ich überquere die Straße und betrete das Café. Ich höre Trommeln und Trompeten im Kasernenhof.

Die alte Frau sitzt an einem Tisch in der Mitte des Cafés. Ich gehe zum Tresen und bestelle etwas. Ich blicke mich um, nach allen Seiten. Die Frau ist in eine Zeitung vertieft. Ich kann ihr Gesicht nicht richtig erkennen. Jemand stellt mir einen Pappbecher mit Kaffee vor die Nase. Ich entschließe mich, an ihren Tisch zu gehen.

«Verzeihen Sie, ich suche jemanden ...»

Die Frau blickt von ihrer Zeitung auf. Es ist nicht Regine Runge. Sie mag vielleicht Anfang sechzig sein, vielleicht auch älter, aber es ist unmöglich Iris' Mutter. Ist das die Frau, die der Spanier und der Italiener gesehen haben? Sie bittet mich, Platz zu nehmen. Sie gibt sich als Amerikanerin zu erkennen, die seit vielen Jahren den Sommer auf Cozumel verbringe. Ich erzähle ihr von der Frau, die ich suche, von dem Italiener und dem Spanier.

«Manolo und Tony? Die kenne ich gut. Sie können nicht mich gemeint haben.» Sie sieht auf das Foto. Ja, sagt sie. Diese Frau lebt hier. Ich solle Ms. Peach fragen. Eine Tauchlehrerin aus Florida.

Am Nachmittag treffe ich Ms. Peach. Ms. Peach besieht sich das Bild. Sie schüttelt den Kopf und fragt ihre Angestellten. Ein junger Mexikaner hebt die Hand. Er fährt mich durch rechtwinkelige Straßen und hält vor einem Haus. Darin leben zwei alte Matronen. Sie nicken. Anita. Señorita Anita in der 25. Avenida, sagen sie. Der Junge fährt mich hin.

Er zeigt auf ein Haus. 25. Avenida Norte 251. Dort oben, über der hohen Mauer, sagt der Junge. Auf der Mauer stecken Scherben und umgedrehte Flaschenhälse. Sie sei mit einem Mexikaner verheiratet. Sehr kräftig, sagt der Junge und wünscht mir Glück. Ich beobachte das Haus. Das Fenster über der Mauer. An diesem Abend passiert nichts mehr.

Am nächsten Morgen stehe ich sehr früh vor dem Haus. In der hohen Mauer ist eine Holztür. Daneben hängt ein Schild aus Keramik. «Casa Anita». Ich klingle. Hunde bellen. Über die Mauer ragt der Zweig eines Hibiskusbaumes. Ein Kolibri taucht in eine rote Blüte. Die Tür öffnet sich.

Eine alte Frau guckt durch den Spalt. Sie hat dunkle, fast schwarze Haare. Die Frau wirkt verschlafen. Ich sehe in das Gesicht. Die Sonne hat es furchtbar runzelig und alt werden lassen. Ich sehe in die Augen, sie sind dunkel. Es ist nicht Regine Runge.

Wieder nicht.

In den Geschäften, in deren Schaufenster Flossen und Lungenautomaten hängen, frage ich Amerikaner, Engländer, Deutsche. Überall zeige ich die schwarzweiße Fotografie. Nein. Ja. Nein. Ja, vielleicht. Jeden Tag bekomme ich neue Hinweise. Sie führen zu einem Callcenter einer Engländerin, in einen Waffelladen, der einer Deutschen gehört, ein Bed & Breakfast, das eine Schweizerin betreibt. Jeden Abend gehe ich hungrig ins Bett.

Jeden Morgen treffe ich neue alte Frauen. Sie heißen Renata, Roswitha, Brigitta, Christina. Sie sagen, sie seien from Switzerland oder from Germany oder from Canada. Sie leben alleine hinter hohen Mauern im Raster der rechteckigen Stadt und verdächtigen sich gegenseitig. Ich gehe in ein Verwaltungsgebäude. Ich frage mich durch bis zu einer grauen Tür.

Instituto Nacional de Migración, Delegación Cozumel.

Hinter dieser Tür findet ein netter, gedrungener Mann meine Geschichte anrührend. Nein, eigentlich dürfen wir keine Auskunft geben. Aber ja. Ich habe diese Frau gesehen. Auch seine liebenswürdigen Mitarbeiterinnen nicken. Irgendwo. Irgendwo in der rechteckigen Stadt.

Es ist wie in einem Irrgarten. Ich laufe, laufe, bis ich an das

Ende der Stadt gelange und der Dschungel beginnt. Hier lebt niemand mehr. Ich kehre um und beginne in entgegengesetzter Richtung von neuem. Ich wandere durch dunkle, kahle, ärmliche Straßen. Ich treffe einen verbrannten Mann. Er sitzt fast nackt auf einem Stuhl vor einem Haus. «The Old Gringo's House», lese ich an seiner Pforte. Der Mann ist massig. Ein Koloss aus Fleisch und Brandnarben. Er schwitzt. Er winkt mich heran, und ich setze mich zu ihm.

Ich bin einmal ein Bomberpilot gewesen. Damals, in Vietnam. Heute bin ich ein Menschenbeobachter. Menschen aus nordischen Ländern haben klare Gesichter. Dieses Gesicht kenne ich. Es ist viele Jahre her, aber ich habe es gesehen. An Bord eines Schiffes. Es gehörte jemandem, der aus Florida kam, sagt der verbrannte Mann.

Ich irre durch Gassen. Höfe. Gärten. Ein verwaistes Stadion. Tagelang irre ich. Oder sind es Nächte? Irre ich mich? Werde ich langsam verrückt? Oder irren sich die Menschen, die ich nach dieser Frau frage? Haben sie wirklich Regine Runge gesehen, oder sahen sie sie, weil ich sie sehen wollte? Sahen Annes Zeugen das rote Schiff, weil Anne es sehen wollte? Was ist wahr? Und was ist wahr geworden, weil es wahr werden musste?

Licht. Blaues Licht. Das Wasser. Ich bin wieder am Malecon angekommen. Ich lasse mich treiben. Was tue ich?

In der Menge sehe ich jetzt eine alte Frau vor mir, die sich merkwürdig benimmt. Immer wieder dreht sie sich um. Rücke ich näher, entfernt sie sich. Laufe ich langsamer, fällt auch sie im Schritt zurück. Es ist, als triebe ich sie vor mir her. Plötzlich schert sie aus dem Kuhgang der Menge aus und läuft auf einen der Stege, an denen die Barken der Taucher anlegen. Dort bleibt sie stehen.

Es ist eine alte Frau mit kurzen grauen Haaren. Auf ihrem Kopf stehen sie wirr zu Berge. Sie trägt ein knielanges, weißes Kleid. Lose flattert es um ihren ausgezehrten Körper. Sie hält einen Plastikbecher in der Hand und läuft den Steg hinauf und dann wieder herab. Sie scheint nervös. Ihr Gesicht ist braun gebrannt, vertrocknet, von Falten zerfurcht. Jetzt sehe ich, dass ein kleiner Hund neben ihr läuft.

Ich bleibe stehen. Ihr Kopf dreht sich zu mir. Sieht sie mich an? Sie wendet sich ab und läuft den Steg hinauf. Wieder und wieder dreht sie um, läuft auf und ab. Als habe ihr etwas den Rückweg abgeschnitten.

Ist sie das?

Sie sieht wieder zu mir herüber. Hat sie mich erkannt? Weiß sie, wer ich bin? Weiß sie, dass ich sie suche? Hat es sich genug herumgesprochen?

Ich lasse mich ein Stück vom Sog der Menschen fortreißen und schlüpfe in ein Geschäft auf der anderen Seite der Straße. Die Frau hat es nicht bemerkt. Ich verstecke mich, beobachte sie. Die Alte blickt sich um. Sie nimmt schnelle Schlucke aus dem Becher. Aufgeregt läuft sie noch eine Weile auf und ab. Dann packt sie den Hund, rafft das Kleid und verlässt den Steg.

Ich folge ihr.

Sie läuft durch Avenidas, Straßen. Ich kenne diese Straßen jetzt. Die Alte vor mir hat einen schnellen Schritt. Ich gerate ins Schwitzen. Meine Beine folgen ihr. Und wenn das alles nicht geschehen wäre? Niemals geschehen wäre? Die Alte schlägt Haken wie ein Hase. Wenn ich gleich erwachte, schweißnass erwachte und mich an den Schädel fasste und dagegen hämmerte, immer wieder schlug und hämmerte, bis er blutig wäre oder platzte, wenn ich davon nur erwachte?

Ich laufe durch Straßen, Avenidas. An der Ecke sehe ich Soldaten. Einen Jeep und drei Soldaten in weißen Uniformen. Ich sehe den Hund. Es ist eine Pinscherart, die ich nicht kenne. Mein Sakko ist völlig durchnässt. Der Hund hat ein rotes Halsband. Mein Kopf pocht. Ich lasse das Sakko fallen. Ich sehe die grauhaarige Alte. Behänd biegt sie in die nächste Straße. Ich weiß nicht mehr, wo ich bin. Als ich die Ecke erreiche, ist die Straße plötzlich wieder voller Menschen, ich verliere die Frau in der Menge der Menschen. Ich renne. Ich remple. Ich sehe das weiße Kleid am Ende der Straße. Ich habe sie wieder. Die Mörderin! Ich höre Iris. Was würdest du denn machen, wenn man dir das Messer an den Hals setzt und dich fragt: Willst du leben oder sterben? Natürlich willst du leben! Natürlich. Licht. Blaues Licht. Ist es nicht einfach nur das, was zählt? Leben? Einfach nur atmen, da sein, leben, in jedem, in diesem Moment? Wasser. Ich sehe die Grauhaarige mit dem weißen Kleid, sie biegt in die Hafenpromenade, ich stolpere über einen Bordstein. Wasser. Wir sind wieder auf dem Malecon. Sie läuft zu dem Steg. Ich fühle mich leicht. Sie geht nicht auf den Steg. Leicht und schnell. Ich bin dicht hinter ihr. Sie setzt sich auf die weiße Kaimauer. Ich bleibe stehen. Mein Herz rast. Steif stehen. Ich muss es versuchen. Der zottelige Pinscher sitzt jetzt auf ihrem Schoß. Ich spreche sie an.

«Verzeihung?»

«Ja?»

«Ich suche eine Frau.»

«Ja?»

«Eine Frau in Ihrem Alter ...»

«Ja?»

«Diese Frau ...»

Ich halte das Foto in der Hand. Sie sieht es an. Ich sehe in ihr Gesicht. Sie sieht auf das Foto. Ich sehe in ihre Augen. Sie sind blau und sehen mich an. Da sind sie, die eng beieinander liegenden Augen. Augen, die man nicht vergisst. Die Chemikerin. Es ist Iris' Mutter. Sie lächelt so merkwürdig.

«Ich warte auf den Sonnenuntergang», sagt sie.

Ich weiß nicht, was ich sagen soll.

Grabentiefe Furchen um diese Augen kräuseln sich.

Die Alte lächelt, als wäre sie schwachsinnig.

Ich setze mich zu ihr. Ich atme schnell. Sie wehrt nicht ab. Schweiß rinnt mir übers Gesicht. Sie rennt nicht weg. Sie ist ganz ruhig. Sie sieht mich an. Sie wartet auf den Sonnenuntergang. Sie wartet, bis ich mich beruhigt habe.

Ja, sie lebe schon lange hier, sagt die grauhaarige Alte dann. Sehr lange. Ja. Sie sei so alt wie diese Frau. So alt, wie sie heute wäre. Aber sie sei es nicht. Sie komme aus Florida. Sie sei Lehrerin.

Sie spricht akzentfreies Englisch. Sie spricht es fordernd, kokett, beinahe aggressiv. Ich frage mich, ob das ein Beweis ist. Ich rauche. Nein, das ist kein Beweis. Ich nehme meinen Mut zusammen und frage sie nach der *Nordstern*. Was geschehen sei, an Bord des roten Schiffes vor fünfundzwanzig Jahren.

Sie sei Lehrerin. Englischlehrerin, sagt die Alte, als hätte sie mich gar nicht gehört.

Ich frage sie, ob sie weiß, was aus Manfred Lehmann geworden ist.

Sie sei geschieden und dann wieder verheiratet gewesen. Der Mann sei lange tot. Seither lebe sie allein in dieser Stadt, sagt die Alte.

Was ist wahr?

Ich frage sie, ob sie weiß, was aus den Töchtern der Frau auf diesem Foto geworden ist.

Ihre Tochter lebe in Miami.

Und was ist wahr geworden?

Ihre Tochter habe Biologie studiert.

Weil es wahr werden musste?

Sie sehe ihre Tochter nicht mehr.

Wieder lächelt sie, als wäre sie schwachsinnig. Diese Augen. Sie steht auf.

«Du kannst die Tür zumachen. Aber sie wird niemals verschlossen sein», sagt die Alte plötzlich.

Und dann stößt sie ein keckerndes Lachen aus, so, als empfände sie diebische Freude darüber, dass ich sie immer noch nicht erkannt habe, dass sie mich getäuscht hat, dass sie alle getäuscht hat. Sie rafft ihren Rock und greift nach dem Pinscher. Ich bin unfähig, mich zu bewegen. Die Alte entschwindet, den Hund unter ihrem knöchernen Arm, langsam im Zwielicht des einbrechenden Abends.

Ist sie es gewesen?

Ich sehe sie nicht mehr.

Ein Glücksgefühl überkommt mich. Es ist vorbei. Nein, sie war es nicht. Leben. Wünsche ich mir jetzt, dass sie es nicht war? Warum hat sie diesen Satz gesagt? Warum habe ich sie nicht festgehalten? Mit aller Kraft festgehalten? Ich will leben, doch nur leben! Ist es denn vorbei? Ich traue dem Glück nicht. Auf einen Moment des Glücks folgt die Grausamkeit.

War sie es? Hat sie mich ausgelacht?

Ich sehe sie nicht mehr.

Ich will es nicht wissen.

Nicht mehr.

Hinter dem weißen Kai tritt das Meer jetzt in das Licht des Mondes ein. Draußen liegen Katamarane vor Anker. Schiffe, ein rotes Schiff. Es ist alles nicht mehr wichtig. Die teuflischen Details. Die Fragen. Fragen. Fragen. Antiseptische Archäologie der Katastrophe. Man kann die Tür zumachen, aber sie wird niemals verschlossen sein. Die Alte hat Recht.

Denn wenn die letzte Katastrophe eine Parabel beschreibe, so führe sie beidseits ihres Scheitelpunktes ins Unendliche, und nur der Grad ihrer Krümmung wäre veränderlich. Der Junge hat das gewusst. Er hat es gewusst, seit er aus dem Fenster des Zuges sah und seine Großmutter auf den Auslöser drückte. Der Untote hat uns gezeugt, er hat uns geliebt, und er hat uns gerichtet: Es wird niemals enden.

Es ist die Zeit, in der die Schiffe nach Süden gehen. Dorthin, wo sich die Spur des Schlächters verlor. Vielleicht werde ich mit ihnen fahren? Nach Grenada? Nach Venezuela? Brasilien? Immer weiter? Vielleicht begänne dort die Zeit, in der ich mein eigenes Leben führte? Und vielleicht wäre es dann nicht mehr wichtig, ich vergäbe ihm, als ich vergäbe mir selbst? Habe ich nicht gehandelt? Habe ich nicht gesucht? Und habe ich nicht gefunden? Ich bin frei von Hass und frei von Angst – ist das nicht mehr, als ich verlangen kann?

Noch immer sehe ich sein Gesicht. Höre ihn «Bursche» rufen. Sehe, wie er sich meine Handlungen besieht. Ich weiß: Er ist eine Phantasie der Vergangenheit. Aber zugleich ein Ereignis der unmittelbaren Gegenwart. So wie ein Gedanke an die Zukunft dem Jetzt entspringt. Gleichzeitig ist jeder Moment der Gegenwart Vergangenheit, weil er in der Sekunde des Erlebens zur Erinnerung wird. So verschwimmt die Zeit wie das Firmament, das sich jede Nacht aufs Neue zu ordnen scheint.

Ich suche ihn. So, wie ich ihn immer suchen werde. Ich blicke in den Himmel, ich sehe den Wagen. Er steht auf dem Kopf. Am Ende der Deichsel finde ich ihn. Nur ein Stern bleibt immer gleich. Der Nordstern. Würde man eine Kamera auf ihn richten und den Film unendlich belichten, er wäre ein Punkt in der Mitte von Kreisen. Er ist der Fixstern, um den sich das Universum, um den sich alles zu drehen scheint. Gegenwärtig ist er der Stern zweiter Größe oder Alpha im Kleinen Wagen. Kynosura, der Polarstern. In hundert Jahren wird er dem Himmelsnordpol am nächsten stehen.

Von da an entfernt er sich und hört auf, der Nordstern zu sein. Im Jahre 4100 wird Gamma im Cepheus seine Position einnehmen. Danach Alpha Draconis in derselben Konstellation, schließlich Deneb im Schwan. Um 15 000 nach Christus aber wird Wega in der Leier der Nordstern sein. Das ist eine Vorstellung, die mir gefällt. Ich habe Hoffnung.

SERIE PIPER

Stefan Beuse

Die Nacht der Könige

Roman. 212 Seiten. Serie Piper

Eine, höchstens zwei Wochen hofft Jakob Winter für diesen Auftrag zu brauchen. Dann will er seiner Familie in den Sommerurlaub folgen. Doch die Begegnung mit der rätselhaften Lilly führt ihn an die Abgründe seiner Existenz. Wer ist sie? Und warum versucht Jakob Winter verzweifelt, ihr näherzukommen? »Die Nacht der Könige« – Amour fou und rasanter Kriminalroman zugleich.

»Eine überaus spannende Geschichte, die satt und süffig, nach dem Muster eines Psychothrillers, erzählt wird … Beuse weiß, daß jede vermeintliche Wirklichkeit eine Konstruktion ist. Entsprechend führt er seinen Helden durchs Leben und uns, seine Leser, aufs Glatteis. Das liest sich gut und hinterläßt am Ende eine erhebliche Irritation.«

Martin Lüdke, Die Zeit

05/1472/01/L

Sten Nadolny

Die Entdeckung der Langsamkeit

Roman. 359 Seiten. Serie Piper

Über die Kunst der Langsamkeit, die dem Rhythmus des Lebens Sinn gibt – Sten Nadolnys vielfach preisgekrönter Bestseller über den englischen Nordpolfahrer John Franklin.

»Nadolny und sein John Franklin entdecken die Langsamkeit als menschenfreundliches Prinzip. Man könnte auch sagen: die Bedächtigkeit, den vorsichtigen Umgang mit sich selber und den Dingen.«

Die Zeit

»Dieses Buch kommt, scheint's, zur richtigen Zeit. Nadolnys heute ganz ungewöhnliche ruhige Gegenposition im gehetzten Betrieb der Politiker und Literaten hat etwas Haltgebendes und unangestrengt Humanes.«

Der Tagesspiegel

05/1318/01/R

Martin Kessel

Herrn Brechers Fiasko

Roman. 564 Seiten. Serie Piper

Berlin, Ende der zwanziger Jahre des letzten Jahrhunderts: Max Brecher arbeitet in der Werbeabteilung der UVAG, der »Universalen Vermittlungs-Actien-Gesellschaft«, wo ein bemerkenswertes Personal aufeinandertrifft: zuerst das dissonante Freundespaar Max Brecher und Dr. Geist, dann die in Menschlichkeit dilettierende Gudula Öften, ihre extreme Schicksalsgefährtin, die verwitwete Frau Geheimrat Schöpps, deren kapriziöse Tochter Mukki und die allzu tüchtige Lisa Frieske. Alle erkennen wir wieder: Es sind die typischen Gestalten unseres Büroalltags, Menschen der »sitzenden Lebensweise«, Angestellte in der Normalität der Arbeitswelt. Max Brecher wird jedoch in einem langsamen und unwiderruflichen Prozeß an den Rand gedrängt und erlebt schließlich seine Kündigung. »Herrn Brechers Fiasko« ist eine große Entdeckung, neben Alfred Döblins »Berlin Alexanderplatz« einer der bedeutendsten deutschen Großstadtromane des 20. Jahrhunderts.

05/1400/01/L

Falko Hennig

Trabanten

Roman. 287 Seiten. Serie Piper

Henry Täufler ist ein tragikomischer deutscher Held und erzählt eine ebenso hintergründige wie amüsante Lebensgeschichte: Opas Saporosch, der knatternde Motorroller Troll und der Trabant der Mutter – vom ersten Tag an rollen Fahrzeuge durch Henry Täuflers Leben. Sie bestimmen seine Liebe zu Daniela ebenso wie sein brüchiges Verhältnis zu Erich Honecker.
Falko Hennigs Buch ist Schelmenroman und ungewöhnliches Deutschlandbild zugleich und weist seinen Autor als höchst originellen Erzähler aus.

»Das Sandmännchen kam jeden Abend im Fernsehen, es kam mit einem Hubschrauber, mit einem Straßenreinigungswagen und sogar einmal mit einem Trabant Kombi, wie wir ihn hatten.«

05/1452/01/R

Helmut Kuhn
Nordstern

SERIE PIPER

Zu diesem Buch

An einem verregneten Februarmorgen steht ein Junge vor einer Turnhalle. Er sieht in das Gesicht seines Vaters, beobachtet, wie er beschwingt in seinen Sportwagen steigt und davonfährt. Max hat ein ungutes Gefühl. Der Vater will nach Antigua fliegen, um von dort aus mit einer Segelyacht den Atlantik zu überqueren. Doch er wird nie zurückkehren ... Durch einen Telefonanruf wird Max Kreuzberg von der Vergangenheit eingeholt. Über zwanzig Jahre ist es her, dass sein Vater unter mysteriösen Umständen mit der »Nordstern« verschollen ist. Bei glatter See ist das Schiff spurlos verschwunden, Yacht und Crew wurden nie gefunden. Ein Verbrechen auf hoher See? Max begibt sich auf die Spuren der Vergangenheit – und findet dabei die Gegenwart. Helmut Kuhn erzählt von einem Verlust, seinem eigenen, der so unbegreiflich ist, dass ihn nur die Literatur begreiflich machen kann.

Helmut Kuhn, geboren 1962 in München, studierte in Berlin und Paris. Aus New York schrieb er für die Süddeutsche Zeitung, Die Zeit und die Neue Zürcher Zeitung. Er lebt heute in Berlin und arbeitet als freier Journalist. »Nordstern« ist sein erster Roman.